INK
文學叢書
068

我們

駱以軍◎著

【目次】

〈代序〉不一樣的人生

我曾做過一個這樣的夢：夢中場景是在一類似南港線捷運終點昆陽站一帶之印象，一空曠如假期之街景，一個鐵道阡陌縱橫、機關車維修、停歇、調換軌道的終點。戴著黃膠盔的工人，在柏油熱浪的凹凸空氣裡埋頭鎖著鐵軌上的巨大螺絲。我記得在夢境中我騎著那種孩童車尺寸的捷安特越野車，車後站著的我的姊夫——雖然眞實世界裡我並未有這麼一位姊夫——他扶著我的肩，我們笑嘻嘻地任那腳踏車從出站後的一個陡坡朝下俯衝。

後來從那個夢境醒來後我自然是悵惘極了。不只是那個畫面中的明亮無憂，我置身其中清晰可感的少年身體，那位未曾謀面的姊夫，夢中那個畫面無論朝前倒帶或朝後播放，都似乎是一組和我現在的人生完全顚倒重組的人際關係。

在醒來的這個界面細細體會，努力召喚夢中更多細節，愈清楚明白：那不只是「做了一個夢」，那個夢境向我展演的，是一個和我現在正在經歷的那個版本，完全不一樣的人生。

我記得在我從那個車站出來之前，我是不斷地在類似「侯峒」、「菁峒」、「暖暖」這些侯孝賢電影裡的東北山區廢礦的小車站間換車轉車。那些小站月台遮篷的方形木柱皆被蛀蟲啃蝕中空，我腦海裡浮現一句一位女性長輩曾給予的忠告：「你總是把一目瞭然的事實弄得那麼複雜。」問題是我總是搭錯車，發現後匆匆下車又必須在這巨大蕨葉密覆的無人小站，曠日費時地等候反方向折回主幹線的小火車。

這之前的另一個畫面，亦是在那樣的某一部電影中的印象：光線暝晦的一間和式房間，人臉的廓影全在一種低抑謹慎的氣氛裡湊近說話。

那位在現實世界裡我非常尊敬的女作家在這裡變成了護士長之類的角色。在夢境中（在那個房間裡），她木訥而權威地勸說我接受一旁一位沉默醫生注射一種昂貴的疫苗。我記得我在夢中飽含情感地那麼想著：「即使是比這更嚴重之事，您說的什麼我都願意相信哪。」

那樣的，和我現在這個無法挽回的人生，完全不一樣的，另外一種人生。事情似乎變得單純而容易解決。除了在那些車廂間的聯結踏板上搖搖晃晃地醒悟：「唉，又坐錯車了。」或一種窸窣的不安：「時間會不會這樣被耽擱了？」

所以在後來那個畫面，在明亮的光照下，走出那個車站，騎著捷安特越野車，後座載著比我年輕的姊夫——後來我才確認，這位「夢中姊夫」，真實世界裡是一位命運比我坎坷的學弟。這兩年來自我父親中風倒下，我遇人總是唉聲嘆氣，只有在這位學弟面前我絕對閉嘴：他除了要照顧已倒下的老父，還得看護另一位與父親結拜之伶仃老人——爲何會整個人浸晃在少年時代才有的，身體處在不知如何是好的，「撒歡」之輕快。夢中姊夫在後座告訴我許多事：包括現實世界裡因爲細故而得罪，且似乎永遠無望解除他對我的成見和憎惡的一位老師，在夢境裡是從事外銷成衣生意（所以他對我的創作生涯，沒有那麼大的殺傷力？），這些年賺賺賠賠，似乎也吃了不少苦頭。另一位我近日剛過世的姨丈，原來只是我們腳踏車經過的巨幅西部電影看板裡的，一個油漆畫上去的外國演員。

「原來如此。」我在夢中鬆了一口氣。在另外的這個世界裡，我不曾娶妻、生子；沒有爲了逃兵而將身體變得如此胖大；那些親手一隻一隻埋葬的狗們皆尚未死去；我至愛的親人也還沒開始衰老朽壞……。

那些纏結的，無法挽回的，人事上的糾葛和傷害，有的尚未發生，有的以一種讓我默然以對的簡單形式重新組合。

另一次我曾夢見：我和一位少年時代的古典吉他老師，一同坐在夜間無人的地鐵月台彈奏吉他。事實上這位身懷絕技的吉他老師（他是「台灣古典吉他王子」蘇昭興的弟弟），二十年前我一共只跟他學了兩個月左右的入門課程（我記得大部分的時間是他要我用留長修成弧形的指甲，無意識反覆彈撥琴弦，感受音質的醇度）。他是我少年時代啓蒙的最早的「藝術家」形象：懷才不遇、脾氣剛烈、憤世嫉俗。有一些細節我忘記了，但我記得當時他不知什麼原因主動收我爲徒（我和一群囧囧少年嗆嗆呼呼闖進他的吉他店裡挑選一把便宜民謠吉他），不收學費傳藝給我。但我那時終究因性格浮躁且缺乏天分而讓他失望了。後來的幾次課程他幾乎是不可思議地嘆氣、暴怒，對我對他視爲第二生命的古典吉他竟如此漫不經心深受傷害。

我不記得後來是他叫我不必再去了還是我因愧恥而不再踏進那間教室。我的吉他技藝便只停留在最初級幾章的《卡爾卡多吉他教本》。

但是在那個夢裡，我和那位吉他老師，並肩坐在冷風颯颯的地鐵月台，一人抱著一把吉他，像競技又像對這孤獨艱難人世致敬，即興卻又賦格嚴謹地重奏著一些像阿莫多瓦電影裡的，高難度的西班牙舞曲。他像用神的手指沒入黃金綢緞那樣炫耀地掄動琴弦，把魔術、夢境、女人悔恨的嘆息、海浪擊碎船隻的暴力、鬥牛士將長劍插進牛隻咽喉的汩汩流動聲……全密不透風繁花錯織在那個原本空洞陰暗的空間。夢中的我竟也一手絕技，忐忑地，亦步亦趨地，顚狂迷醉地讓左五指右五指在琴弦兩端踢踏著舞步，隨著他，閉目、搖頭晃腦，無視夢境之外眞實的時間定義，以我這輩子根本無法擁有的華麗技藝，伴奏著。

那麼地美好。

後來那位學弟恰巧打電話給我，我笑著告訴他：「前幾天還夢見了你喲，夢裡你竟然成了我的姊夫。」不曉得是羞怯或創作者對對方唬爛本性的不信任，他沉默了一會，說：「眞的嗎？我前幾天也夢見了你。我夢見我和我妹被一群歹徒綁架，綁在一個房間的椅子上，那時我心裡還想我眞是世上最衰的人，他們綁我，除了讓家裡那兩個故障老人因爲無人餵藥餵食換尿袋而靜靜死去，實在一點好處都沒有吧。就在這時，一個穿著消防隊制服的胖子，破門而入，比我們還緊張地救了我們。現在想想，那個胖子就是你啊。」

說來眞像一個四處亂搭，許多片子同時在拍攝的片場。我們知道或不知道，匆促換裝地在不同劇情的攝影棚間趕場串戲。不一樣的人生。有時或會穿錯制服，或許慢慢忘了不同故事間的時差換算。我最恐懼的一幕或是，在那鑽進鑽出，顛倒換串的某一次，走進了整個片場的最角落。在那無可回身的走道，遇見某個故人，彼此想起什麼，黯淡地互望一眼：「不想就過了這樣的，這樣的一生。」

鴨嘴獸

剛開始是因爲有一個早晨，我的大兒子突然從夢魘中驚醒。我與妻像上了發條的機器人，兩人其實皆仍處在熟睡的夢遊狀態，卻熟練無比配合無間地彈起：一個扶住孩子用肩頂著、一個拿小塑膠尿盒湊過來，一個幫脫褲子噓口哨把尿，另一個則把尿盒拿去廁所倒掉，然後把小孩仍放倒，所有人躺回原位結束這一切卓別林式，在閉目中完成的機械動作。但是那天早晨，孩子在把完尿，穿好褲子躺下後，竟然睜大了眼，無比清醒地說：「我想下樓去玩。」

我知道那時可能不過才凌晨五點。淡白的天光隨著一種神經質而早起的鳥鳴聲，像電影裡的邊境渡口，灰濛濛貼在我們臥房窗外，這以來我與妻都是偷孩子上床後的時間工作，通常眞正就寢時已是午夜兩點以後了。所以我是那麼驚恐在那樣光度不足的清晨便被喚醒。那意謂著將要拖著那種頭重腳輕、全身痠痛、彷彿宿醉的支離破碎的狀態一整天。

於是我（在半醒半睡間）恐嚇孩子：「噓，趕快把眼睛閉起來，現在樓下有一隻鴨嘴獸，正在客廳各處聞來聞去。不要被牠聽見我們的聲音，待會牠跑上來就慘了。」孩子當時確實乖乖合上眼睛（且因過於認眞而眉頭緊皺），我也順利重回那甜黑烏有鄉。那時我並不知道那是一個災難的開始，從那個早上起，我的孩子認定了，有一隻（後來發展成一組、一窩，乃至一個縱隊）鴨嘴獸，進占了我們居住的這棟房子裡。準確點說，應該是有一群鴨嘴獸，牠們和我們（人類）以日夜爲界，不同時地共用那個空間，牠們是那麼知所進退，以至於總在我們到達時，牠們已經不留痕跡地撤退了。我們從來不會撞見彼此（除了作爲斥候的父親我常爲了回覆情報得下樓和牠們打交道），但他就是知道「牠們來過」。

每天晚上，當我們在二樓睡著時，鴨嘴獸們會「呀」地把門打開，呱呱呱張合著牠們那鴨子般的扁嘴，像穿著緊身衣戴防彈面罩嘴裡咬著一枝手電筒光筆的空降師突擊隊，一隻挨著一隻潛進我們家的客廳。牠們在月光下玩耍著孩子睡前排列在地板上的各種塑膠恐龍，牠們打開電視，開冰箱吃買二送一的 Haagen-Dazs，牠們亂轉烤箱，把我藏在櫃子裡的肉鬆和辣橄欖全部吃掉……，孩子在睡夢中生氣地大喊：「鴨嘴獸，不要！不行！不可以噢！」

剛開始我確也從這鬼影幢幢「像躲在隔壁夾板」的鴨嘴獸們得到些便利：孩子挑食不吃碗裡的某樣食物時，我就恫嚇他：「還不趕快把肉圓吃掉，鴨嘴獸最愛吃這個了。」或孩子摔倒準備炸堤號哭時，我亦可用「鴨嘴獸會聽見」來止哭。但很快我便發現了這件事飲鴆止渴的本質。我的世界塞滿了各種形態的鴨嘴獸。

每天睡前，我都要胡掰數十種關於鴨嘴獸的變形故事：「齊天鴨嘴獸大鬧天宮」、「小木偶鴨嘴獸」、「阿里巴巴與四十鴨嘴獸」、「白雪鴨嘴獸和牠的後母」……比較近乎 Discovery 頻道那種濛洪遠古的古生物學場景是，在某一個時期，地球上充斥著各式各樣的鴨嘴獸：有暴鴨嘴獸、翼手鴨嘴獸、三犄鴨嘴獸、劍鴨嘴獸、雷鴨嘴獸、迅猛鴨嘴獸……。

我有時不免悔恨傷感地想：在那個決定性的早晨，我如果不是說「鴨嘴獸」那該多好呢！我可以說「獨角獸」、「麒麟」或「麋鹿」，那延展出來的童話幅員何其廣闊。且比較容易找到可以附會的故事繪本。老實說我連鴨嘴獸究竟是肉食動物還是草食動物都搞不清楚。現在的卡通，從企鵝、海獺、河馬（嚕嚕米）、豪豬到猴子，全部都有擬人化的造型玩偶。鴨嘴獸彷彿是一不容妥協的、無法將線條修圓修鈍、融入那個顏色變得可愛的，失去蠻荒野性的卡通世界。牠似乎總帶著一種寫實性、那種大航海時代動物學者筆記簿上炭筆素描的稜突輪廓。

有一個晚上，孩子臨睡前問我：「鴨嘴獸吃不吃小貝比？」那時我給了他一個模稜兩可的回答。我說：「也許吃吧？不過我們趁牠現在肚子還不太餓趕快睡著，等牠餓了會上來（我作出嗅嗅聞聞貌）找貝比吃。」

結果那天夜裡，我和妻被一陣慘厲的嬰兒號哭聲驚醒。兩個孩子都不在床上！我衝到樓梯間，打開燈。孩子穿著睡衣，摟抱著他剛滿一歲的弟弟（後者憤怒地、面容扭曲地哭著），我不知道他哪來的力量把個十二公斤重的嬰孩從床上抱下來？

他睜著黑白分明的大眼說：「鴨嘴獸要吃ㄋㄧㄥ咕（我幼子的乳名），有時候牠們會吃錯吃到阿白。」什麼意思？我至今仍不願往孩童的黑暗面去探究：他究竟是心血來潮想牽弟弟一起參加樓下鴨嘴獸的夜間派對？還是把弟弟當作加入牠們的牲祭見面禮？

為什麼我那時會脫口而出「鴨嘴獸」呢？

我記得（我想起來了）我高四那年就讀的重考班，是在信義路永康街口附近的一間大樓公寓六、七樓，那時那一排騎樓根本還沒有後來的金石堂、惟客爾、西雅圖咖啡和麥當勞。我不確定那時鼎泰豐在不在那兒？也許有，模糊中似乎有一群老頭在騎樓排隊的印象。倒是巷口賣糖炒栗子和糖葫蘆的攤販似乎那時便像街景道具擺在那兒。那時穿過新生南路的大馬路，並沒有大安森林公園，而是國際學舍和後面一整排老眷村。那時我總在清晨沿著整排樟樹的信義路，走到我的補習班，和一群臉孔同樣模糊的重考生走進那棟公寓裡，搭電梯上樓。午休時我會跑去附近一家百貨公司（後來倒閉了，位置在今天的葡苑和松青超市那棟大樓）的文具部站著翻小說。我記得我在那兒讀完余光中譯的《梵谷傳》和張愛玲的《半生緣》……。

我們那個補習班的老闆同時是我們的生物老師。他的課講得非常精采有趣。那可以說是我漫長自閉的青春期時光唯一曾打開耳朵聽的一門課。我記得有一堂課（可能不是恰好講鴨嘴獸是唯一卵生的哺乳類但牠沒有乳頭只有乳腺的那堂課），他突然放下課本，和我們講起他的大兒子。他說他是個蒙古兒（他且非常專業地告訴我們，那是第21對染色體異常多一個所造成），他告訴我們一般這種唐氏症患者很少活過二十歲。他和他的妻子不斷被那孩子照表操課各種併發症弄得精疲力竭。他們也加入了義工團體，他們要和這個上帝的玩笑對抗到底。

那時我並不理解他對那麼一大群十七、八歲的大孩子講這些做什麼？那裡面的人渣們提到保險套還會吃吃竊笑呢。他們聽得懂那扭曲科幻的成人生活嗎？那時我只覺得一切如此遙遠。遙遠到像我和那些重考生在頂樓陽台對下面人行道的行人撣菸灰。因爲實在太遠，所以無論怎麼撣那些菸灰總不會眞的落在他們頭上。

鴨嘴獸，根據貓頭鷹出版社中文版《劍橋百科全書》：學名 Ornithor-hynchus Anatinus，鴨嘴獸科哺乳動物。原產澳大利亞東部。長可達七五〇公厘。毛濃密呈褐色。喙寬扁似鴨，柔軟。腿短，具蹼足。尾扁平，可儲存脂肪。雙頰各具一頰囊，可在其中用角質稜裡「咀嚼」食物。雄性後腿具有有毒的「距」。棲息泥濘淡水處。食水生無脊椎動物，特別是昆蟲幼蟲。

順著關係字 monotreme 找到「單孔類動物」，原來鴨嘴獸是哺乳動物中極孤單的一支產卵的（卵生）過渡物種。不論袋鼠、食蟻獸或樹鼩，都比鴨嘴獸有著枝繁葉茂的血源親戚。

鴨嘴獸是現存在地球上的，龐大的哺乳類家族裡，孤零零地仍用「蛋」的形式在生殖舞台上演出的，怪物。

睡美人

S君的妻子最近生了一對雙胞胎女兒。電話裡謹愼地問：「都好吧？」聽到他樂傻了地回答：「都好，都好。」才爲他鬆了口氣。

原來半年前（恰正是S君和他的妻子到醫院探視剛分娩了第二個嬰孩的妻的場合），S君憂心忡忡地告訴我，他的妻子剛做了檢查，已經有了三個月的身孕，且還是雙胞胎。那很好啊。但他向我解釋，不過在兩個月前，一個婦科醫生診斷他妻子子宮裡長有肌瘤，當時竟疏忽粗糙（實在也太巧合了）未做最基本的驗孕即進行藥物治療，等到知道有身孕時已像對海面下的潛艇投擲深水炸彈那樣，對子宮裡的兩枚小胚胎進行了兩個月餘的毒藥餵食。

又是一則陰錯陽差的「時差的故事」。S君像所有神經質的準父親，上網查到這種名爲Lupron的藥物，含有相當程度的男性荷爾蒙（或阻斷體內女性荷爾蒙之分泌），在美國的案例有百分之七的機會會生出俗稱的陰陽人。

當時面臨兩種選擇：一是進行人工流產（一次拿掉兩個女嬰），一是和上帝賭一把。如果恰不幸是那百分之七——換診的醫生提出一較令人心安的說法——即使如此，也只是陰蒂較正常女嬰肥大，並不影響生物學上的性徵（包括性腺荷爾蒙及內生殖器官），只要動個簡單的外科切除手術即可。

後來S君選擇了「好吧，就算將來有兩個男孩氣的女兒也挺特別的。」（我發現我身邊的這些人渣朋友竟皆在初為人父母的這一關口，才細微款款地展露了他們年輕時不自知的布爾喬亞教養。）結局當然是喜劇收場。

那個婦產科在中山北路國賓飯店旁的一處騎樓轉角。我們把車停在一旁暗巷的地下停車場。那時我心中已浮現淡淡疑惑：S君為何會將他雙胞胎女兒的誕生場地，挑選在這樣一處所在？日光燈跳閃的地下停車場橫梁上，掛著一個吊籠一個吊籠的白文鳥、鸚鵡、畫眉、伯勞……。鳥語婉然，彷彿置身山林幽谷。和這水泥堊土牆壁斑駁、充滿汽車排放廢氣之冥暗空間何其不稱。也許是守車的收費員用來測試一氧化碳保護自己性命之作用？

潮濕窄小的老舊電梯裡，地氈上彌散著一種意欲掩蓋住霉味的除臭香水的氣味。診所在七樓，五樓時電梯門打開竟是震耳鼓聲低音貝斯和閃光舞台燈襲撲湧進。待電梯門復又合上時，我才回過神來：這間私人產科的樓下幾層全是一家KTV所有。

年輕時看彼得・格林納威的電影《廚師、大盜和情人》，有場戲是主人翁穿過三個不同空間（也許是餐宴大廳、廚房，與外頭流浪漢翻餿水桶、孤寂冰冷的街巷），而每一個「正在穿過」的房間，所有的光度色調如此單一和其他房間不同，卻可以在同一次的移動（穿過它們之間的牆）中，感受到風格迥異的三種視覺構圖。不想這種「風格劇烈切換」的穿梭經驗，習以爲常地展演在我置身其中的這一代，這座城市。

從婦產科走出來，後巷的酒店女郎中規中矩穿著高衩至大腿根的棗紅亮片旗袍，騎樓下圍著一個大鐵桶在燒冥紙，那些女孩多才二十出頭，奇怪是以我如今之年紀，如此遠距觀之，竟似可清楚辨看出她們濃妝豔抹的臉廓下，那些年輕孩子的質素。她們蹬著高跟鞋的腿肚，微抬蹭搓著另一邊絲襪腿側，下意識地閃躲那火燄翻起的黑灰。或是「下班後」，不帶色情意味地打著呵欠。

多年前我曾在山中宿舍，或校園空教室，寂靜孑然地抄寫川端《睡美人》那邪麗耽美的少女身體細描。在那樣單調枯索的空間，朝一個繁花簇放的頹靡世界栽跌進去。時間靜止的夜，哀傷的老人無比眷愛地，撫摸著身畔吃了安眠藥而陷入深沉睡夢的陪宿少女。那又是一則超出自己感性際遇，以臨帖演練「不可能發生在己身」的情色摹擬。心中卻像抄寫心經一樣明亮剔透……。

如今，那些女孩便在咫尺身旁，我隔著巷道經過她們。但所有的景框全上下左右裡外遠近地錯位移動，我一手牽著妻，一手牽著孩子，像一個中產家庭的父親那樣遙遠而新奇地瞪著她們，我不可能在這麼擠迫而充滿不同元素的換場方式中，醺醉迷離地解去與她們少女身軀不相副的酒家女制服，以暮年的色情品味去體會其中單一個姑娘，熟睡時正夢見童年的某一段乾巴巴的時光呢。

公車

很多年前，我可曾想像過，有朝一日我會與這一大群衣著光鮮面色疲憊不已的人們，如此挨近（甚至臉湊著臉）地待在一個金屬密閉空間裡，在城市的上空快速飛行？我們（我與他們）是如此陌生不相識，卻一同任由著這快速移動的金屬載體，搖晃擺弄著我們的身體。某些幽微部位的款款擺動譬如頸部的輕微晃動、腰部的某種韻律力道的拉扯、大腿內側那些贅肉類似罐裝液態飲料底搖晃或是足踝輕抵以卸去那較大力衝時的酥麻感——我們在同一時刻同一空間裡細細地共用著這種身體私密的運動。多像燈暗後啜泣著讓人溫柔撫弄翻動你被動的身體。

雖然我與他們，是面無表情（甚至彼此憎惡）地坐在日光燈敞亮的光裡。

他們之中有些人完全無視於這種我與他們「恍如性愛般」底共同擺動，慵懶而專注地翻著晚報最內裡那一落，密密麻麻的股票名稱和變動的價格數字；有些女人則垂頭閉目，不抗拒但也看不出有任何享受之歡愉地參與那神祕的搖晃（她是睡著了嗎？還是羞怯習慣使然總要在全然的黑暗中才敢釋放身體出來接受那拘謹又放浪的扭動）；當然還有些穿著制服的青澀女中學生，我總懷疑她們是基於某種年輕女孩間的閉俗觀念，某種那年齡才有的同儕間互相監視的壓力，使她們假裝無視於這種集體放縱的行爲，故意圍成一圈嘰嘰喳喳地沒話找話，破壞那光亮裡神祕搖晃的，需要沉默才能領會的細微快樂……。

仔細觀察的話，你會發現她們之中的那一、兩個，後耳泛著薔薇瓣的暈紅。

很多年以前，我可曾想像過，有朝一日，我會這樣，不引人注意地，像一個體面、安靜的男人，廁身於這些高級名牌、昂價材質的裙裾覆蓋的、發出酸味的優雅的小腿；這些撐了一整天而開始暈糊開來的、顏色豔麗的彩妝之臉；那些被掏空的靈魂；那些衣裝筆挺下面像猿猴般直立著白濛濛的身體（胯下且呆愣愣地垂著一具不知如何擺設的陰囊）……。

那是許多年前的事了，我記得那次是同夥中一個叫蔡頭的，爲了一個復興高中的馬子，和人家同班的男生約好「決鬥」。我們五、六個傢伙穿著制服拖槍曳棒（我們從糾察隊那裡幹來了四、五根畫了斑馬紋的長木棍），長途漫漫到台北車站轉公車218到新北投。我記得那破舊拼裝車一路顛盪，西曬的金黃日照把一路下光最後車廂後僅剩的這六個青少年烤得垂頭喪氣，後來我們在終點站前兩站叫「慈航寺」的一處荒郊下了車。那時已距蔡頭和人家約定決鬥的時辰遲了近兩個鐘頭。暴戾之氣雲消霧散，找了一間小冰店幾個人分吃一盤剉冰。

另一次是（也是高中時的事了），我在永和上車，過了幾站上來了一個景美的馬子。我也說不清楚那麼多年前的那個早晨究竟發生了什麼事，你可以說我被她「煞到了」。我坐在後排的座位，滿臉羞紅地看著她一手抓著吊環一邊拿著小冊背英文單字那美麗的側臉……。

後來我迷迷糊糊跟她下了車（在我不該下車的地方），躲在人群後面跟她一同排隊，然後搭上一輛不知道要開去哪的另一路公車，這許多年過去我已記不清楚自己那樣的舉動後面牽扯到怎樣程度的色情創意？我會像所有那些討厭鬼，結結巴巴地趨前向她搭訕嗎？奇怪的是記憶殘存下來的，竟似是聊齋般的，對一個早熟少年的色欲之規訓和懲罰……。

我記得我不斷地跟著那女孩下車、排隊、再上車。愈來愈陌生的街景和公車號碼終於使我徹底迷失了所在的方位……。

到了某一站——那之後發生的事成為我日後對於所謂「女體劇場」的最恐怖景觀——突然全車其他的乘客悉數下光，上來了一整車廂和那女孩穿相同嫩黃制服的同校女學生。她們環肥燕瘦，嘰嘰喳喳，很快地便把我和那位意中人衝散：我再也無法從那一整車同樣顏色的衣裝裡，找到那張本來就極模糊的臉。整台公車只剩我一個男生（還有司機），我在那些汗涔涔臭烘烘的少女身軀裡被推來擠去，差一點沒屈辱地抽答答哭起來……。但我只是力持鎮定，讓身邊那些搖晃波動，像猶太人女集中營裡塞擠拌和在一塊的胳膊膝蓋肩膀或胸脯們，不要注意到我的存在。

那是許多年前的事了，也許我只是不幸闖入一車要趕去參加運動會啦啦隊之類的女校學生陣中。

情書

近來翻開報紙，總赫然驚見自己的名字以頭條出現在國際版，且皆伴隨著一串令人髮指之血腥罪行：「以軍屠殺巴人」、「以軍砲擊伯利恆聖嬰教堂」、「聯合國促調查以軍在葉寧屠殺難民營罪行」……。

心裡總幽幽地浮上這樣的疑惑：那些多年前因某些不可抗拒原因而決裂的朋友；那些因爲陰錯陽差的巧合而誤解我憎恨我的仇敵；還有內心早就對我的人格陰暗面抱持著懷疑的上司；那些身世曾被我竊取扭曲至小說中而耿耿於懷的親族……，這許多寃親債主怨靈們，會不會在每日無意識翻閱報紙的過程，被隱祕地開啓那原先曖昧模稜的不愉快回憶？

「果然沒錯！當初我就懷疑那傢伙是個包藏禍心的冷血動物……」

「看吧，受害的不止是我……」

即使其中一些理性主義者立刻停止那一晃而過的字符重疊，總也會悻悻然地撂下一句：

「那也必然是世界以一種隱晦的形式，要告訴我們一些什麼，一些訊息、徵兆，或是警告。」

事實上不止他們，連我亦被這樣的新聞，錯接著「世界和我之間的關聯」這一類神祕主義之想像。

報載美國《國家地理雜誌》的記者們幾經查訪，終於找到了那個十年前震動全球的封面肖像人物「阿富汗少女」——當然她再次露面的那張臉孔，已因戰火流離滄桑得與原來那張美麗如驚鹿的少女臉廓難以連結了：那張臉變得嚴峻而殘忍，原本綠寶石般深湛懾人的眼瞳，也黯淡灰澹……。

我想所有曾在年輕時因不解世事而傷害過某個美麗少女的男人，看了這則新聞，心底必然皆抽動了一下。然後努力追想，那張臉……啊（想起來了）……那張臉如今不知變成什麼模樣？

我年輕時有一部法國片叫《編織的女孩》，我記得最後一幕是那個負心的男孩許多年後來到瘋人院，躲在窗外看那個被他毀掉的純美女孩，目光呆滯地坐著打毛線。男孩爲自己多年前無法挽回的罪惡蹲在窗檯下囁指哭泣。我記得當時我身邊的那些哥們，每一個帶他們的馬子去看了這部電影，散場後這些女人全抽著鼻子說：「反正有一天你到精神病院來看我，我就是那個樣子。」後來有另一部電影叫《法國中尉的女人》，那更是噩夢！那個像霧翳般的女人竟然懷了他的孩子卻不讓他知道，還虛構了一個媽的根本不存在的前情人來逼他遺棄她……。

很多年前，當我還是學生的時候，有一段時間，每隔幾天，我的系信箱裡會出現一個陌生女孩的情書。

我不知道一般人收到的情書該是何種形式？但我印象裡那些信件常讓我拆讀後站在信櫃前迷惘不已。那像是把她每日的日記簿隔幾天便撕下寄給我，那些紙流水帳地記下她生活裡和誰吵架或是今天該去補習班結果卻蹺課沒去這一類瑣事。我記憶裡較戲劇性的是有一次她提到她的一位「梅師」（她信裡充滿了這些人物代號）流產了，她非常沮喪，因爲她想起了當初「梅師」出嫁時，她跑去鬧新房，一屁股坐上「梅師」的新床，後來人家告訴她不能坐新娘子的床喔，如今想來，「梅師」的流產，可能就是她害的（她犯了禁忌）……。

你可以想像，在我那個血氣方剛的年紀，每隔一段時日就得收到一封這樣內容的情書，內心是多晦暗了。她從來沒在信中提及她爲何要寄情書給我，「爲何挑中了我？」我從來不曾看見自己被描述，全是她那些灰撲撲且鉅細靡遺的小細節……。

我也嘗試在信箱放一封「給╳╳（那是她每封信尾署名的暱稱）的信」，我勸她別再寫情書給我了，我告訴她我是個人獸戀者，不值得她對我用情。那封信被取走，但她仍像沒事一樣，三、兩天便放一封「日記」在信箱。於是我又寫了一封信，用更怪誕的方式描述我自己：我花了極大篇幅告訴她一個性濫交症者的內心世界。但她仍未被我嚇到，回信的風格完全不受影響，那似乎陷入一種意志的對抗，也正是我後來走向「用變態風格描述自己的私小說」這條不歸路的開始……。

後來我再也忍不住了，我躲在那個系信箱櫃挑空樓上的走廊，守株待兔窺看著來去信箱的可疑女子。蹲了一整天，終於被我等到：那是個面容蒼白，不特別美也不特別醜的瘦削女孩，我一個箭步衝下樓，漲紅了臉粗聲嘎氣地對她說：

「不准再寫那些雞雞歪歪的信給我了，再寫我就揍你哦！」

這許多年過去，我想到這個女孩，內心總是爲自己悲哀，那是何其輝煌而又不配擁有的一種情感哪。這一生再也不會有人用這種方式愛我了：她完全對我一無所知，卻固執地、堅貞地、從不變心地愛了我那麼許久。

春夢

午睡，夢中似在一旅店客房大書桌伏案寫稿。那房間的明亮寬敞，是我從不曾到過、見識過和進去過的。印象所及或僅曾在前一陣公視播出大陸拍攝錢鍾書原著小說《圍城》之影集，飾演方鴻漸的男角，拜訪他有意攀結以打入上海上流社會的女人家，那種從花園、白鐵鏤花扶手樓梯、有胡桃木窗檯外推式的玻璃窗、白紗窗帘、上海工仿歐式的改良古董酸枝寫字檯……乃至穿藍布衣褲紮辮的俐落女傭，處處細節皆呈現殖民地高級華人買辦家，那種光影錯落，既誇耀對模仿洋人講究處的用心，又得不經意地露兩下傳統世家的舊底（所以書桌旁的鈞窯大花皿故作輕漫零亂地插放了幾管軸卷收起的某某或某某某的字畫）。

我坐在那張酸枝南方官帽椅上，與整個夢境場景十分不搭軋地用原子筆在A4影印紙上沙沙沙地趕稿。一旁的麒麟足趾四腳羅漢床沿，坐著一個睡眼惺忪的女子，我當下即明白：啊，我這是借宿在別人家，這個女人就是這整幢屋子的主人。這幢屋子藉由它繁複的空間細節，隱喻著女主人背後的優渥家世和教養。

女人坐在床沿，毫不防備地懸晃著腳（等著看我寫出的稿子？）。如此從容。我心裡哀傷地感受自己和女人，以及這屋裡一切昂貴的擺設，那巨大的身世差距。我終其一生也不可能「眞正地」走進那樣的畫框裡了。因爲開窗，空氣中彌散著一種庭院樹木如此貼近，以肉眼可見的速度舒卷旋轉的草葉芬芳。我心裡想：「我們這是在獨處吧？」

下一個畫面：我轉過身，捧起女人的臉，詫異地，可以清晰感受那乾燥唇瓣裂口之物質性地，接起吻來。女人像遊戲又像怕激怒我那樣地，一邊和我銜接著唇舌咂吮著，一邊瞪大了眼觀察著我。我心裡想：「歷史又重演了。」這又是個別人的女人。但很快我就知道那絕非歷史重演。我和女人，皆已失去年輕初次偷情時，那種被不能理解的悖德圖景壓得喘不過氣來的戰慄和銷魂，有些根本性的東西鬆垮散潰掉了，當那樣激烈近乎死的黑暗蕊心不存在時，我感覺我們只是互相在對方的嘴唇四周塗口水。

女人想起什麼似地推開我，說：「他就要回來了。」那時我眞想回到我從書桌前轉過身，捧起她的臉吮吻之前的畫面。我和這幢房子陷入了一種本來可以避免的複雜關係，所有的家具都拉長了陰影。

夢醒後我暗中忖度：那置身（像課堂教材的幻燈片投影）於一幢遙遠時光以前的華屋裡，和一位高貴教養的女主人，凌亂且草率的偷情時刻，卻揮之不去籠罩而下的巨大哀愁是什麼？

許多年前，我與年輕的妻以背包旅行的方式散遊蘇州。有一個晚上，我們發現旅遊書上赫赫有名的「網師園」，竟就在我們投宿的破舊旅棧隔街，遂短褲拖鞋前往。如今那夜市如畫的畫面裡許多細節早已遺忘，依稀記得入園前一條石板小徑，兩旁的攤販，像煞京都近郊稻荷神社走入鳥居隧道前的兩側攤位，全大大小小擺滿了襟前一團白毛的狐狸絨毛布偶。只不過網師園的「表參道」兩側，全以貨郎架掛著騙老外觀光客的國劇臉譜，還有大紅翠綠顏色強烈到令人臉頰抽搐的各式中國棉襖。

我們混在一群老外的觀光團裡，跟著解說員按著遊園動線穿廊繞室（像小時候在植物園歷史博物館二樓參觀那似乎永遠不會改變的北京人蠟像展隧道），在迷宮般的樓閣園林間徘徊，廊柱上掛著一盞一盞垂蘇電燈泡宮燈，款彩泥金斑駁的黑漆八摺大屏風，忽而室外、忽而室內……。突然闖進一處「後花園」：那原先應該是小姐閨房的廂廳，有兩個濃妝豔抹的姑娘在裡頭嘻哈打鬧，她們非常滑稽地頭上帶著網套，插滿珠花與步搖，上身穿著桃紅短襖，下身則穿著練功的運動長褲。在那些雲石案桌，束腰帶托泥圈椅之間，一架電扇拖了老長電線左右搖頭吹著風。

待解說員要那群老外和我們在花園排放的塑膠椅坐好，那一對姊妹花，這時已換上婀娜的軟綢綢長百褶裙，款款走上廊前平台上鋪的一塊紅毯。以無比敬業的打工精神（像北京人蠟像館裡每五分鐘那表演鑽木取火的野人面前的柴堆，即會打亮代表火焰的閃光燈），翹著蓮指，輕啓朱唇：

「……原來姹紫嫣紅開遍，似這般都付予斷井頹垣。良辰美景奈何天，賞心樂事誰家院：

⋯⋯」

那滑稽輕率的做作之中，有個什麼曾經無比華麗照眼的全幅圖景，以斷肢殘骸，無線索可尋的形式藏匿著。那被斷阻無從拼回原貌的四不像後裔讓我在老外吆喝鼓掌（他們其中或有人極賣弄曾在北京老舍茶館的熱鬧京戲歇間爆聲鼓掌：「好！」）的夜間園林裡痛哭流涕。

不倫像處理屍體一樣

有許多年了，我不斷在報上讀著她的專欄。她總是像品評那些昂貴生魚片料理或頂級紅酒，那樣地，唇齒留香地談論著中年男女的不倫情事，但是請恕我直言冒犯，讀這些文章的時候，總讓我打從心底，像一個被鎖在地牢重武裝警力戒護的連續殺人狂，聊作消遣地翻讀那些布局精采直探人性黑暗面的推理小說，陰暗霧翳地浮現這個念頭：

「這個女人，是沒偷過情的。」

主要是，有太多親臨現場之事，實在太邋遢也太瑣碎了。包括像絲襪、領帶、男人的不成雙的黑襪子這一類的小事。你可能爲了要和不倫的情人在約定的那一天相會，就得早在兩、三個月前錯嫁伏筆地安排了一位二百五剛失戀整天要拉你到小酒館吐苦水的爛哥們。然後漫不經心地像談人八卦那樣和你的妻子嚼舌「那個女人」（妻子們暗地的第六感狐疑其實相當準確），據說最近和某個男的打得火熱……。

唬過了這個，再來是哄那個。我曾不愼闖入人渣哥們的「不倫嫂」正在尋釁的場景，只見我那位老哥突然崩潰將他最心愛的數十萬音響砸爛，然後摔門出去後又彈回我熟悉的ㄆㄧㄚ臉。「必須以相對等她委屈強度的戲劇性來處置，她才會心甘願意哪……」

千萬不要把不倫當作喝紅酒。偷情的地底世界裡藏匿了多少不世出的推理小說家，但我打賭連個三流的詩人也沒有。

有一陣子我常躲在咖啡屋一些一望即知正在「不倫約會」的中年男女鄰座，想偷聽他們交談的內容，但從未聽到我原以爲會有的對白：

「……我一直在等著您。這麼多年了……我就在等著這一刻要對您說這一句話……我無法召喚回那些您不在場的孤寂時光……我一直在忍受著身邊那些打酒嗝放屁說混話的人渣；那些癡心妄想的馬子；那些撳馬桶按鈕隨漩渦打轉沖進下水道的單套染色體黃鼻涕精蟲……只是爲了等這一刻告訴您……」

沒有。我偷聽來的「不倫話題」，他媽的比總統文告或電子公司股東大會的會議記錄還讓人想瞌睡。

「……維他命一定要買美國的，你知道那個美國的善存，平均它們攪拌一定要六百次，咱們台灣的攪一百次就算了喔……腸胃藥一定要德國的……千萬千萬不要買義大利人的藥，那和買漢藥是一樣的意思……。」

她靜靜看著我的臉。她說：「昨天晚上你沒來。」

「是啊。」我說。

我向她解釋著，是這樣的昨天傍晚，我正要出門，接到一通電話，原來是我父母家的一條狗掛了。於是我和我哥相約回去處理那臭狗屍，我說這件事因爲一些奇怪的顧忌而出現了一點小小的時間差。我媽是個佛教徒，她相信狗（或是人）死去的八小時內不能動牠的屍體，要在一旁唱誦佛號（所以當我和我哥把那臭狗屍抬放至一只皮箱時，那身體從口和肛門流出大量的屍水，並且發出一股像附著在皮膚上的糜臭味）。因爲一般焚化動物屍體的靈骨塔在夜間不肯收死去動物的火化作業（我們打電話去問，一個男的說：「夜晚陰氣卡重啦。」），於是從那具狗屍持續在腐臭流汁的夜晚，到第二天早上動物靈骨塔開門，這之間便有長達十幾個小時的「停屍時光」。我說我父親年紀大了，他很明顯地表露對那樣一具屍體放在家中的恐懼憎惡。他一直問我哥和我幾時把多多（那隻狗的名字）的「遺體」運走？另一個地點是搬去我家。但我想到我那屋子裡，妻和我剛滿一歲的嬰孩無邪安詳地賴擠在床上安睡，我這樣不動聲色地載一具動物的屍體回去，和他們共度一晚，那具狗屍在熱天蒸騰出來的腥蛋白臭掉氣味，和牠失去意志而散潰漂流的死亡意象，會不會從妻和嬰孩安勻的鼻息中鑽入，變成一整夜的噩夢？

只剩下一個處所可以停放狗屍，那便是我哥的住處。但是這有一個困難：我哥在這兩年間，是和我阿嬤（她九十幾歲了）共住一塊。我阿嬤是個神經質的老太太，她這一陣身體頻出狀況。我哥曾帶她去醫院做過檢查，醫生說這老太太體內的器官，有三分之二都近乎停止運作了。肝、腎、大小腸、膀胱……都老化衰竭了。她實在是太老了。但是她每次有不舒服（不論失眠、便祕、哮喘、皮膚過敏），她皆固執迷信地灌一瓶克風邪感冒糖漿下去。這樣的老太太，若是在半夜她失眠時在屋子裡尋繞，給她撞見了那樣一具張嘴吐舌的狗的屍體，那實在也太那個了……。

我說所以我和我哥的任務，便是在我阿嬤睡著和醒來的空檔，躡手躡腳地抬著那具狗屍經過她在一樓的房間（她聽覺靈敏而且睡得很淺），爬樓梯運往三樓……。而且在第二天早晨，要哄騙她我們抬的那只發臭的箱子裡是一具屍體以外的某件東西（電腦？一箱舊書？一箱酒？舊衣服？），從多疑的她面前把屍體運出那屋子……。

我說，結果你知道怎樣？我和我哥摸黑扛著那具狗屍（牠活著時我從不知牠是條這麼大的狗），一推開門走進我哥和我阿嬤的屋子——我阿嬤坐在客廳正中央的一張板凳上。她說：怎麼那麼晚跑去哪裡……。

這時她突然極不耐煩地打斷我。她的聲音比平時尖，她露出不可思議的表情：

「這件事你不是早就寫在你的小說裡了嗎？你哥，你外婆、一隻狗的屍體和火葬的故事……，我眞不敢相信你會錯亂到拿自己小說裡的情節來唬弄我……」

我愣愣地瞪著她。有好一會工夫我無法弄懂她說的話。每一個字單獨飄浮碎裂著……。

幸福

我們滯留香港的第五天恰遇世界盃的德韓大戰。那是一種奇幻停滯的旅行經驗，我們前往中正機場搭機時，在塞車的高速公路上緊張莫名地聽著電台插播的新聞快報：英格蘭一比〇領先巴西。然後是我的小說老師張大春和前輩唐諾大談海明威。電台頻率到了桃園境內受到干擾，出現了一個奇怪的幽靈女聲，下一個較清晰的時刻我聽到他們倆不知怎麼跑野馬談起小說家和評論家之間的恩怨情仇。突然，我的小說老師在電台裡興奮地大喊：巴西隊以二比一擊敗英格蘭。然後他開始播放英格蘭童謠、巴西童謠、美國童謠（是印第安小孩的合聲）……乃至徹底被那個幽靈女聲的地方電台掩覆盍過。

我帶著不滿足但鬆了口氣的心情上飛機（總算老巴沒有陰溝裡翻船）。第二天一早，買了《蘋果日報》和《東方日報》，一時間眼花撩亂難以聚焦：貝克漢成了碧咸，羅納度成了朗拿甸奴。（真像初進許留山的冰品 Menu 上看到「芒果撈嘢」？）

世界盃仍在進行，此地相較於台北的淡漠與疏離（錯亂的輸贏認同：台北人對於中國隊出乎意料的肉腳表現總有一種資訊隔阻的尷尬與困惑——他們不理解為何北京香港球迷會信誓旦旦相信中國隊可踢進十六強。台北的新聞主播會這樣湊興地報喜訊：我們的友邦塞內加爾這次吸引全球目光的優異表現……另一支友邦哥斯大黎加亦有不凡的演出……云云。台北人倒是口徑一致對南韓以粗暴球風和繪聲繪影的裁判黑幕連續做掉了南歐優美球風的三支球隊葡萄牙義大利和西班牙，充滿了無關的第三者義憤填膺……），香港似乎以節慶般的全城騷動（那麼敏感、血脈賁張地意識全球腳下的戰火正在同級的亞洲城市開打），在城市裡臨場即時地擬造一種「火線如此迫近」的歇斯底里感。

我在一個燠熱的黃昏，扛著我的孩子穿過銅鑼灣西武百貨前巨屏螢幕廣場的人群。那是南韓與西班牙之戰，我驚訝莫名地發現身邊處於一種臭烘烘悶熱迷醉狀態的街頭球迷們，集體地歡呼或哀鳴（「Ya——」「唉啊——」），竟皆是為那紅球衫的南韓隊加油（解析度超優的畫面可以清楚看見綠草如茵的球場，那些顴骨高聳的高麗棒子臉部特寫的汗水。那總讓我像個癡肥的棄婦見到多年前的情敵仍豔光四射，那樣想起瓊斯盃裡中韓大戰，那些韓國球員幹拐子並躺地裝死的惡狀）。

我發現一個事實：當你是以旅者或異鄉人的身分坐在一座陌生城市裡——不論你是坐在酒店大堂咖啡吧隔著櫥窗望著外頭匆匆來去的當地居民；或是縮在旅店的床鋪上，轉著選台器跳躍翻頁，無比困惑地看著電視裡那些操陌生方言的藝人，亂烘烘興味十足地大談世界盃——你總難以自那平面馬賽克搖晃暈眩的拼貼裡脫身。原本你可以任意進出穿透不同介面、撥弄不同人物心機、架設任一齣街隅即興劇的能力悉數消失……這亦是旅遊札記總讓我有一種浮光掠影、無論如何賣弄仍不脫工筆刺繡的素描印象。七、八年前我們初次到港時，還刻意在下班人潮的尖峰時間跑去搭乘地鐵（那時台北捷運尚未通車），彷彿置身那些西裝筆挺名牌服飾的疲憊身軀之間，便能像淬取稻草湯汁標本裡的微細草履蟲那樣，把這座「更進化城市」裡蜉蝣人群被擎舉向天的摩天大樓裡每一格辦公小間的空調吸乾的靈魂，採集收藏到「假城市書寫者」的夢境裡。

這次來香港，我暗忖自己應已積累了相當的捷運或地鐵經驗（應該沒什麼好大驚小怪了吧），不想仍是被一種黏稠厚阻的異鄉陌生感隔絕在外（無法理解，無從切入，沒有任何的經驗的據點以發動極小篇幅之側寫）。城市在模仿和複製另一座城市的過程（即使那一座城市亦是另幾座城市的複製品），僅有能力將更大數量的採樣人類驅趕聚集到公共澡堂、戲院廣場、地鐵站或是咖啡屋（茶餐廳）、購物大街……，但那更大數量和你如此貼近的人群，僅能造成你極短暫的幻覺：你以爲在這樣的洶湧移動和心不在焉中可以呼喚著你不陌生的情感收藏：孤單；依賴在陌生的「我類」裡藉以不感畏怖地在金屬礦石玻璃材質的空間裡彳亍；或是內心輕微地詛咒著身邊那些制服般穿著流行的女孩：「你們這些沒身世的……」

很快你便發現你是在完全的另一座城裡，那細微翻動隱藏在每一角落的小差異：包括她們的女中學生著一種五四時代女學生的藍染布旗袍，使得她們的身形非常孱幼且保守，甚少見台北街頭的日系濃妝美少女；三十歲以上的通勤女人皆較台北女人擅化妝（她們的臉清一色較小，顴骨較高，臉部因之較立體）且穿著昂貴名牌從頭到腳披掛不漏，不似台北女人常一身七百九套裝卻提一個貝里皮包；她們的老婦則邋遢得像經過精準的汰選被明快地截切出城市的櫥窗景觀外（不似我們的阿巴桑常仍著昂貴華服有三兩姊妹淘巧笑倩兮地占住她們構圖部分的色彩）；他們人群比例高出許多的洋人、印度人、菲傭或印尼傭。

但是世界盃仍在進行。但是我在另一個城市裡，拾掇著稍能混身他們之中一齊昂頭盯著城市上方電視牆裡巨人們拚搏鏟球傳球的熱切眼神（雖然我不時遲疑地回望），我拾掇著那些想像的感性碎片。

另一個黃昏，我帶著妻兒換搭了三條路線的地鐵，來到九龍塘「又一城」的「熱帶雨林餐廳」晚餐。那對我的孩子來說絕對是一深刻美妙的經驗：他一邊吃著美式垃圾食物的漢堡、薯條和雞塊，一邊驚異極了上下四周的叢林樹木裡，那些肖眞的大象、黑猩猩、斑馬、犀牛和金剛鸚鵡的蠟像，會在雷電閃光的暴雨特效下，發出原始動物的立體音響咆哮。但妻很快便發現我的坐立不安——餐廳對面的一間美式酒吧，時不時傳來看電視的球迷之驚呼嘆息——南韓隊又會以他們粗暴的球風和疑雲重重的「黑哨」，再一次將傳統足球強權的德國隊踢倒嗎？

我終於丟下妻兒孤自一人走進那間酒吧。那四周的擺設造景和台北的老 pub 何其相像：23號的公牛隊球衣、一顆立放的美式足球、卓別林的肖像和一架 P-40 的大模型螺旋槳戰鬥機……我甚至不露破綻地用我的破英文點了海尼根啤酒，且在完全聽不懂服務女孩的語言下，馬上會意她告訴我的是「九點以後有最低消費額所以你必須點兩瓶飲料」……。

但我卻在整個酒吧壁壘分明的歡呼和哀嘆中，壓抑著自己孤寂的興奮，一口一口灌著啤酒。除了吧檯左側一撮老外，全酒館的人都爲著已被攻進一球的南韓隊一波又一波功敗垂成的無攻反擊焦躁不已。那時我是多麼爲自己置身其中卻未被認出而感到如許幸福。

聖誕老公

聖誕節的前一天跑去兒子的幼稚園扮聖誕老公公。事前當然經過了慘烈的抵抗，「爲什麼？他們爲什麼挑上我？因爲我最像流浪漢？」每當妻子對我提出一些匪夷所思的要求時，我都會變成變嗓期之前的青少年，歇斯底里地尖叫、吐口水，只差沒像知道即將被宰的火雞在地上打滾。

「你不要激動嘛，」妻子試著安撫我：「主要是 Miss Cherry 和 Miss Vivian 她們一致公認你的體型最像聖誕老公公。主要是她們原先去向『聖誕老人公司』預訂的臨時演員，接了太多 case，臨時放鴿子了。她們眞的很用心，聖誕樹是用眞的小南洋杉，三個班小朋友都排練了聖誕歌曲，原來是安排聖誕老人出現，發禮物給所有的小朋友（當然那些禮物是各自的爸爸媽媽準備的）。Vivian 說，如果阿白爸爸不答應，今年她們只好給小朋友們過一個沒有聖誕老人的聖誕節了……」

「不可能不可能，」我繼續口吐白沫全身哆嗦。我告訴妻子，從小到大，我唯一演過的一次戲，就是國中時老師按國文課本有一篇名叫〈愛國的小喇叭手〉裡面，那個最後將小喇叭手架走（因爲他跑上教堂頂上吹小喇叭預警法國軍隊快點落跑？我不記得詳細的情節了）的德國兵乙。沒有任何台詞，我只需和另一個德國兵甲踢正步進場（我們穿著黑色橡膠雨鞋權充長統軍靴，我且還同手同腳地踢正步），按德軍軍官（他有台詞）的命令，一左一右從後架住那個小喇叭手，把他帶下場。另一次則是在岳父的獅子會春節團拜中扮演獅子（那天我特意一身西裝領帶想稱頭些博老丈人歡心，不想一進場岳父拎了一團毛絨絨橘色的獅子裝，要我換上），「因爲你扮起來最像獅子。」那次他們也是這樣說。什麼意思？當然那次也沒有台詞，只需要躲在睡袋一樣的獅子身體裡，頭上戴著巨大的塑膠殼獅頭面罩（我是從獅子張開的大嘴作爲視窗看外面），捧著一盆糖果，跟在我岳父身後，一桌一桌去發糖。我對妻子說：什麼叫「沒有聖誕老人的聖誕節」？我從小就沒見過聖誕老人。都嘛是聖誕節一早醒來，迷糊發現床柱上綁著一條破洞起毛的絲襪（我娘的），裡面塞著「禮物」。「聖誕老人呢？」我會哭著問我娘，她則會安慰我：「來過了，來過了，天亮前他就從抽油煙機爬出去了。」

「況且小朋友也未必喜歡看到『眞的聖誕老人』，」我試著說服妻子：「像我老師的孩子阿容，去年走在路上被一個熱情的聖誕老人衝過來抱住，嚇得都哭了。今年他們幼稚園也說要搞一個聖誕老公公來發禮物，那阿容抽噎對著虛空中揮之不去的聖誕老人說：不要聖誕老公公！只要車子（他的禮物）留下，聖誕老公公走開！」

最後我還是去了。

我依約在發禮物時間前半小時，偷偷摸摸混進孩子的幼稚園。走道上，教室裡，到處都是小朋友和拿著V8拍攝的爸媽，有的小女孩打扮成小天使的可愛模樣，身上黏著金色的小紙片，奇怪的是有三、四個小男生本身就穿著小聖誕老人裝，總之他們都洋溢著一種過節的歡喜氣氛。「我要在哪換裝？」我問 Miss Cherry 。主要是到處都是小朋友，她們遂叫我到幼稚園後門一個戶外小園圃去換。

一個士官長模樣的男子，像交接野戰軍服、防毒面具和火箭砲、手榴彈那樣將一整套「聖誕老人裝備」交給我，且一邊協助我穿上那一身紅色衣物，黏上白色眉毛，戴上白色鬍口，一邊安慰我：「忍一忍，一下就過去了。」他告訴我他是去年的聖誕老公公，我看他一臉笑意，忍不住問他爲何不今年續任？他說：「嘿嘿，唉，我今天剛好重感冒。」最後他將一對假的黑色長靴鞋套用魔鬼貼包覆在我的鞋上。我對著那扇門的黑玻璃看看自己的德行：媽的哪是什麼聖誕老人？那根本是一個穿紅袍的拾荒老人，或是一個眼神驚惶地扛了一袋竊物的賊，或是癡漢……。

說實話那時我挺緊張的。隔壁幼幼班傳來那些孩子們五音不全七零八落敲打鈴鼓、三角鐵、夏威夷ㄒㄧㄚㄉㄚㄒㄧㄚㄉㄚ棒、墨西哥小鼓、小木魚，乃至大鑼的打擊樂聲。後來只剩下我一人站在那兒。鬍口很扎臉，我便把它摘下，任橡皮筋掛在一邊耳朵。然後我點了根菸（一身怪誕裝束地）在那兒抽將起來。

我的頭上是一株枝葉茂盛的黃心刺桐。樹影翻飛，心中頗多感觸。我想唉此刻算是我生命裡的哪一個段落啊，我竟然「跑來我兒子的幼稚園扮聖誕老公公」？這要是給我當年那些人渣朋友聽到，他們一定笑得鼻涕眼淚直流，抱著肚子滿地打滾。（後來果然一位冷面老痞聽了說：噢？扮聖誕老公公？那一定是找那些漂亮女老師扮麋鹿哈？）眞是今夕何夕兮。

那時我突然百感交集地想念起我的老朋友盧子玉。我不止一次地在我的小說中使用他的名字。到後來甚至有朋友問我：「這個盧子玉，是不是就是你自己的化身？」怎麼說呢？這個盧子玉，是我大學時期最把哥們的人渣好友，他具備了我初學創作時期（不能避免的膚淺的人世閱歷），為之目瞪口呆、詫異欣羨的某種，「純粹發光的人格特質」。那種特質，用我年輕時較粗暴直截的口吻描述，便是：「人渣之極品」，意即純種人渣是也。

這像在罵人了。請容我解釋：一開始，我發現身邊的朋友（包括我），只要和盧在一起，心情就會愉快起來。當然這和他隨時可以啓動插科打諢的耍寶天賦有關，但奇怪的是，他那些簡直可以開一整晚露天演唱會的即興「不插電」笑話，只要一有女孩在場，立刻斷電。（我想起來了，大二那年他和另一位人渣兄弟來拉我進一個叫「慈安社」的社團，說「那裡面很容易可以把漂亮妹妹」，被我拒絕。後來的下場果然是，直到那個社團解散，他們兩個仍是王老五，但他們的耍寶才華，成爲五、六間育幼院小朋友瘋狂喜歡的「笑話大哥哥二人組」。）最主要的是，再自怨自艾的人，遇見盧，就會有一種「總算我不是這世界最衰之人」的感悟。以我們那時對紫微斗數的粗淺認識，有一次盧子玉拿他的命盤指給我看：「媽的我是哈雷星坐命的。」（即掃帚星是也。當然後來我才知哈雷是一顆無足輕重的丙級星曜。）他的口頭禪是：「我眞衰。世界衰。爆衰。」確實就我印象所及的一些不幸場景，盧總像是照片靈恰好經過那畫面：有一次我告訴他我高中時曾發生過一次來來飯店擦窗戶工人因吊纜斷掉從高空摔下，砸死兩個我那所高中的學生，他說（他發誓是眞的）那天他就在那等車目睹整個事件的經過。另一次是他告訴我他高中時搭電聯車通勤，因為那個時間非常擠，大家就擠吊在車門口，有一回有個北么的，車已開動，還跳上來抓住他書包背帶吊著。但沒一會就掉下去了。他說得恍惚如夢，讓人難以當眞。許多年後，我隨妻參加一個她的學姊學妹組成的旅行團去內蒙，沿途火車車程漫長，一個學妹（她以前是北么的）感慨地聊起她高中時搭電聯車通勤，常常擠不上車又害怕遲到，便和那些男生擠在一塊吊在車門外。有一天她抓著一個成功高中男生的書包，不知怎麼一失手就掉下去。車開走後她滿頭是血地爬上月台，還有阿巴桑大喊：「有個北一女的自殺啦！」……。

那時我驚呼失聲：「那是盧子玉啊。」

後來我不知緣故地和這位老友失去聯繫。這許多年過去，我發現了奇怪的事情在我身上發生：即是在新的朋友群中，我總是將「我眞的很衰」掛在嘴上。一群人走進電梯，只要我也走進，那電梯就嗶的一響故障。我不止一次發生去拜訪尊敬的前輩家，卻恰好撞見他們遠親的噩耗或貓狗之死亡。一開始大家當作笑話在說。旅行途中亦發生過才參訪過的千年古寺院隔週便火災燒毀。有一位長輩甚至狐疑地推算似乎從結識我之日起，他的海外基金便曲線箭頭朝下，及至後來之腰斬。有一天一群常聚會的朋友聊起，發現「一房間的人」，除了我，大抵都得了身心症、憂鬱症或躁鬱症……於是他們激憤地給我取了個綽號叫「傷寒瑪莉」。

我是不是不自覺地扮演起自己筆下的角色？像是從前學戲劇時，一次在一篇文章讀到一個動人段落：「那些偉大的演員，他們一生演過上百個令人難忘的角色，如果你在他們謝幕後溜去後台，看到他們卸妝後躺著閉目的臉，會發現那是一張幾近空白的臉。生命中無數次肅穆、專注進入另一個生命的嘗試，已經將他們臉上本來堪被辨識的一點殘渣，都洗刷殆盡……」那時我穿了一身滑稽的聖誕老人裝，突然充滿感情地想起我的老友。他那總是將所有倒楣埋單認在自己帳下的奇怪個性。這許多年過去，我慢慢學會了，人世的不幸或好運並非如此容易用那麼喜劇性的方式描述。所有人到了一定歲數總會遭遇到該遇到的事情。有時你會過度專注地凝視自己的傷痛；有時你會頭皮發麻莫名承受一些害羞而溫暖的人們的良善給予……。

然後我聽到教室那頭傳來孩子們的歌聲：「小朋友，你不要怕，聖誕老人進城了，帶來幸福帶來希望……」這是她們和我約好的出場暗號。我趕緊把白鬍子戴上，把菸熄了，禮物背袋上肩，往走廊的盡頭，孩子們拍手唱歌處跑去。

魔術師

近來總爲孩子尿床所苦。常在睡夢中，迷迷糊糊地感覺妻越過我的身體，探摸著熟睡的大兒子，然後哀鳴一聲：「又尿床了。」床單換不勝換。兩個孩子（大的恰正值穿不下最大尺寸紙尿褲之三歲，小的爲尚不滿一歲之嬰孩），以奇幻的方式（泡奶。小的清晨的驟醒。大的魔夢。尿床）切割夜間的時段，淺眠的妻子爲著長期的睡眠不足，已出現輕微憂鬱症之傾向。後來索性一家四口，長長短短地，仰躺在那尿了又乾，乾了復尿的，臭烘烘的涼席床墊上。

我始終無法理解，要如何在一個熟睡的孩童，那麼漫長的睡夢時間裡，內鍵入一個指令：在那彷彿夜河行舟輕輕搖晃的神祕旅行中，在最舒服的時刻，不要順著那種汩汩流淌的幸福欲望，把尿放出來。「請先按下暫停鍵。」醒來。叫爸爸抱你去馬桶尿，不要尿在床上。我總是愛莫能助地看著妻，在孩子睡前認眞叮囑取得承諾：「不可以再尿床嘍。」然後是清晨醒來的被負棄。

那天從一個像滿口囫圇金黃麥芽糖、近乎液態的夢境醒來，發現自己正睡在孩子濕濕暖暖的尿漬上。孩子則移形換位，大字形地趴睡在我原先的位置。「夢見了你的朋友L哪……」那樣迷惘地不可言喻地對妻說著。

L是妻大學乃至研究所時期的暱友。原先是班上灰撲撲教人記不起名字的女孩群中的一個。據說是中學時母親便過世，父親再娶，於是從十四、五歲乃至二十歲考上大學來台北讀書，一整段的青少女時光皆是借宿在不同的親戚家。穿著制服、揹著書包，常常準備接到父親電話指令，再換一個寄宿家庭。每一次闖進的新家庭裡皆變換扮演不同的角色：有時是兩個國中男生的不尷不尬的姊姊；有時則是一對年輕夫婦的嬰孩的阿姨；有時則又夾在一窩小孩之間，上有念大學、當兵的堂哥姊，下有同齡而較易感受到勾心鬥角爭奪地盤的堂妹……。那樣失去怙恃的漂流時光，其實就是不斷變貌的家人；記憶裡各式不同的飯廳和不同人圍聚的晚飯畫面；不同的浴室和不同的從一個房子裡硬ㄑㄧㄠ出來的她的拼裝臥房……。

也許是聽說了L的這段身世，所以我在與妻交往的時光，總感覺到她這位暱友，神經質的，好依附賴著妻且模仿的，但那之中又有對人本質性的不信任這樣細微衝突的性格……。

後來L嫁給了一個超級有錢之老公。據說她公公從前是永和新生地一帶種田的，一有錢便買田地，土地重劃後大片的土地和建商合建，現在永和 SOGO 後面好幾幢大樓全是他們家的。妻有次這樣喟嘆：當初班上那幾個漂亮女生，爭妍鬥豔比誰的男友帥，到後來一個比一個黯淡平凡。不想最後竟是L混得最好哪。有幾次我陪妻去一些高級料理店赴L的約，看見對方貴婦般從頭到腳連皮包全是扎實的名牌，心裡不覺爲身旁穿得像女學生的妻子感到難過。事實上我們第一個孩子兩歲前的童裝，全是L整箱整箱包裹寄來，她的孩子只穿過幾次的名牌貨。而妻是一件件如收藏品般清洗熨整。

我記得在那個夢境裡，我也是一場深眠的睡夢中醒來，迷糊錫澀地被妻許多年不曾出現的少女銀鈴笑聲吸引下樓（發生了什麼事？使現實生命裡被損耗疲憊、鬱鬱寡歡的妻子，那樣地開心）。發現我們一樓的窄小客、飯廳，竟像被浸在水中或長期浸水，白漆水泥壁面龜裂凸疊成粗糙的珊瑚礁，水藻密覆綠意盎然，且有海葵軟鬚款款搖擺。甚至垂懸的燈罩裡不符重力法則地蓄積著水，裡面可見孔雀藍的深海魚族神經質地來回巡游……。

妻和L像少女手帕交那樣手牽手跑了過來，妻以一種揭露重大祕辛的口吻對我說：

「……原來一直不讓我們知道：L的眞實身分，竟是魔術師哪……」

在我貧乏無聊的生命裡，偶有一些人會在某一時刻，揭露出他們「眞實的身分」，其實並不是你原先以爲的那個……，譬如每週以讀書會形式見一次面的J．W大哥，那麼地老左，那麼地人道關懷無政府主義，那麼博覽群書且溫和安靜的人，隔一段時日便會自台北消失，有時一兩個月，有時半年，以貧窮旅行的方式跑去愛爾蘭、巴基斯坦、印尼、東馬來西亞或是南斯拉夫波士尼亞邊境……這些被戰火、饑荒、疫疾蹂躪的地區。有一次他不在場，大鬍子前輩神祕地對我說：「喂，我困惑了很久，心底一直有一個懷疑，說不定J．W的眞實身分，是美國CIA的特派員呢。爲什麼每次他一去什麼地方，沒幾天報上就刊出該地戰爭情勢升高的消息？」

其實他（她）是……。去年讀了張娟芬的《愛的自由式》，才恍然大悟，我身邊認識的許多女性友人（可能包括妻在內），原來讓我不能理解某一團迷霧般的憂悒或躁怒，原來她們竟只是一群對男子較慈悲不忍，或是變裝妥協於異性戀社會裡的婆？

妻向我解釋著：由於苦旱不雨，且這房子裡的水管管線完全涸枯，L變了個魔術，將我們的飯廳移至太平洋某一片烏雲密布的暴雨區，吸飽了水分，再將它移回。妻並且指給我看：電視畫面裡正播放的《天線寶寶》，那穿著鮮綠絨毛獸皮的黑臉迪西，不正是我的大兒子？而紅絨毛踩著滑板車的小波，不正是我的小兒子？

房裡的每一處細節都被更動：那些平常堆滿客廳的絨毛玩具和橡皮恐龍、鱷魚和蜥蜴，全成了眼神戒懼吐著舌信濕淋淋匐匍在角落水窪處的一隻隻活物。所以眼睛本來熟悉的一種無層次的色彩鮮豔，被那些動物們保護色的褐灰或淡藍的毛被鱗甲的整片晦暗侵奪。牆上原先用雙面膠黏住的「幼兒認識ABC」或「動物ㄅㄆㄇㄈ」的海報，亦被換成了一些中世紀風格的頭盔掛飾或貴族肖像畫……。

我記得我在夢裡向L懇求就在我們這屋裡變幾套我夢寐以求的魔術。我提議了幾個諸如大衛魔術可以在空中飛行或是將我去年旅次遺忘在東京旅館的一本絕版《馬札爾辭典》變回來……，但皆被L嚴峻地拒絕。後來我說那至少把我們的房子變回原樣吧？L亦聳聳肩表示做不到。L在我的夢境裡侃侃而談，對於魔術師去模仿另一位魔術師曾經秀過的戲法深感不恥。

她並且舉例像那個跑去大衛魔術表演現場「踢館」的那個本土魔術師，不是很快就被魔術界除名了嗎？我想L想說的「魔術的眞諦」不外乎是「井水不犯河水」這麼簡單的道理，但她卻把它說得相當複雜。

我記得最後她說了一段饒富哲理的話：「駱，魔術不是魔法或巫術，魔術是一種高度理性的技術。你記住：凡是牽涉理性的行爲，皆是不可逆的。」

我便在哀嘆「那我的房子不是變不回來永遠是這個泡水鬼樣子」的激動情緒中醒過來。醒來的時候發現自己正睡在兒子尿濕的席墊上。我向妻子描述了這個夢境，她分析說可能是昨夜睡前看電視新聞，畫面播放著洪水淹沒布拉格古城，當地的消防隊乘著橡皮艇追逐動物園逃脫出來快活徜游的海豹。也許是被那樣的畫面給影響……。

那時我突然想起，許多年前我父親曾告訴我：我們小的時候，三個小孩子輪流尿床，被單褲子換不勝換，於是他去向水果攤要了一個大簍，倒扣著，那些濕答答的被單覆蓋上面，下面放一只小煤爐，烘得整室都是尿臭。

我的父親已於去年中風，我們知道他再也不可能爬起來。而我正在經歷生命的這一段時光。那樣想著，覺得幸福且辛酸。

客途之夢

短程旅行或是一種最接近夢境的經驗：時空的位標仍飄浮游移著，旅者在一種置身事外的視覺關係中被動地跟著流動景致走馬看花。他無從召喚記憶，無法想像任一幅他呆站默立、眼前街景的縱深，他聽不懂旅館電視新聞裡或計程車司機們嘩嘩啦啦的方言，旅程就結束了。像快轉速的默片。像我年輕時給自己做的「夢的速記」練習，在床鋪邊放一夾燈、筆記本和一枝筆，清晨從一或驚怵或巨大哀愁的夢境驟然醒來，便戴上眼鏡快筆潦草地記下那些流質的場景，那麼貼近，像膝蓋可以碰撞、皮膚可以感到衣衫布料拂過的，那些夢裡的亡逝親人或昔日友伴。如班雅明在《單行道．早點鋪》裡說的：「灰色的夢境即使在早晨盥洗的時候，仍然頑固地留在更深層，甚至牢牢地黏附在醒來後第一個小時的寂寞中。……他以這種方式迴避夜與晝這兩個世界的斷裂。如果不能在祈禱中做到這一點，那就只有小心翼翼地通過焚燒夢境來表明把精力集中於早晨的工作是正確的，不然就只能導致生活節奏的混亂。在這種精神狀態下說夢是災難性的，因爲一半仍然忠於夢境的人在言語中洩露了它……

這時候他觸及了沒有優勢的夢境，並把它洩漏出來。」班雅明說夢境的洗滌是通過胃來進行的，「空腹的人說夢就像說夢話似的」。

這一點，短程旅行眞像夢境。特別是清晨暗影中打著呵欠的機場通關人員；還有航廈裡那些昂貴又難吃，卻吸引著出境旅客在登機前，像領孟婆湯的遊魂直著眼拿托盤排隊的台式早餐。事實上，我在那天爲了趕早出發而用鬧鐘將自己從一片漆黑的深眠中拔醒，那時正做著一個燈火燦亮的夢：似乎回到父親剛過世的那晚，在永和的老房子裡（那房子的甬道、轉角在夢中變得像植物的腔室會變形延展），喪事背景的靈位、引磬聲、來往穿梭的穿黑衣的人……，這些都與眞實中發生過的一切相仿，只是在那場景中多了一個角色：父親的亡魂。

在那個夢中，父親的亡魂像我從前打過的一種日本忍者電玩：「總部」的大房子裡，所有的小人兒在光天化日下碎步移動，你（控制的主角）只要躲在屋梁或家具後面就沒人看得見你；只有一種會隱身術的上乘忍者，隔一段時間就會從一抹小黑影慢慢擴大成人形輪廓，站在你的身後，一不留神就會被它狙擊。夢裡的父親既不陰慘也不恐怖，只是在那燈燭明晃的喪宅，時不時貼附在你的背脊後面。你看不見他，卻感覺得到他。我記得我醒來前，還在夢裡用我孩子對我撒嬌的男童嗓聲，對父親這樣神祕的惡戲抗議：

「爸爸，爸爸，不要這樣嘛。」

但是夢裡的其他細節都記不清了（譬如我母親坐在那間大屋的哪個角落？我哥我姊在做什麼？家裡的狗呢？），就和這一趟旅程一樣。我們到達香港的第一天恰好是六四，機場往市區的計程車上聽著收音機裡播放的廣東話評論，通篇我只揣測聽出他重複地發出「六四」這兩個音。司機灰黯著臉開車，也不和我們搭訕，太敏感了。台灣來的？「你們那個阿扁總統……」訕誚地，但說起北京開放大陸人民來港觀光，「那些內地人……」又是一臉衰苦。「治安、衛生都變壞了……」第二天，妻在旅館的電視看到一則台灣的新聞：新竹的一間動物園裡，一位管理員爲了「抄近路」穿過獸欄，被獅子活活咬死。（這是什麼？似乎才離開，我的國度便變成一處魔幻不眞實之地？）第三天報上說美國前總統雷根死了（港報上寫的是「列根」），一些文章分析著雷根作爲一演員成功扮演了美國總統這角色，他的一生功過褒貶：「雷根經濟」，冷戰後期擴張軍武競賽造成蘇聯解體，伊朗人質事件，他遭暗殺時仍能保持幽默對急救手術醫生開玩笑：「希望你是共和黨員。」晚年沉進暗不見光隧道般的「阿茲海默症」……。第四天，旅程結束歸程的班機上，看到台灣的報紙，原來那天是二戰諾曼地登陸D-Day 六十週年紀念。德國總理施若德和法國總統席哈克在和平紀念館的紀念碑前擁抱。席哈克對施若德說：「六十年過去了，無論你們還是我們，都不曾忘記那些曾經決定了歐洲和世界命運的時刻。今天您來到我們中間，讓我們激動不已。您的光臨再次見證了我們爲實現民族和解所做出的長期努力。」

有一天那些年輕鮮豔一如剛剖開的海膽發出濃郁氣息流出金黃膏物的事物終會老去。這是最陳腐的感傷，但我確乎到了一個容易被懷舊之物塞滿對這個世界理解的年紀分界線。我不知如何向我的孩子描述，我正和他們共同經歷的這個世界，其實是那麼不同。旅次的第一天我的大兒子又像精密儀器奇準無比地發高燒，所以這趟香港之旅四天之中有三天，我們一家人其實困縮在那間老舊破敗的旅館裡。那幾天香港恰好下著罕見的大雨。有時兒子燒退像小獸待不住那窄仄的房間，我會帶著小兄弟倆到那一層樓的電梯前，玩一台自動滾輪擦鞋機（那又是遙遠年代的復古機械），鞋油的香味，暗沉漫長的甬道地毯；老舊的旅店房門電鈴，偶爾便聽見長廊裡回響著手指關節敲擊木頭門的寂寞聲音。我會帶他們從二十樓高的氣密玻璃窗鳥瞰下面，雨中的九龍公園裡一朵朵移動的小小傘花，澄藍的游泳池中竟仍有人來回曳游著。

每日我皆經過那一扇扇掛著房號的木門，2019、2020、2021、2022……這一層最末一間房恰正是挨靠在我和孩兒們眺看下方世界的電梯旁角落：2046（那不正是王家衛的電影嗎？），那時我突生喟嘆，對著孩子說：「不曉得到這一年時，爸爸還在不在這世界上呢。」大兒子問我爲什麼我會「不在」這世上呢？我換算了一下（如果還活著）屆時已八十整壽。我說我不敢相信自己會活到那麼老。「那我會活到幾歲呢？」他問我。像所有的父親，在那神祕的一刻既祝福又持咒，篤定地說：「八十四歲。」「弟弟呢？」「九十二歲。」

那一切其實只像是班雅明說的「空腹說夢」，我和他們在一個二度空間的夢境走廊裡描述著一個更多維度的未來之境。那間老舊旅館正在進行建築外廓的整修，即使在我們置身的二十層樓高空上，窗外仍不可思議地用傳統工匠技藝的長竹竿，以電線和布繩交錯纏綁關節處，搭構著一格一格的鷹架。不止一次有戴著工程膠盔的工人從我們窗前橫移走過。孩子們驚喜不已，妻卻堅持要將遮光厚窗帘拉上。於是在孩子高燒週期的漫長時光，我們更像躲在一個昏睡的靜止夢境裡了。在那樣的旅次中我做了許多個怪異而破碎的夢，且對那些夢的情節記憶深刻。有一個下午我夢見和昔日友人在陽明山的夜間公路軋車，醒來時耳際仍停留著引擎汽缸轟轟運轉的氣爆聲。另一個夢境裡我則在一極肖似宮崎駿《神隱少女》那布達佩宮式傍山建築的險峭後壁梯階閒散漫行，遇見一個多年不曾憶起的學生時代宿舍室友在看管著那一整片已成廢墟的山城。

那一切都不適恰地在那趟短程旅途中出現，使我們坐困其中的旅館意象無比繁複，然原先預期的城市印象則稀薄模糊。但有一些話語仍會從夢境中洩露。第三晚孩子的高燒漸被控制，我們興致不減地帶孩子到天星碼頭搭渡輪到灣仔。雨中的碼頭更黏著一種時光倒流之感。等候船隻從飄雨的港灣波浪那頭駛來，深藍漆的長排木條椅，寥寥無幾人的印度夫婦和他們的孩子，已關掉展示燈的小玻璃櫥櫃內展示著渡輪公司紀念款的小白錫模型：天星渡輪和倫敦式雙層巴士，對照組是一艘四角船帆的平底中國帆船和一輛手拉黃包車。那時五歲的大兒子突然對他的母親說：「爲什麼我的生命比弟弟的不好？」我聽見妻不解其意地糾正他：「你是指身體？不是『生命』。你只是現在生病了，乖乖把病養好，你的身體沒有比較差。」那時我腦海又浮現了夢境長廊裡那些飄浮的數字。果然孩子說：「但是爸爸說阿ㄋㄧㄥ可以活到九十二歲，我只能活到八十四歲。爲什麼？」

老家

後來我對人說起「回永和」，都不再說「回家」了，而拗口地說「回我父母的家」或是「回我小時候的家」。說來這個「童年小鎮」與台北僅一橋之隔，我無法如一些朋友，年節後總說「回了老家一趟」：老家者，銅鑼、小港、大甲、馬公、頭份……，這些遙遠而陌生之地名也。我如今仍每週兩三趟，開車載著妻小，在那夢境也似的灰色腔腸巷弄裡旋繞，苦於找不到停車位，所有的倚牆空位全被人用鐵鍊栓著輛破腳踏車破摺疊鋁梯板凳破瓦爛花盆給占住了，另一端是個鉚釘釘入柏油路面裡。或有時車子陷困在那腔腸裡，堵死在小巷弄裡前後各五、六輛車，靜默停頓互不相讓。我會暈眩抬頭看著頭頂像《銀翼殺手》裡那個未來之城的廢墟景觀：奇怪不過是一些六、七層高的公寓樓房，因爲如此架拐搭肩向上堆蓋，且人家框格一律塞掛著各式花紋鐵窗、冷氣機及下面的水漬牆面，亂七八糟的盆栽植物或一些捨不得丟棄的建材……使得那困陷其中的悠漫時刻，像置身於一遮蔽天空的金屬峽谷之中。

那是我的「昨日之鎮」。有時我會恰好遇見我父親像一隻頭部碩大而身體萎小的古代化石魚，坐在輪椅上，由印傭莉雅推著（他們要去巷口的跌打損傷店去扎針），困惑但認命地和其他路人一塊兒候在巷裡的美容院門口（那已不是我童年時就兩張躺椅的家庭理髮店了，而是鏡面琳瑯，染紅染金頭髮的美少年設計師們在十數張座椅間翩翩穿梭的，同步於台北的美髮沙龍），因爲路全被這些車子給占住了。

有一、兩個午后，我獨自從古亭站搭捷運（穿過新店溪河床底部？）在頂溪站下車，經過那些我童年時就對他們的臉孔如許熟悉的賣獎劵老婦、賣山東大餅烙餅的老兵或是攤車上有個馬達支著兩個布袋戲偶咯啦咯啦賣糲薯和洋菜凍的白面中年人（只不過我小時候他們都聚集在中信百貨公司的戲院售票口前，現在他們像吉普塞人遷移至捷運出口），到中興街口的郵局去繳交通罰單（我的戶籍仍在永和）。我在郵局裡和那些老人、老婦和大著肚子的潑辣婦人挨靠在一塊等叫號碼，聞著他們身上的氣味，心裡安定而懷念。我不知道身邊這些人是自我童年就待在這個小鎮，還是後來陸續搬遷進來的，因爲住不起台北高房價而委屈落腳在此的下港人。但我比他們任何一個看去都像是異鄉人。

我不止一次地在我的小說中勾描我童年的小鎮。那些迷宮般的巷中之弄，弄或未成死弄則又如腸內指突狀絨毛連結上另一條巷子。少年們順著這些末端指突不認輸地往繁錯深處鑽，以爲最終總會在這些石綿瓦防雨篷、磚牆上倒插著破酒瓶的日式矮平房陣遮蔽的迷宮世界突圍而出，豁然開朗走到主動脈的大馬路吧？但往往會被一幅截斷的，無法理解「爲何這便是世界的盡頭」之景觀給絕望地擋住。那幅圖景通常是巨大的，繞不過去的：一座高牆再加上鐵絲網的變電所、一道布滿芒草間或直立幾株木瓜樹在其上的古舊河堤、一大片被圈圍起來、似乎是私人財產的竹林……。

那樣的地貌構成了我理解或描述世界的潛藏結構：腔腸般的、熟悉又陌生的狹窄巷弄，沒有一條主街道上可供作永久性坐標的歷史建築物（很不幸地，從我童年開始，我和家人或玩伴如此確定辨識地標之機關，它們的名字同時存在於全省所有鄉鎮上：鎮公所、國父紀念館、消防隊、以鎮爲名之國中國小……，唯一異於他鄉之大型建築卻數度易名：中信公司或金銀百貨）。我的小鎮沒有通往遠方的鐵道及讓人懷念的小車站（那些如今成爲 7-11 便當的月台站名），在我童年時它只有一條橋通往台北，這條橋舊名螢橋後來改名中正橋。橋下據說曾爲槍斃死刑犯的法場。我小學一、二年級時架了第二座橋（福和橋）：童年有一段記憶是每週日我父母會帶我們小孩，牽著狗，走過長長河堤上橋，再漫步過橋至河對岸一家軍公教福利中心，買足一禮拜份家用之衛生紙醬油沙拉油洗衣粉什麼……。

我的小鎮是一個具體而微的封閉世界：它有戲院（雖然它們大多在我國中時期因經營不善而先後淪爲「六十元放兩片」的三、四輪舊片之電影院）；有百貨公司（雖然後來大樓裡的遊樂場和保齡球館淪爲滿地檳榔渣和黏膩可樂漬，迌迌仔混聚之處所）；有整條街巷的傳統市場（很怪的是你在這市場裡可以找到和萬華龍山寺對面同樣古老年代的佛像雕刻師傅、堆滿各式草藥的青草茶鋪、或是買賣贓車的二手腳踏車店）；也有一整條街的小舶來品店（後來這條街在我離家多年後突然變成了小有名氣的「韓國街」）、有夜市（你可以在此吃到不道地的台南碗粿、基隆廟口豬腳、彰化肉圓……之類的全省小吃）；在金石堂出現之前，它亦有一些除了參考書亦兼賣文學書的文具行，還有一些藏匿在巷弄裡的漫畫出租店（奇怪的是我是在那些出租店陰暗的燈光下讀了司馬中原的《失去監獄的囚犯》和瓊瑤的一些小說）。

它像是對著一橋之隔的那座大城市，捏皺了的，一個便宜許多的模仿。但這模仿似乎只到某一個年代便停止了。小鎮裡的人恍然大悟，他們只要搭車進城，便可以混跡在那座大城市的居民之中，毋需將自己的小鎮打扮成大城的縮影或贋品。我的小學、中學時光，幾乎我身邊所有的同齡少年，全和我一樣困居在這座封閉的小鎮裡，所有人的家像小紅光點散布在最精微的衛星照片，那張地圖是繁瑣狹仄像擠在一團的豬下水。沒有人能提供給你一個遙遠陌生、蒙著霧光的，「遠處的他鄉」。這使我的少年時光，既缺乏一種遠眺的想像力——那種鐵道少年或港口孩子的想像力；也不幸地失去了另一種，置身於某一古街、歷史城樓、老教堂或老廟宇……所描勒出時間感飽滿之城街地圖，那樣的「大城市教養」。

變臉

有一次我在與妻家人的家族聚餐中，臉突然歪了。那時我摀著左臉，猛然推開椅子，在眾人驚愕尚做不出任何反應前，衝出那家泰式料理餐廳，在空蕩蕩的馬路邊，攔下一輛計程車，跳上車離開。

妻的手機隨後追到，在我和她解釋原因之時，照後鏡裡運將的眉眼也露出恍然大悟的神情。因爲放下了左手的我的臉，一半露出恐懼、孤單和憂傷的神情，另一半卻凍結著之前在餐桌上的線條向上牽扯的滑稽笑容。

三年前我的臉就曾歪過一次。專業一點的說法，是「顏面神經受損」。

對一個不間歇寫著惡德作品的小說家來說，這種怪異的病（且這麼年輕就發生），眞像是一則充滿宗教暗喻與神祕主義的懲罰哪。當然我並不像那些每幾個月就得偷偷摸摸到小診所打一針肉毒桿菌的男諧星，或是某些靠臉孔而吃得開的樂透彩開獎主持人。不過，臉這玩意兒……，相較於那像核子動力潛艇寂靜匿航在深海底下的肝臟，或是疼痛時可以用超音波描出其位置的膽囊，或是即使潰瘍或穿孔你也必須呑條攝影鏡頭管子下去一探究竟的胃或大小腸……，臉像是腔體外翻於外的，另一個獨立的存在。

我高中短暫跟隨一群朋友在「混」的時光，有好一陣每晚洗澡都對著浴室鏡子，練習擠出最猙獰凶惡的表情。我亦曾認識一女孩，每晚睡前刷牙時，必對著鏡子自我催眠：「你是全世界最美的女人。」絕對不會有任何人這樣孜孜不倦地訓練他的肝臟或腎臟：「你是全世界最漂亮的一粒內臟。」

因爲臉歪而混雜於一些神情萎頓人們之間的夜間急診室，讓我有一種像品質不好的雜牌礦泉水中的懸浮物，慢慢沉滯下降，無比溫情地與身邊這些故障的人們，「我們是待在同一座城市裡啊！」那樣的認同感。

有一次有一位長輩問我：「你說的那個『城市入族式』是什麼東西呢？」我覺得除了在麥當勞或捷運站廁所大便這類事情；或是沒理由地看人擠人排隊在鼎泰豐騎樓下就忍不住跑去排；夜間的急診室最容易讓人興起「我終究把自己交給這座賭爛城市了」那樣委屈想哭的情感。（比清晨愛國東路口的燒餅油條店、臨檢時整批人被條子從地下室搖頭 pub 帶走，或是夜間無人的自動提款機小間……都要煽情。）

當然急診室的傳奇底色絕對有這一層：「找某某記者（醫療版）可以馬上幫你安排到病房」或是「我認得那個公關室主任或急診室主任或副院長」……這一類城市漫漶繁複的權力幣值，在醫療系統內的緊急兌現。但是夜間急診室的童話哀傷調就在於：該經過特殊關照的電話挑撿過的，早在黃昏時刻就送進他們關起的病房……剩下在畫框裡的，那在陰慘日光燈照下，用綠色摺疊屏風遮住吊點滴的，那衰弱乖順坐在疲憊不堪的值班醫生面前，一臉茫然看著自己身體的X光片或斷層掃描片的……都是這座城市裡，不得不在這樣時刻裡，以各自鬆垮之姿，歪躺著、蜷縮著，除了歪了半邊臉仍東張西望的我之外一概慘澹著臉的人形劇場（比那個在世界各國招募裸體人們集體躺臥街頭大合照的攝影作品要繁複）。

從我的臉（事實上是失去控制的垮掉的半張臉），拉雜扯到這座城市的公立醫院的夜間急診室，並非只是像蘇珊．桑塔格的《疾病的隱喻》，那樣充滿電線線路燒斷焦臭味之意象，最自信其精密網路布滿其中（像中正區？）的一塊區域，突然模糊遲鈍陌生起來……只是前一陣子正在替天才年輕導演D君擬想一則劇本的雛形，有一個橋段恰好和臉（或是對臉的偏執）有關。

那個故事是這樣的：一個年輕男子無意間闖入了一宗強暴案現場，一個全身赤裸的小女孩站在街燈燈光的工地瓦礫堆上告訴他「我剛剛被強暴了」，而前十幾秒他才和那個男人在狹窄的巷弄裡貼身走過。

作為目擊者，他清楚地記得那張臉（那個強暴犯！），但在警局的鑑識科裡，素描專家按著他講述之特徵畫出的通緝犯臉孔無論如何都像另一個人。

他陷入對那張臉抓狂的細節性回想。後來他捲入另一場完全無關的街頭械鬥，後腦袋被人用鋁棒毆擊。當他醒來的時候他失去了記憶。因為完全想不起自己是誰，於是他加入了街邊遊蕩的那些發酸發臭的老游民堆裡。逢年過節他跟著他們一起排隊去領市政府發的豬肉刈包，平常他們爲爭食餐廳餿水而打架。

有一天他在馬路上遇見一個男人，那個男人的臉孔像電擊一樣召喚著他（那個男人就是他失去記憶前苦苦追憶描不出臉廓細條的強暴犯）。他認定這個男人一定是他失去記憶之前極重要的親人，但那男的說操你媽的老子根本不認識你。他被那傢伙揍了一頓之後還不死心，偷偷跟蹤到那男的住處……。

D君說前面強暴的那場戲不錯，不過後面這個「失去記憶力」的點子不太優耶。

我歪著臉坐在急診室裡等醫生的驗血報告時，心中突然湧塞著一種呼之欲出的靈感：也許歪了半邊臉這個點子和這座寂寞又暴亂的城市，有某種完美的隱喻關係？歪了臉的強暴犯？歪了臉的老法官？歪了半邊臉的電視新聞美麗女主播？歪了臉的密宗水晶大盤商？

我靜靜坐在急診室的塑膠椅，想像著這些人物會如何去面對他們歪臉後的生命表演。似乎這城市的傳奇，狡猾地自那線條歪斜的半邊，如此洶湧地溢出。

多餘出來的情感

有幾支廣告拍得眞好。譬如眾人皆曰好的海尼根手伸到冰桶篇，那個一隻啤酒不對再探進冰桶重撈的瘦子老外，以及之後湊到另兩個也是「堅持」要海尼根而喀喇喀喇發著抖的衰件之鳥樣，讓我想起一些逝去時光裡斷失音訊的人渣朋友。他們會堅持某些媽的一點也不重要的小事，即使在這個商品邏輯內在設定了自毀裝置，「永恆」成爲美德之反面的年代。Pub裡有一些老痞子死就是只喝台啤、或是只抽長枝肯特（即使因之造成常買不到貨的不便）。我認識的一位腦容量極大的大鬍子前輩，他有一個奇怪的堅持（在他上百個奇怪堅持之中）：即是每回他赴京都散遊，離開之時，他必堅持要步行走過大阪御堂筋那段以銀杏作爲行道樹的街道，像進行一個告別儀式。有一次我恰好與他還有一群人同行，那天的時間已相當趕，極有可能錯過返台飛機的 chech in 。眾人大包小包行李小孩塞上了三、四輛計程車，分明還有空位，但這位平時說笑話像第四台選台器任意跳躍的天才大鬍子老兄，陰鬱著臉悶聲不吭氣不肯上車，像賭氣一樣轉身便往那剛發新芽的銀杏下的街道走去。

就只是堅持要把那個模糊的儀式完成。

海尼根最近那支在迴轉壽司的日式酒館裡，那個雅痞紳士想請對面桌角的美人兒喝杯啤酒的廣告，我覺得亦極好。Pub 裡那種恰到好處，不溢流不黏膩的古典陌生男女情境（為你的美麗，敬你一杯吧），突然被所置身的現代都會情境給騷擾中斷（媽的，那麼優雅遞過去的酒杯，被中間不相干的人順手拿去喝掉）。這時才想起，你置身的不是有熟識的老酒保，可以說「庫可奇，你替我請對桌那位淑女一杯啤酒。」你是在鬧烘烘、人擠人的迴轉壽司燒烤店耶……。

於是這個現代性的優雅痞子，用現代性的幽默，對抗那隨時會從中伸手攫取你的古典演出的閒雜人等。他在那機器迴轉盤上，放了六、七杯的海尼根。（美人兒最後總會拿到其中一杯吧。）

但大鬍子前輩仍堅持還是之前那支「手伸到冰桶裡發抖凍死也要撈海尼根」的好。

倒是有一些廣告，你不太理解它演出的情境，和推銷那個商品有什麼必然的關係。我並不是指像那種什麼「連我的老婆都某某卡追來的」會讓人自心底浮起久遠微弱的左翼情感的；或是像安泰人壽那種希區考克配樂最後被掉落物砸死的是死神，這種導演玩過頭的。我指的是，某幾支，看的當下你忘了它是支廣告片，看完也不會因此被逗引想去消費該產品。卻疙疙瘩瘩、霧濛濛地在心底被搖晃了一下。「這是什麼啊？」

譬如說，有一支衛生紙的廣告，是半夜一個小孩的氣喘症發作，那個父親（為何母親不在？）摸黑混亂中翻箱倒櫃，最後找到可能是藥粉的口腔噴灑器，在那樣黑暗的光度裡，所有人置身其中的慌亂、焦慮……完全沒有廣告片的櫥窗燈光的明亮和表演氣氛。我甚至懷疑那是一支莫名其妙的家庭DV。這樣的一場戲讓當時苦陷於幼子腸絞痛而夜啼不止的我深有所感，但完全不理解，那樣珍貴的一段人生截面，和賣衛生紙有何關係？

另外一支最近的一個奶粉廣告，也是闇黑的打光，在夜裡，一個父親坐在餐桌，另一邊坐著一個哭著吵餓的小女兒。媽媽手中只有一杯僅剩的熱牛奶。有近乎五秒的停頓對峙，那母親的臉如此凝重曖昧，似乎在痛下決定，究竟該把那杯僅剩的牛奶給（他們之間似乎已存在著某種緊張）無言凝望的丈夫，還是小女孩？（字幕且打上「誰更需要溫暖？」）後來當然她把牛奶推向女兒，且露出鬆了一口氣的神情。媽的原來她還藏了一整罐新的尚未開的奶粉。

我看完這齣廣告時心裡充滿了疑惑：那是怎麼回事？這是一部五、六〇年代經濟蕭條物質匱乏的電影嗎？一杯夜裡的熱牛奶，會造成父女間靜默的抗衡？冰箱不是應該還有微波一下就好的冷披薩，或是下幾個水餃，還有泡麵、吐司、洋芋片……。

那個女人（端著一杯熱牛奶的女人）停頓猶豫的幾秒鐘，成為一種「多餘的情感」。

契訶夫曾有一個短篇，寫一個可憐的小辦事員，有一天這傢伙不慎在劇院裡對著城裡一位高級官員的後腦勺打了個噴嚏，他當場道了歉，對方也不以為意。但這位神經質的小人物回家後忐忑不安，他擔憂著對方是否因此判定他為一個不懂規矩的人。於是他，「理過髮，穿上一套新的官禮服大衣」，親自到那位高級官員接待訴願市民的辦公室，親自鄭重道歉。

那位官員以爲他正經八百的道歉是一樁惡戲，給他吃了閉門羹。第二天，這個小辦事員鼓足勇氣再次登門道歉。這次那位高級官員氣得將他趕出去。

契訶夫這樣寫那位有著豐富、敏感而多餘的情感的人：「……蠢摩耶可夫覺得身子裡面有什麼東西啪地一聲被折斷了。頓時，兩耳不聽雙目失靈地退回門口，步出外面在街上漫遊。他機械地跌跌撞撞地回到家裡，就那樣穿著官禮服大衣，和衣躺在沙發上死了。」

我總是爲自己身上像多揹了幾個嘩嘩水袋的「多餘的情感」折磨困苦。我總是在一場眾人皆心不在焉的聚會散畢後，心思如潮地自悔不已：「剛剛在什麼時候說了那句什麼，那個誰一定以爲我在諷刺他。」我每回傳眞稿子給約稿的報紙或雜誌時，總會附上可能比稿子還長的信件，我擔心人與人正面接觸時的傲慢或粗魯。在我最窮困的年代，難得一次出國旅行，我仍是疲憊不已地在每一個遊景暫停處，皆在盤算著：「某某的禮物還沒買。」

大鬍子前輩曾這樣安慰我：這樣的神經質是上天送給好小說家的禮物。但他後來又加上句：譬如說像那些最好的比賽馬吧，牠們通常六、七歲以後就要從第一線退役下來。那種神經極度緊繃的結果，時間拉太長會瘋掉的……。

我記得那時聽他這麼說，心裡懷疑：他是不是在暗示我什麼呢？

失落的彈珠檯遊戲

週日的午后，坐在台大側門新生南路對面的西雅圖咖啡館最裡側的吸菸區，透過一道作爲隔間玻璃門，再穿過外間一桌桌年輕學生的人頭輪廓，以及吧檯上方垂下一列的細荷葉裙邊圓柱燈盞，黑色天花板、黑色牆面將那搖晃的光暈和零星的投影燈的光源悉盡吸去……這樣透視出去，截面大街那曝置在白灼日光下的校園磚牆、校園裡的綠樹、舊鐵欄杆，以及從對面穿越馬路拿著書本頂住頭遮光的男孩女孩們……像是冰冷黑暗的電影院正投影一部以強曝光作爲影像風格之紀錄片什麼的。

有時我會這樣想：作爲一吃夢者，作爲一窺視、偷聽、竊取破碎身世並歡快拼組之的，在一座城市裡曲意承歡或扁薄成影子，只爲了像摺紙那樣手指跟著眼花撩亂複寫出一座比例縮小之城嗎?作爲隱喻，作爲時間的牲禮而砍下的頭顱——裡面蛆蟲般爬滿玷污嚼食灰白質的各式八卦、政爭謀略、股市、躁鬱症殺人、失敗生意的合夥人談判破裂後抱著對方的六歲小女兒從十四樓大樓頂跳下……。

這樣的摺疊、壓縮，像繁花聖母、像妓女，吸吮著整座想像性城市（罪惡城市？欲望城市？）灰稠憂鬱的夢魘，究竟值不值得呢？

後來村上春樹變成人手一本。有些偏執的傢伙甚至炫耀性地找到他提過的那些絕版爵士唱片。那樣按圖索驥的目錄學精準氣氛多少令我沮喪，像是所有人的左腕皆戴了一隻不同款式不同型號的 SWATCH 手錶。你既疏離卻又不專業地也是「愛用族」裡的一員。但你偏偏沒有一本型錄以鑑往知來它所有瑣細歷史和琳瑯炫目卻持續生產的經典紀念款背後一個大致輪廓。在這樣被稀釋的「我類認同」裡，極難找到一個關於「我」的，不能被替代的投射和串演。

一如 pub 裡那些迷信香草食譜和精油療法、穿著低腰露臍牛仔褲的馬子，人人皆能順口背誦一段張愛玲最冷僻的段落；穿著三宅一生裙裝染金髮打菸出來是 Davidoff 涼菸的死痞子，開了他的 Smart 小車載我便車，一路華麗流暢地大談班雅明和納博可夫……這總令我詫異且驚怒：那是如何做到……？怎麼可能？

我這一代的城市過客，許多的現代氣氛，是在一種實體和虛擬的巨大漏裂縫隙中，狼狽草率地找尋銜接黏補的拼裝方式。譬如說：在台北尚未有捷運地鐵的十年前，我們或許是以公館或信義路人行地下道裡彈三弦琴乞婆、賣十元一枚的仿製卡通髮飾之皮箱地攤，或是有一只日光燈必定壞掉跳閃不已的殘敝場景，來想像諸多小說中描繪之，「隱匿在城市下面的冰冷黑暗世界」。在超高層可俯瞰台北市全景的新光大樓出現之前，我們無法站在一絕對制高點，想像羅蘭．巴特的〈艾菲爾鐵塔〉是如何藉由鳥瞰城市全景歷史層層覆蓋的時間地圖，去達成「城市入族式」。妥協之方式通常是搭 260 公車，昏天暗地上陽明山看一片燈海的台北夜景。在 Starbucks 出現之前，街角常是被修車廠、瓦斯店，或是銀行騎樓下拄杖賣獎券的老人占據，所謂的「街角咖啡座櫥窗」的觀看視角和停頓時刻，常以坐在路邊攤的板凳吃著切豆乾滷蛋海帶時，似曾相似地看著穿著正式的上班族面無表情自你身邊走過……。

有許多和我年紀相仿的「老村上迷」，常有點尷尬但頑抗地堅持，村上最讓人眷戀懷想的小說集子，還是那尚未如今一般家喻戶曉的，《失落的彈珠玩具》與《遇見百分之百的女孩》。那麼地超現實，那麼地靈光一現且破碎如詩，毋需負擔那日後慢跑般沉悶孤寂的書寫長度。我總是鄉愿地贊同，但確實想不太起來這兩部小說究竟是在說些什麼？《失落的彈珠玩具》似乎在說一九多少年份的某種型號的彈子檯，印象裡那個小說像一個冬日廢棄的遊樂場。那是一個未來感十足的場景。

但是在我的記憶裡，與「彈子檯」有關的場景，不論是西門町心臟地帶的獅子林，或是像永和、板橋這些台北衛星市鎮，那縮簡版的百貨公司綜合大樓裡的遊樂場：總不外乎可樂倒翻或整坨融化的霜淇淋以至於地板總是黑呼呼黏答答，那些長頭髮黑絲襯衫敞著胸的沮沮少年，一邊在彈子檯爭相競囂的巨大音效中，像夢境中的剪影那樣又搖又撞又踱又幹令娘罵著那些牲口般的金屬機檯；一邊叼著菸，呸著檳榔（他們擱放在檯面上的菸燎燻得玻璃一整片黑疤，他們的檳榔汁噴得投幣孔和彈簧拉桿處處有一種肺癆傳染病菌的陰晦印象），穿著夾腳拖鞋啪啦和同夥追逐喊打……。

那樣的城市經歷，一旦成了村上的讀者，不知爲何全成了冷光科幻的「天文館劇場」之類的印象？

有一些是眞的……有一些是假的……有一些是從前的景觀硬被未來召喚去充數……有一些則永遠永遠不會在你眼前的這座城市出現了……。

有一次在 pub 聽一位前輩詩人說起上海，他多少對這一陣台北文化界人人趨之若鶩往上海跑，或是充滿豔遇地談論上海的現代化感到不耐。他說，那一回他和一位人渣好友爲了什麼事只去上海一天，就只待一天，所以也就沒興趣去傳聞中的繁華所在看看逛逛。他的人渣朋友出去晃了半天，回來非常興奮神祕地拉他去「一處好玩的地方」。……「結果你知道是去幹嘛？」像提著褲腳蹬踩過那座未來之城以名牌櫥窗豪華飯店花崗石玻璃材質作爲換時線的切面，他們闖進那個城市某一個午后的過去時刻：他帶著他繞進人家弄堂後巷的一間小洗髮鋪，並學著裡面十六、七歲素淨的蘇州少女的腔調──「ㄒㄧˇ•ㄍㄜ ㄊㄡˊ──ㄦ──ㄡ──」洗個頭。一個人三塊錢人民幣。夢境一樣的午后，陽光斜懶垂掛著，他們滿頭泡沫地仰躺在老舊的躺椅上。沒有旖旎遐想，只有蘇州少女的手指勁道恰好地在頭皮上按著搓著。

這個故事還有個尾巴。他說他那個人渣朋友在上海的那半天，非常興奮地跑去買了很多的──好聽些說是「如今已消逝無蹤的、老台北人懷舊的時光物件」──我記得我那位前輩詩人又氣又笑地說了許多，但不知怎麼，我只記得「美琪藥皂」這一樣。離開的前一晚，他幫他把那些「垃圾」打包硬塞滿一只破皮箱，因爲釦鎖不時迸開，他們還找了條麻繩來捆綁。

「你知道怎麼樣?」當他們到了中正機場出關，在領取行李的環形履帶平台前等著，那個人渣朋友突然哀鳴一聲，喊他的名字，「喂，某某，你看……」

在那些大箱小箱金屬殼塑膠殼的行李隨著輸送履帶轉動，在人群圍繞著，光天化日下，他們的那只皮箱迸裂敞開，所有的那些——我只記得其中有數十塊的美琪藥皂——像去另一座城市偷取自己這座城市的古老身世的證物，全四散撒落在那持續運轉的金屬履帶上。

綠窗

我曾在陽明山租過一間宿舍，那是在中山樓旁歧岔入一幽僻山路的小村，說是小村，其實不過是沿著磺泉溪谷上端，每隔一百公尺才零星出現三、四戶民居。當地居民可能是早些年衛戍中山樓的警備隊或廚房或工作人員的家眷，所以等我們這些大學生看了房租紅單尋來找出租宿舍時，會感覺到一種似曾相識，年輕人俱離開只剩老人的凋零眷村（他們每逢國定假日仍會在紅漆木門外斜支著一杆國旗）印象。

我那時忙著戀愛或找朋友喝酒，每日皆早出晚歸。陽明山從初冬開始到第二年春末，總浸在漫漫雨季之中。對那條山路的印象，總是每夜孤單地開著搖晃的破二手車，車前燈照著雨絲紛飛的一片強光屏幕，不斷地有大批尋死的白蛾在那光裡稀爛撞在雨刷一撥一撥的擋風玻璃上。積水的小路上，翻白肚子仰躺著一隻一隻溺死蛙屍。有的被之前車輪輾得腸紅屎綠；有的則完好潔白像屠村後漂在河面上的女童屍體。

因為是由一些簡陋民居改裝成宿舍，所以規格總和學校附近那些公寓裡再用三夾板隔間，或是有些有錢房東乾脆花錢重砌水泥房舍（每間整齊三、四坪，五、六間共有一間衛浴）的「學生厝」不同。譬如我那宿舍，即是由一間典型眷村小平房，中間以木板隔間而成。隔壁住著房東太太的大兒子、媳婦一家人。我的這一半，當初可能是他們分家前（我的房租是交給已搬離山上的小兒子）的小客廳（因為牆上有一凹嵌進去的小壁櫃，那已被漆上白水泥漆的弧形板架讓我猜測是那個已過世父親的簡陋酒櫃。我把它用來擱放普通植物學、微積分、說文解字、世界戲劇藝術史或唐戲弄……這些我在不同系所間流浪、渾渾噩噩買下卻從未用心研讀的大本教科書），小廚房（有一個結了黃垢、缺牙露齒的小瓷磚貼的洗菜槽和原該放瓦斯爐的小平台），小廁所（那個和尿斗形貌相似上面布滿冰裂紋的小洗臉盆，裝了一只長頸結滿鉛垢的舊式水龍頭）。一間一坪大小的貯藏間（我在裡頭打地鋪充作臥房）；還有一間書房（我把它當作書房，而它原先亦極可能是那位未謀面的老人的書房。因為我一租進去，那個房間即在窗前放了一張比學生書桌大上許多，木頭料子也甚沉重的大書桌。靠牆還有一座老書架）。

那張書桌正對的窗外，是一片房東太太的小菜圃。但我如今回想，那片菜園那時可能已荒蕪了。我記得有一架絲瓜棚，水光淋漓地湮埋在一整片綠草之中。我那時青春正盛，哪知珍惜自家窗前這一幅使時光停止的畫面？偶爾春天瓜棚上垂掛下一朵朵女人裙蕾般的黃色絲瓜花，便引來幾隻盈盈嬝嬝的黃粉蝶。有時山中起霧，那隱進灰綠色濕糊水彩畫的遠近樹木輪廓，簡直就像塔克夫斯基電影中的鏡頭。

我想到一些細節。然後我試圖補充它們，使之成爲較清晰可辨之畫面。

我記得有一個黃昏，我回去的時候發現房東太太的大兒子帶著他的小孩（那是一個叫「君君」的小男孩，我初搬去時，隔牆聽見那媳婦斥喝著：「ㄐㄩㄣㄐㄩㄣ，有沒有要尿尿？」「ㄐㄩㄣㄐㄩㄣ，不要玩雞雞。」總面臊耳赤以爲在喊我），蹲在門前一只老鼠籠邊，在逗弄著什麼。我湊近去看，發現是一隻掌握大小的小貓頭鷹。房東太太的大兒子告訴我：那是前一晚一隻母貓頭鷹帶著牠的小鷹學飛，結果摔了兩隻小的下來。一隻摔死了，剩這隻，可能翅膀也摔壞了，連撲撲跳跳都不會。

他們父子，非常專心地蹲圍著那隻小東西，用筷子挾一塊血淋淋的生絞肉，往那灰色的鷹喙裡塞。但那隻小貓頭鷹，像落難貴族那樣，一臉尊嚴，不時翻著白眼，用硬喙錯擋著伸戳過來的筷子尖。甚至威嚇式地咬那筷子一下。房東太太的大兒子憂心忡忡地對我說，這傢伙什麼也不吃，水也不喝，這樣下去，恐怕沒多久就會失溫而死。他說那隻母貓頭鷹非常著急，一整天都在上面徘徊悲鳴。然後這個性急的傢伙，竟然進屋去拿了一柄老虎鉗子，想一手把小鷹的嘴撬開，一手用筷子塞肉進去。那個過程非常慘烈，乍看像要替那隻小貓頭鷹拔舌，那隻烈性小鷹激烈掙扎到我和君君皆只敢遠遠觀看（且不時要將好奇趨近的他們養的一隻老黃狗趕走），無從插手幫忙。

這兩天我突然著魔似地惦念起那個書桌窗前的廢棄菜圃。那幅靜止的，暈著整片綠光的圖畫。我那時因正處於一種熱病般的不幸戀情裡，所以鮮少安定坐在那張書桌前好好讀書。

有時入夜後，我會將電視音量按至最小（怕吵到一板之隔熟睡的那一家人），坐在小客廳看無聲畫面裡我完全不理解規則與審美角度的拳擊賽。山中靜夜，我似乎可聽見自己太陽穴血管突突湧動的聲響。那一年，我爲了抓住那份脆弱絕望的感情，開始把自己從七十幾公斤緩步吃肥，一直到一年後被軍中退訓的一百零八公斤。我的成績一落千丈，那時非常疼我的指導教授在我的期末報告後寫了一段長長的文字：「……我不知道你發生了什麼事？也許你會非常自信清明於你只是暫時處在第二義的生活，不久以後，你也許就會回到第一義的世界。但是，如果——也許我太悲觀——如果，時日漸去，你並沒有回來那第一義的生活，而永遠、永遠就活在那第二義，甚至第三義的日子裡，且永遠不會有人再對你提起：原來你該是怎樣的。……思及此，我不覺沉痛且悲傷……」

那幅窗外的漫淹於一片綠光中的廢棄絲瓜棚是怎麼一回事呢？這兩天我努力想著那幅畫，想到腦袋都痛了。「我這不是已活在第二義甚至第三義的世界許多年了？」人群裡我瞇著眼笑而好脾氣，獨處時常點菸失神讓灰燼長長一截燒到濾嘴。「我再也無法變成更好的人了。」那些美好的昔時，已再也、再也不會回來了。一位陌路多年，我以爲「在遙遠的老年總可以釋懷的、遲鈍的、難以言喻的傷害」之故人，前些天輾轉聽說，得了絕症。這是怎麼一回事呢？

算算我在陽明山一共待了十年。先後搬過七、八個不同住處。不同寬窄的房間，不同光度、不同房東太太和她們的家人。我每一階段不同的遭遇和身邊流過的朋友。每一時期不同收養過的狗（後來這些狗在這兩年陸續死去）。在我單身漢的時光，我賃租在山坳或溪谷的宿舍從不鎖房門，我的人渣哥們自由進出，用我放在地上的電鍋熱我小冰箱裡酸掉的滷味下酒。有一次我醉醺醺地回去，發現一個失戀的傢伙，用他射箭社（他是社長）的箭矢簇頭，把自己的大腿戳得血淋淋的，弄得我的流浪漢房間，臭烘烘的全是米酒頭酒精和血腥味。

另一次是一個叫小賢的學弟，他的漂亮馬子不知哪裡弄來一隻巴西寵物龜寄養在他那兒。我們一開始無聊得很，想出各種方式折磨哪隻可憐的烏龜，沒想到過兩天那隻烏龜就死了。這可把小賢給嚇壞了。我們提議再買一隻相像的來冒充，「不可能，」他哀號著說：「一定會被發現，她像電腦描圖一樣記得那龜殼上的花紋。」後來他還是照我們的話去買了一隻同品種的烏龜。他馬子也並未發現有何異同（連我們教他的萬一被抓包的說詞——「小烏龜每幾個月就會把龜殼上的花紋蛻變一下」——都沒用上）。後來的這隻冒牌貨倒是長命百歲，一直到他們結婚，生了一對雙胞胎女兒，都還養在家裡。原來的那隻，則在那時被小賢藏在書桌抽屜，時日久遠變成了牙黃色的骨骼標本。

這個小賢那時賃租的宿舍，坐落在前山公園陽明湖後的一排舊樓房裡。他的房東是每天清晨提著兩只鉛桶——一只裝芋頭鹹粥，一只裝米粉湯——賣給早晨到公共浴池泡溫泉的老歐吉桑吃的一位不起眼婦人。但他們的那棟房子，上下三層，每層至少十個房間，規格不輸一個小型教師會館或聯勤招待所。按此計算，每學期的房租少說百萬。但那房舍臨近著布滿水生植物的湖沼，四周茶花樹叢蓊蓊鬱鬱，入夜後總有一股鬼氣。我每次去找小賢，他總神祕兮兮地訴苦：媽的，我在這住了半年，從來沒在走廊遇過半個同租這裡的學生。晚上四鄰靜悄悄完全不像學生宿舍，可是外頭的車棚每天都停滿了機車，他媽這裡不會是個鬼屋吧？

從他那宿舍沿一條小徑往外走，會經過一幢仿歐式建築的漂亮別墅，從傾塌的圍牆看進去，可以看到一個高台走廊用了一排希臘神廟式的圓柱列，柱頭上的裝飾花樣還頗講究。據說那屋子是柯賜海的，他空置著在裡頭養了數十隻的狗。確實在那屋外緊靠馬路處，就停著一輛「柯式宣傳車」：上頭看板紅漆黑漆寫滿各種控訴句子，車輛四周栓了各式大小（包括挪威娜、大麥町、秋田這類大型名種犬）哀哀哼哼的狗隻。

去年我兒子滿月，我和妻子上山送油飯給以前的房東，途經那幢房子，發現車子和狗都不見了。我們忍不住下車，旋進那美麗的建築裡看看。發現那已是一座廢墟空屋，地板因潮濕膨脹而浮凸隆起，藤蔓植物破窗而進，爬滿了整面牆。歐式的壁爐裡，竟奇蹟地長了一棵小樹。

搬離

我搬離陽明山前的最後幾年，和妻子賃租住在紗帽山陽投公路旁一處隱蔽山坳的寬敞平房裡。那必須順著一段凹損的青苔石階爬上極陡的四、五十級，穿過四、五幢或荒置或僅住獨居老人的傍山小屋，及老人們在屋前植種的白茶花、山櫻或李樹，或一叢叢的杜鵑，才會到達。事實上這一個山坳裡的十幾幢住戶（據我觀察，全是違建），共用石階下的一個斑駁紅漆木門，和一個門牌號碼。他們全是一些在山裡住了四、五十年的老人。我們的房東太太年輕時就是在中山樓裡做打掃的女傭。另一幢房子的房東太太將屋頂加蓋，隔成四個小房間分租給文化大學學生。她則在國家公園的入口票亭做票員。

如今回憶那個房子，眞讓人懷念又感傷。在住那兒的幾年內，我們每天洗澡皆是到房子外獨立挖在路面地基下方的石砌浴池裡泡溫泉。朽爛的木框窗外，就是一株老山櫻。夜裡泡澡，點一盞黃燈泡，周圍垢積著一層白色硫磺結晶的濕漉山壁，棲覆了成千上百隻顏色豔麗的飛蛾。它們在煙霧中輕顫翅翼，使得整個澡堂恍如夢中。

那時我們的房子有一整片六扇大霧面玻璃的落地窗門。門外就是那些山居老人來往走動的小徑。早晨天氣好的日子，陽光整片灑進，被那面厚玻璃牆濾成一種白銀匹練或銀箔紙般有物質實感的一稜一稜的什麼，讓我們那窮人家的客廳，顯得豪奢之極。

那樣美好的日子（我們每天早晨，便帶著兩隻狗去紗帽山古道爬山；傍晚則帶著直排溜冰鞋到前山公園的溜冰場和那些小鬼競技；我們總是閒之又閒，熟門熟戶地招待上山玩的朋友，到竹子湖買海芋、吃炒青菜，到平等里吃山雞……），若不是一個叫阿輝的傢伙出現，也許我至今仍避居在那山上。

那個阿輝是我們隔壁的隔壁的阿婆的兒子。這個阿婆在我念書時曾在文化大學附近開了一家骯髒窄小的素菜店，後因生意不佳而收掉。但這些看邋遢土氣的阿婆們，總因爲可以將山裡面產權不明的老房子改建成小隔間的學生宿舍而非常殷實。阿輝搬回這個原先盡是幽靈老人出沒的寧靜山坳，後面或有一個其時我們不理解的台灣經濟開始大崩壞的預兆。到之後這五、六年間，我身邊充斥著三十出頭即哀嘆不景氣的失業人士。阿輝的「重回故里」，就像是台灣夢破滅，第一波不知覺浸到你腳踝邊的泡沫浪花。

阿輝一開始都穿著一身西裝。但我一眼就知道那是房屋仲介或汽車 sales 的行頭。且流浪漢總可以精確地嗅出另一個流浪漢。我們太常在別人的上班時間卻在這山坳小徑悠晃相遇了。他總是露著一嘴白牙邀我上他家泡茶抬槓，但都被我婉拒。有幾個晚上，他喝得醉醺醺來敲我的門，但被我擋在門外。後來他轉去敲別間學生宿舍的門，找那些大學生喝酒，交心、號哭懺悔或一吐鬱卒……。

我不知道那後面是否有一紊亂錯置的，階級流動受阻而形成的想像性仇恨，我在阿輝的眼中，是個「讀書人」，有個美麗的妻子。他跑去向我隔壁賃租的學弟埋怨我「瞧不起他」。但在我的立場，我的貧困生活後面並沒有一個作爲宿主的有錢父母啊。阿輝不是開著他那輛二手 **SAAB** 囂張地上下山嗎？

那一個深夜，大約三、四點，我與妻子在熟睡中被一種持續的巨大聲響驚醒，一開始我以爲是樓上另一戶賃租者（她是一位在三溫暖上班的單身女郎）的瓦斯鋼瓶爆炸了。我披衣而起，打開落地窗門，發現是阿輝，即使我那樣站在他的面前，他仍是低頭，非常專注用力地踹著那玻璃下方的鋁框。

我問他幹什麼？他抬起頭——那是一張吸毒者的臉——像排練過的演出，他說：「你的狗。」

他說：「你的狗，吠什麼吠？」

那時我亦處於一種巨大的憤怒中。我告訴他，不是我的狗在吠，我欲言又止（吠他的狗，是樓上那位謝小姐養的狗）。

他說：「你這樣跟我說話？」

我咆哮地對他說：「我就是這樣跟你說話。」

他突然轉身就跑，在路燈下，我才發現他赤著腳，那費勁跑步的矮小身影有一種奇幻滑稽的恐怖意象。我心底知道要出事了，趕忙將玻璃門鎖上，一面叫仍惺忪迷惑的妻子打電話給警察（我們那個梯階一路下去就是陽明山公園派出所）和房東；一面在房屋四處找可以當作兵器的長枝物事……。

但那一切都來不及了。接下來發生的事讓我想起小時候看過的一則小叮噹漫畫，即人如果用縮小燈縮至螞蟻那樣的大小，要喝水變成一件極危險之事，因爲一粒水滴的表面張力就極可能把你拖進去淹死。我們的那扇玻璃門，突然像迸碎飛散的水族館魚缸，在我們的面前破裂了。我們的房子，少去了那層脆弱的隔屏，原來根本就貼在那條人來人往的山徑旁。

阿輝帶著三個朋友，各自持著長柄鐮刀、鋤頭、鐵棍和柴刀，帶著恍惚的神情站在那片殘垂裂齒的破玻璃門的外面。其中一個胖子的手腕在敲擊中被厚玻璃裂片割傷，所以流了滿身的血。我清楚知道他們全是吸毒者，我與暴力如此接近，而我手中拿的是驅塵氏黏紙拖把的塑膠細桿。我是打從心底眞正地恐懼：下一個瞬間他們就會推開門進來，殺了我，強暴我妻子……而事實上阿輝的手也從那玻璃門的破洞中伸進來，不得要領地反開著那鎖……。

於是我走上前（我的拖鞋踩在那些大小玻璃裂片上），顫聲向阿輝道歉，我說我不該用那種語氣對你說話，我甚至柔聲勸說他快帶他滿身是血的朋友去看醫生，我說阿輝我們不是朋友嗎？我說我不是一直最敬重你嗎？……這時阿輝似乎才從那咒魘般暴力化的連續動作中靜止下來，他把手從那裂洞中伸進來，要我跟他握手言和……。

後來發生之事我不想多說。我們的房東太太十分鐘後趕到，她看到她的玻璃門被打破，憤怒地要找阿輝理論，但卻又被阿輝毆打。半小時後才訕訕爬上來的派出所廢物警員恰好扮演拉扯勸架的角色。後來我們全到派出所作筆錄。一開始我們堅持要告他。那個寫筆錄的警員一直寫錯字且想把案子吃掉。後來轉到北投分局時，三組裡的刑警又勸我們告到底。那時我們才知阿輝有十幾條傷害罪或傷害未遂的前科。但後來案子上到地檢署檢察庭時，房東太太的兒子說他決定撤回告訴（他怕阿輝對他的小孩報復），這一說提醒了我，於是我也撤回了告訴……。

但那段日子，每當睡前我閉上眼，腦海裡浮現的盡是我如何痛毆阿輝的畫面，我一拳一拳地打他，凌虐他，其至後來他在我的幻想中被我失手打死，我還偏執地想像如何處置他的屍體：剁成小塊，泡鹽酸，丟進馬桶沖掉，或是埋在後山的茶樹叢那裡……。

後來我們搬離了陽明山。

別人的房間

我和妻子在那座公園旁等了許久，那位房屋仲介公司的業務員才姍姍來遲。她是一位媽媽型的中年女性，臉黑黑的，不善言辭的樣子。完全不像印象中所有業務員穿著光鮮西裝或剪裁合身套裝，介紹起房子像連發機槍的鋼珠子彈。這位業務員沉默寡言，拿了一串鑰匙開了那破舊的公寓鐵門，領著我們一階階爬著那陰暗積塵的樓梯。

那是一間老舊公寓的四樓，頂樓陽台還有加蓋一輕鋼架鐵皮屋頂四壁全是玻璃鋁門的篷屋。當她費了好大勁旋鎖打開那扇和整幢建築灰舊印象不相副的簇新墨綠色防盜鋼門時，我和妻子都有一種被屋裡湧出的光像大水缸擊破瞬間，水的張力猶停頓懸空的飽滿晃漾幻覺。那個屋子的採光實在太好了。也只有這種老公寓的格局才會有那麼奢侈的採光。屋裡空無一物，地板磨損得相當厲害，壁紙上污漬斑斑，玄關處作爲鞋櫃並隔屏櫥櫃的木工非常老式扎實（木料是二十幾年前家具才可見的硬木，木刻雕花也是古早工藝），開往陽台的落地鋁窗窗框全因金屬疲乏而歪曲變形，浴室裡的浴缸也是久遠年代那種彩色小卵形瓷磚碎拼而成，飯廳預設區域上垂著一盞老式（不是復古）百合花弧瓣玻璃燈罩的掛燈……。

是一間時光的質地像細沙可觸在空間裡懸浮的老房子。

妻壓低嗓音像高中女生在課堂講悄悄話那樣對我評論著這房子的各處，我知道她只有在極興奮時才會變成這樣說話。她說這房子的光線讓她想起小時候澎湖的那些房子。我則想起我小學時放學時分和遛達同伴在永和那些迷宮巷弄裡冒險兜繞，偶爾翻進已無人居住的日式空屋，同樣也是空蕩蕩的房子曝白強光四面洶湧，不同的是滿地破爛家什書頁報紙水泥碎片……是那麼容易召喚你昔時記憶裡某一個怔忡時刻的夢幻老公寓哪……。

寡言的業務員推開陽台窗，比給我們看，隔著一條窄巷，對面不是屏擋遮斷視線的另一座峽谷公寓或大樓，竟是城市裡稀罕倖存的，「大戶人家」的日式平房宅院，你們可以俯瞰他們家的庭園景致和蓊鬱的大樹。我們幾乎尖叫出聲，但立刻又擺出購屋人該有的那種刻薄挑剔，糟蹋別人房子的嘴臉……。

實在是太舊了……這要重新裝潢怕得再花個一兩百萬吧……怎麼搞的好像法拍屋哪……。

那個媽媽桑模樣的業務員竟也不加辯解，只是帶著一臉低抑抱歉的笑容，再領著我們打開一間一間房門——我突然覺得，她是那種，晚餐桌上先生孩子抱怨今天的冬瓜排骨湯或炒茄子怎麼難吃死了，她也不會動怒，只是默默把湯整碗端下去的婦人——壁櫃全是打進牆內，雖然非常舊，但又可以省下一些空間；打開後陽台的門，（天哪，）後面又是另一幢

「大戶人家」的庭院鳥瞰，滿眼因爲不同種樹葉錯落而形成視覺的繁複構圖。帶我們看看頂樓加蓋的那間好嗎？好的。女人又領著我們爬了兩級那樣積滿灰塵的樓梯，來到屋頂陽台，那座違建加蓋的鐵皮頂玻璃窗之屋，建材的損壞狀況較主屋嚴重許多。完全無從想像原來的屋主是利用這間空蕩蕩的透明空中閣樓作何用途？是一座私人的空中花園？退休老人放張長條桌寫寫書法的簡陋書齋？或是老套的放張乒乓桌或滑槳運動器材？

女人乾巴巴地跟我們解釋，這個加蓋屋是在違建立法之前，所以政府不會來拆，可是也不能改建或換鐵皮屋頂，因爲當初已空拍過了……還沒有談到價錢……或是房貸利率之類的細節。我和妻子交頭接耳地討論：這間到時就當作書房吧，所有的書櫃全放在這，這一面玻璃窗牆可以換成遮蔽的牆面吧……還可以放一些大一點的盆栽……當然地板要換掉，地板都浮起來了……。

女人和我們站在那浮晃的光裡，仍是微笑地聽我們煞有其事地規畫未來對這空屋的擺設和想像。有時她會拿出手帕來擦擦額頭和下巴的汗。

但我們根本、根本就不會買那個房子。

這個遊戲我們已進行了第四次或第五次了。通常是妻子在城市的某個恍如夢境的巷弄漫走（頭兩次在溫州街，有一次在瑞安街，一次在永康公園的後面，這次則在伊通公園），突然見某一公寓鐵窗上綁著塊房屋仲介公司的聯絡電話，她便把我找去，然後撥了那個電話，大約十分鐘後，就會有一位（通常是年輕而多話的男生）業務員騎著機車趕至，拿著一串鑰匙，打開某一間空屋（或新或舊，但屋內總瀰散著一種人去樓空的奇怪寂寥），於是我們便像一對有意購屋的年輕夫妻，這邊看看那邊看看，某些地方露出欣羨歡喜之情，另一些地方則挑揀批評。有時那些業務員會用奇怪的方式套交情（您幾年次的？什麼高中畢業？眞的？我老婆也是澎湖人，我一聽你講話就知道……），有時我們會互相發發對時局或景氣的牢騷。然後我們在離開屋子前，會暗示那業務員我們其實頗心動，不過那個價錢對我們而言稍稍超過預算，我們回去再仔細研究看看會再和他聯絡……。

事實上我們完全沒有「買一幢房子」（在台北市！）的預算，不論是頭期款或那之後漫漫無期的每月分期款。一開始我被妻子拉去「看房子」時心底著實隱隱驚疑著，後來我發現那是她某種夢遊般的「夢境場景」（那些房子的周邊，總圍繞著一些美好的咖啡屋、小學校園、傳統市場或一些奇怪店家）——像年輕時我們走進擺放著一輩子也買不起的琳瑯古瓷器店，和那些骨董知識淵博的老闆切磋心得，或是你推著嬰兒車在微風廣場的購物街，看著一個小間一個小間玻璃櫃窗內展覽著那些昂貴名牌衣飾和戲夢一般的華服美婦（有一次我孩子的嬰兒車和一少婦推著一女孩的嬰兒車錯肩而過，妻子回頭輕聲對我說：「那是孫芸芸。」）——如此親愛又如此疏離，如此置身其中卻彷彿異鄉。我們闖進城市不同高度的樓層，那些別人的空屋子裡，在裡面靜待默立，想像著自己在其中生活的景象。

那裡面有沒有傷害或欺騙的細微情感呢？老實說之前都被那些嘰嘰呱呱口若懸河的年輕業務員他們話語後面的傖俗氣氛給沖淡抵銷了，直到遇到了這位木訥的中年女業務員。（我多想這樣問她：您每天騎著機車在這城市的街巷穿梭，拎著一大串鑰匙帶著不同的陌生人，進去那些不同的空屋。下班後也是得戴著盔帽口罩，灰撲撲擠在車陣裡，離開這座城市回到您中和板橋北投新店或深坑的家去吧？）我們和她離開那間公寓時，她完全沒有夾纏要我們趕快決定（虛構出另一個不存在的買主），她竟像第一次面試結束後鬆了口氣那樣，急匆匆（沒有留我們的電話）朝我們反方向的巷子那頭，小跑步地離去。

那時，我和妻子站在伊通公園的小鐵欄邊，悵然若失地抬頭望著那間老舊卻迷惑人的公寓。像隱喻一般，在我身旁的矮牆，貼了一張奇怪的尋失物啓事。那張啓事的內容如此哀切而令我物傷其類——寫這張啓事的失物之人和他欲向之討回失物的竊賊，在這座城市裡，那麼相濡以沫互爲流浪同類，遂那麼體貼婉轉動之以情——使我忍不住將其抄錄下來：

給清晨5點（4月20日）在吉野家拿走睡人旁座深藍色大背包的先生：

我知道你不是壞人，請還我包包和兩本筆記本和裡面的書。是我自己不好，沒顧好東西讓你起了這念頭。我只要包包裡的東西。那裡面的筆記本和書對我而言，是和生命同等重要的寶物。我可以跪下來求你，磕頭求你，把包包裡的書和筆記本還我，其他的東西你都可以拿走。沒人知道你的長相，求你快把包包和裡面的書冊交給警察局……。會有好報降臨在你身上的。或者你直接打電話給（0922XXXXXX）約個地方拿背包。你把包包留下後馬上走掉也好。我會感謝你對我這可憐人還存有惻隱之心。

洗衣店

那一年我的朋友盧君在陽明山山仔后馬路邊賃居了一間不到三坪的小房間，那個房間很怪異地被圈圍在一個頹敗荒涼的庭院裡，且從外邊的人行道隔著低矮的鏤空花磚牆，正好可以看到悶熱而無所事事的盧君，穿條內褲和背心，櫥窗裡的猴子一般呆坐在那燈光之中。那個庭院可以從一朽爛的紅木門進出，圍繞著小庭院四周，住著四、五間似乎是同系的學生。因爲以我每回進出那院落找盧君的印象，他們皆摔紗門進出各自房間，吆喝著吃消夜，女孩們佯嗔癡笑男孩的戲弄，屋裡總流瀉出那種學生宿舍才有的、熱鬧繁華卻朝生暮死的燈光。他們的房東是個外省老頭，在院落的一邊開了一間店面破爛陰暗的洗衣店。院落裡機車排列占據的剩餘空間，老人養了不少盆栽，有蘭、有小松柏、有鐵樹、有茶花……所以院子裡給人一種飽吸水氣、濕漉漉的印象。

只有盧君孤自一人和所有人無關。不論是院落裡那些大學生，或是隔牆洗衣店的老頭和他的女兒。

那間洗衣店如此昏暗老舊，完全沒有後來城市街道巷弄裡大量出現的連鎖洗衣店——排列在一起的像潛艇圓艙防水窗裡永遠在翻轉的衣衫芭蕾舞，或是套著一層明亮塑膠紙的高級西裝整列掛在潔淨的櫃檯上空，或是空氣裡總彌散著高級辦公室那種淡淡的奈米消毒劑香味——如果後者刻意將洗衣店僞扮成一都會化的「衣物的商務飯店」，光潔、俐落，你只需把你褪下的衣物送進去，不需要經歷那一切流程，時間過去，你就可以去領回一包散發著軟香氣味的、全新的衣物；那麼我記憶裡的那間老洗衣店，則像是那些老中藥鋪、老當鋪、老師傅的修腳踏車店：那窄小的店面永遠光照不足，牆壁上永遠皺浮裂紋著大片壁癌，作爲老闆的老人永遠將手藝過程中排泄或積累的油垢穢物毫不遮掩地展列給顧客看。那些大學生們整包整包提去那些發酸長黴的臭襪子臭汗衫臭內褲，老人以他奇特的分類記憶方式將它們全堆在一處，他的手上總沾滿了處理頑垢油墨的清潔劑。在頭頂的上方，則鬼影幢幢拎掛著一條一條大學生的床單（奇怪的既有老阿嬤的暗花布紋，亦有可愛小熊碎花或太空船圖案，亦有飯店那樣的白色床巾），總給人一種濕淋淋尚在滴水的印象。店裡唯一在運轉的三台滾筒洗衣機，則像鍋爐間裡的蒸飯箱，噴得一屋子熱騰騰的蒸氣。

在那陰鬱、濕熱而暈糊（塞滿各式臭衣物）的畫面裡，除了那個像少林寺老僧一樣的老人，還有一個有一雙驚人美目的女孩。在我依稀回憶中（以一個二十出頭的大學生對女人的經驗判斷），女孩可能大我和那些穿著拖鞋進出領洗衣物的頹廢大學生們兩、三歲。（她是老人的女兒？或是孫女？）我不知道那女孩是否仍在讀書或在工作。她總是一臉忿恨地置身在那光圈被垂掛衣幔遮蔽得如此晦暗的空間裡，回答那些嘻嘩又無知的大學男生：「號碼牌呢？」砰地把整包洗好的衣物丟在櫃檯，「八十塊！」完全和我們在校裡看到的那些因爲浮晃在奢侈的青春當下，故而臉部線條無有縱深的女孩們，像兩個世界裡的生物。

那個洗衣店女孩，總讓我想起小津電影《秋刀魚之味》裡那個酸臭落魄老頭的女兒。笠智眾演的老人（他是小津電影裡像老照片一樣永遠靜美停蟄的時光之化身），在一次老同學的聚會中，看見了某種預示性的、衰老的不幸面貌：他們學生時代，那個嚴厲無情的老師，已變成一個看到酒館裡的佳餚熱酒，便失態囫圇猛吃的糟老頭。老學生們（他們在戰後日本的經濟復甦中成爲商社老闆之類的上層階級）還不及以敬語抒懷過去時光的種種，老頭便胡講一堆渾話後爛醉不醒。笠智眾和另一個老友扶著昔日的老師回去，見到了老師破舊的小店和老醜（已過了適婚年齡）的女兒，女兒的臉部線條剛強而醜惡，似乎和已成社會渣滓的老父相濡以沫守著一個時間不再有任何意義，只有繼續枯槁老去的洞穴。那一刻，原本因過早喪妻而捨不得讓適婚年齡的女兒出嫁的笠智眾，彷彿當頭雷擊，回家後便認眞安排女兒的相親事宜。

但那個洗衣店女孩，記憶裡的那張美麗的臉——也許是我那時太年輕了，我太容易弄混事物的外貌與它們不必然深藏其內的意義。我只是耽戀於一幅朦朧的構圖：那雙暗影中如蝶蛾覆翼的古裝美女眼睛，那潮濕悶熱的空氣，那披蓋四處暗色調的布幔，還有那個沉默怪異的老兵模樣的老頭……使我相信那構圖的後面，必有一被禁錮的故事，那是一種對於時光猶存幻覺身世像用長頸弧瓶接屋漏水滴的模糊期盼——那張臉如此憤懣，令人不得不相信她必然因爲錯失了什麼而怨懟？

所以，像失去衛星定位的漂流地圖，我回憶著那畫面裡的每一細節：我一次又一次地，在山仔后賭香腸烤小卷串燒滷味的攤販升起炊煙的傍晚，鑽進那扇紅門，穿過那些熱帶雨林般的，姑婆芋、爬牆虎、跳舞蘭、銀杏、木蘭樹、杜鵑……各式藤葉混生的庭園，矮身擠進盧君窄小的宿舍，聽他苦悶無比地講述他那些無疾而終的戀情，或是轉述他從森林系降轉心理系後，作爲教科書的皮亞傑或行爲學派體系云云……或是那之後，每回我必然面紅耳赤地，拎著一包換洗的髒衣物，像羞恥的嫖客閃進隔壁的洗衣店。我不知道其他那些大學男生是否和我同樣心機——只爲了在那昏黃的燈光裡，可以有一瞬間，恬不知恥地盯著那張美麗的臉，好好看個夠。

這許多年過去，我或已與城市裡諸多慵懶男子無異，偶爾在計程車後座額抵車窗瞥見騎樓攤販女不可思議的豔麗容顏，或是進出捷運車廂咫尺貼身的娟秀少女；已不再在第一瞬的詫異嘆息後，繼續迷惑耽想那些美麗的臉後面的故事。我亦習慣了在不同場合和一些美人兒面對面談話而不再臉紅結巴，或是突然空白失神。「啊，對不起？你剛剛說的是……」城市的教養讓我們準備聆聽身世的街廓和密室裡疊放了一罈一罈「微波加熱」故事。不再有那「從不斷累聚的陰影往下望」，自一張美麗的五官懸垂繩索往一處倒敘深井下降到黑暗、戰慄核心的，「被囚禁在古堡裡的公主」。

美麗的女人不再有足以匹配的偉大故事，她們變成了櫥窗裡的海報，環繞她們的迷霧森林變成了一小罐敷臉面膜，眞僞不分的ＬＶ櫻花包或劉玉玲的愛馬仕提包、香草精油、胸罩尺寸、體重數字……。不很久以前，我記得她們會睜著美目，像僅爲了驚嚇不懷好意的癡漢：「其實我……」「其實我酗酒……」「我唯一愛的人是我哥……」「我母親她……」童年的一次迷路，街道皆沸騰浮起……，或是少女時期教室的陰涼光影，暗戀的一位國文老師……。

所以，在我這個年紀，當我無法像數位相機清除圖檔那樣，將那個陰暗、潮濕、悶熱的洗衣店女孩，從許多年前的記憶裡塗銷，那或不是曾發生過某些啓蒙小說裡充滿戲劇性的一幕。（「請原諒我不得不告訴您，您是我見過最美的女人。」）我從不曾眞正上前和她搭訕，在那張暗影中眉骨、鼻梁骨或下巴皆顯得立體稜突，但眼瞳卻發出貓科動物的防衛與無情。折光，那張美麗的臉下，有什麼傷害性的質素隱藏？（「您不可能知道，在我身上曾發生怎樣悲慘的故事。」）那時我是眞正、眞正地，像熱病一樣爲了猜臆她背後的身世而顚倒迷離。（「不，您眞的是最美的了。」）

瘟疫時期的怪夢

我與女人住進沒有空調的俄式旅店，牆上有像指腸迂迴數匝之銅管，想是在冬季嚴寒之時爲室內暖氣。不巧卻遇上難得一見的高溫，我們開著窗，將晾衣繩從窗扣拉至立燈，上頭掛著旅次中污髒洗淨的衣褲襪子及女人的內衣。窗外，八層高的樓下，入夜的邊城馬路仍是霓虹燈流閃、人心浮動，滿街亂跑之白俄胖女人，交易市場內各類仿製之俄軍望遠鏡、蘇聯錶、俄國軍用品，攤陣老闆特有的漢族猾狡笑臉，在講價的拉鋸間，鬆緊收放拿捏自如。

那時我不知道自己其實正置身夢中場景，我以爲我不過是在一座異國城市。市場裡藍眼珠鼻梁深削的老頭老婦們賣著榛子、乾果、酸果、猴頭菇、桃脯、西瓜和靈芝。小街上有放了張檯球桌的小店，一群穿西裝褲上身穿背心的青少年支著球杆互相替對方點菸。街道上人們拿著塑膠玩具，紅著臉蓬頭垢面的婦人，騎單車的年輕人，鬧烘烘地往市中心的迷你圓環靠近。我看了旅店大廳門上的紅布條，原來是這個城市「自治五十周年」。像極臆想中五〇年代之花蓮街道：騾車、馬車自我們車窗外錯擦而過（街邊有一輛畫了馬車再斜槓表示禁止通行的交通號誌），低矮木造之民房可以越過矮牆看見人家客廳婦人困坐在一堆家庭手工業的塑膠材料之間……。

那時我不知自己正置身夢中，我猶在那旅店的大床上追憶著一個依稀模糊的怪夢：我在那旅店醒來前，似乎夢見（未來的）妻的父親帶我參觀一間他從不讓人進去的收藏間，裡頭是一瓶一瓶胚胎或幼嬰的標本。妻的父親私密狎暱地告訴我，這是他出生一個月間，用胚胎複製而成的另一個他，但這種複製工程只能做到幼嬰一個月大時。故而我無法看見青少年的他被泡製在防腐劑玻璃皿內的景觀……。

女人在一旁深勻地睡著。那時我突然想起，似乎是在夢裡（最後一個畫面）的溫暖水流中，踩了海豚的頭一下，才夢遺醒來的，指端猶記憶著冰涼潮濕的觸感。我摸著因為被被褥徹底吸吮乾淨而顯得異常燥爽底胯下，有一種迥異於整趟旅程中每一次性愛後的情緒，安詳寧謐地緩緩釋放。

為什麼會出現海豚的意象呢？那個旅館有一個樹木扶疏的小噴泉庭院，房間裡則是老舊的紗窗、紅木地板、高腳床和幹部來寄宿時之辦公桌，有一台十四吋的小電視（當然壞了），污漬的牆壁，大小蛾群在日光燈跳閃之明暗間蟄覆在白色被單上。女人仍在熟睡著，我記得在那之前我陪她吃了不少怪食物：炸蠶蛹、狍子肉、一種透明身軀長鬚的活醉蝦、小籠包、一種沾煉乳的炸饅頭（她可眞能吃），還喝了不少白酒。那是一間叫「熙春頤」的餐廳，聽名字像是這個邊城對縱情聲色最可能之旖旎頹靡的意淫所在。但一掀帘子進去，是破爛狹仄之木梯，黑膩油滑，燈光晦暗。門口除了三、四個濃妝小姐蹲在門口，有兩個黑著臉梳了髮油的後生亦在一旁蹲著，先前看來亦是橫眉豎目的，待我們進去訂了桌，大師傅出來叫了聲：「客人來了。」馬上縮頭咂舌溜了進去。我們進入一間類似廂房之隔間，送菜的後生，即適才在門外蹲著的其中一個傢伙，說話亦變得文明恭馴。

之前我們在迷你圓環的街道中心，一路找能吃的餐廳，凡有掛幾根霓虹燈管的，即將車靠去，但塑膠門簾垂掛著，裡頭黑烏烏的，燈也不開。後來我發現整條街都暗著。我倒了杯白乾請那位後生，他也不客氣一仰而盡。忍不住問了：「你們這城是咋啦？入夜人全不見了？」那傢伙給自個兒點了根菸，瞪大了眼說：「客人，你們什麼都不知道敢跑來這裡，我們這城鬧瘟疫，死了好多人哪。」

之後發生的事我竟無法以一種合條理的方式記憶：女人繼續在那個古舊房間的高腳床上熟睡著，我獨自一人沿著鋪波斯地毯的迴旋梯走下舊旅館的大堂，在酒吧裡聽四個白西裝的禿頂老人演奏一些爵士樂老歌（他們分別彈奏鋼琴、拉大提琴、吹薩克斯風和小喇叭）。我想我大概是喝醉了吧。後來我居然看見年輕時期的妻走了進來，她遠遠隔了好幾個座位在吧檯的另一端，點了一杯調酒自顧自酌飲著。她不認識我。過了不久，另一個年輕時代的痞子朋友也走進這個酒吧，他是個非常會講笑話的傢伙。他倒是認識我，坐到了我一旁。

純粹是爲了沒話找話，我說：「想不到在我們有生之年，會遇上這場大瘟疫哪。」

「是嘍，」他自暴自棄地把不加冰塊的烈酒像漱口水那樣倒進喉嚨，招招酒杯又向調酒師要了一杯：「日子他媽眞是過不下去了。」

他口齒不清地發了一些對醫院體系或官員們的牢騷，然後他又講述了一些電視上看來的，那些遭瘟而被隔離的病人們，孤獨地在自己的小公寓裡發著高燒病死的故事。他們的肺變成像菜瓜布一樣堅硬粗糲。他們的家人都受到四鄰發狂的詛咒和厭恨。沒有人敢來收他們的屍……後來不知怎地，我們開始無意義地講一些和這個瘟疫有關的屁笑話（包括那些把乳罩剪裁成口罩，於是口罩可分前開後開啦之類的）。結果我想要講一個笑話壓倒他，不想便垂頭在吧檯睡著了……。

醒來的時候（在這之間我曾隱約醒來，發覺他們兩人皆不見了），只剩下年輕時的妻坐在我身旁的高腳椅。她正專注地看著面前的酒杯，沒發現我側趴的臉，眼睛正盯著她（我確定她完全不認識我）。

那時我心碎地知道：在我剛剛熟睡在冷氣直吹後腦門的這段時光，她和那個痞子上樓開了房間，並且草率而無情地辦完了事，垃圾桶裡還有那傢伙撕開的紫藍保險套包封的錫箔小方格，還有用完了拉得長長（像女人絲襪一樣）的一袋穢物。

暗影中女人的臉眞是美。像可以把什麼東西都焚燒殆盡。

（我的心臟像被什麼給割開了一樣。）

請原諒我，這是我在瘟疫蔓延時期的恐怖與哀愁裡，非常脫軌所作的一個怪夢。

獨處時光

後來我的孩子們全送進了幼稚園。在那災難般地，因爲身體的持續高度緊張（隨時跟在兩個不斷爬上爬下、搬移物件並摧毀之，且不斷製造各種險象環生的恐怖場景的小男孩身後，追逐、喝斥、鎮壓或處理善後），令人處於一種耳聾目盲的彈性疲乏。突然間，如此奢侈地，生活裡突然冒出那麼一小段的、久違而乍乍變得生澀的獨處時光。那是我在戀愛、結婚、生子這一切發生之前，長達六、七年生命的基本樣貌，很長的日子裡，除了到電玩店或爛痞子朋友的宿舍喝酒打屁，我皆像一隻灰色的壁虎，失去時間感地靜蟄在自己的單身宿舍裡。那時我沒有閱報習慣，房間裡沒有電視，那個年代更沒有所謂電腦網路或手機。當時亦沒有隔一段時日沒去誠品巡巡逛逛便隱憂著恐怕錯失了什麼非買下不可的重要書籍。那是一段恍如靜止的時光。我那麼安愜舒緩地花一、兩個禮拜的時間，逐字逐句地抄讀卡夫卡的《城堡》或莒哈絲的《如歌的中板》。那些故事裡所發生的每一處細微轉角，皆像我的澎湖妻子拿筷子吃魚，細細翻揀那交叉繁錯的針刺骨骼上附著的梭形肌理，優閒地戳弄挾起，放進嘴裡慢慢咀嚼。

當然那樣的時光（我不知道算不算美好？）對我已是永遠不復可得了。不過偶爾，像劫後餘生的安靜清晨，它突然被插置進現在的（這幾年已習慣了的，腎上腺素飆灑的每一天）時光，那種滋味眞是詫異又感傷。

像一則隱喻，在大瘟疫經由每天的素描草圖逐漸疊覆成一幅「地獄變」的大型迴廊壁畫時，報上出現了一則奇幻的「連續殺人狂」新聞：這位叫陳瑞欽的加油站工程師或鄉公所職員（在同事眼中是個忠厚老實的好人），十三年內，包括三任妻子，那些妻子們和前夫所生的兒子，還有一個他自己的兒子，最少有五人先後以車禍、遭電扇掉落砸死等原因死亡，這些死者，最後在檢查官、法醫、保險公司的調查下，全部以意外死亡結案。一位檢查官說：「全案涉及五條人命，分開來看一點問題都沒有，但合起來看卻又『奇奇怪怪』，因爲死者生前投保的巨額保險金受益人都是陳瑞欽。」

在這個瘟疫強襲所帶來人們如此陌生、前所未有的巨大災難景觀——每日哪間醫院又爆發感染、每日染煞新增死亡人數像股市點數翻牌上升，像日本櫻花季時節各處火車站皆掛上各地地名及各線櫻花開放之不同狀況。隔離的灰暗感。大蕭條時期將要來臨的不確定感，進出城市密閉空間的量耳溫、戴口罩的科幻儀式——這一切死亡由前景（單一死者的特寫、追蹤報導，或官員出現在葬禮場面）慢慢撤退成一「惘惘的威脅」的模糊背景時，這位「怪怪的」、陰鷙藏匿在漫長時光流河裡，靜默無聲地將居家生活裡最親近之人一個接著一個殺死的嫌犯，多像是這個難以言喻的苦悶時期的擬人化。那像是佛洛伊德說夢境對於眞實世界諸多恐怖、欲望、傷害、焦慮的濃縮和隱蔽。（我們忍不住輕輕驚呼：原來「連續殺人狂」的匿蹤和作案手法和 SARS 如此相似。）那是一種殺人想像力的衰弱和自我重複（除了第一任妻子被電扇不明不白地砸死，後來的死者們皆死於車禍），且經過這樣的自我重複，讓「再婚——戶口認養並保險——殺人——領保險金」變成像至提款機按下密碼提領現金一樣地快速而程序化。那樣的死亡劇場（或凶殺案的推理），將許許多多人際關係間的細微張力，停頓時刻，身體對抗（包括在殺自己的親人時他在想什麼？怎麼設計死亡場景？如何僞扮而重新混跡人間？如何面對警察或保險公司繁瑣的測謊偵訊）科幻地清理掉了，只剩下一種數量的景觀，或是「怪怪的」、難以言喻的灰暗情感。

最近在HBO台看了一部舊片《AI人工智慧》。據說這部電影在上演之初並未得到好評。當然以「複製人類型」的科幻片來說，史蒂芬史匹柏無法超越（甚至抄襲了）以未來的時空幻覺或人類文明耗盡衰竭時刻反省「我族與他者」經典的《銀翼殺手》（「我族」如何以自身形象爲藍本，製造「他者」，然後在經濟成本考量和「種的純潔」的複雜焦慮下，透過偵訊、測謊、監視，找出那些和「我族」看來幾乎一模一樣的「他者」，予以殲滅）。但是在這部「科幻片版小木偶」的電影結尾，有幾個場景眞叫我潸然淚下。

那是一個場景空曠到極致的「獨處時光」。因爲無法變成「眞正的小男孩」而被收養的人類母親遺棄荒野的機器人男孩大衛，在歷經了種種像納粹集中營般的屠殺噩夢和逃亡後，終於心存執念找到當初設計並製造它的「公司」。那時整個紐約已如廢墟浸沒在海底，水面上浮出的是自由女神持手炬的手指，還有諸如帝國大廈、世貿大樓（可見電影攝於九一一之前）爲首的摩天樓建築頂層。小男孩一直相信著：「只要我變成眞的小男孩，母親就會愛我了。」當然它在自己的誕生地看到的眞相是成千上百個猶在組裝線上的、和它一模一樣的機器人男孩大衛。外裸的金屬骨架、電路板內臟和栩栩如生的、蠟像館一般的一粒粒頭顱。於是這個男孩哀傷地跳樓墜海「自殺」。它沉入了海底，恰好漂到一處類似迪士尼樂園童話區的小木偶故事肖像群中，它坐在一具已在水中浸泡過久而斑駁破舊的藍仙子雕像前，不斷祈禱：「請讓我變成眞的人類男孩。」

接下來，史匹柏用這樣的方式說故事。他說：「日復一日，大衛都對著面前的藍仙子許願，他藉著白天水面上透下的稀微光源看著她美麗的臉龐。每一天皆如此，這樣地，兩千年過去了……」

當另一個星球的高等生物乘著飛行器來到地球時，人類已經整個覆滅了，外星人從結成冰洋的城市廢墟下找到電源早已終止的機器男孩大衛。它們用一種高度進化的讀心術（多老套）將大衛腦袋中「曾歷歷如繪在人類世界中生活」的記憶重新投影重播。那時整個世界只剩下大衛，這一個終其一生無法變成人類的、被遺棄的哀傷個體，可以描敘那個「滅絕之前的物種」。

當那位老外（外星人）這樣對大衛說「我們常如此羨慕人類，他們那麼珍視且保護的所謂『心靈』，以如此龐大的藝術、文學、算術去描述它，我們總在困惑著那究竟是什麼？」時，我忍不住在這意外的獨處時刻裡戰慄並生理性地流起淚來。像我們這樣的人造人，在這個風聲鶴唳的大瘟疫年代，在那樣隔阻、恐怖、猜忌的氣氛裡，每日像吃夢獸那樣大把大把吞食著「一場瘟疫景觀裡人類的各種變貌」，是不是只緣於一種孤獨的童話式想望：「變成真正的人類。」一個全程目睹大災難時人如何像體液流失掉尊嚴、仁慈、畏懼、緘默……悲慘畫面的、真正人類。

遊街

在我國四那年（也就是北聯聯招落榜，無比晦暗憂鬱地，理了光頭進入一間所謂「升高中前三志願保證班」的重考班就讀），因爲生活突然像被摺放進一只小火柴盒般苦悶，於是我結交了一群迌退少年。以我父母的眼光看，就是「學壞」了。雖然我們那個年代的國中、高中生涯同樣極枯寂無聊，但設想一個十五歲的少年，每天早晨出門，頂著光頭穿著繡了補習班班徽的國中生制服，在公車上遇見你那些已換上卡其襯衫大盤帽高中制服的昔日同學，或是綠襯衫白襯衫黃襯衫黑裙（而不是藍裙）的暗戀女生，陰慘地走進羅斯福路上一條夾在臘肉店和修理腳踏車店之間的窄巷弄，鑽進一間霉濕破爛的舊公寓，其中一層教室約三十來坪大卻擠擠搖搖地排放了七、八十個學生的木頭課桌椅，天花板上整排的日光燈似乎光源被這七、八十個苦悶少男少女的枯槁皮膚吸盡，永遠都暗沉沉的。

沒有校園，沒有操場，沒有升降旗或實驗室裡那些像演戲一般的玻璃試管燒杯瓶罐，沒有窗（教室黑板後那面牆本應有建築原有之窗，但或因補習班爲了隔阻樓下馬路車聲，整面用鉛板封起），沒有走廊（所以不可能有像《回憶點點滴滴》裡那樣逆光和心儀女孩錯身而過的延伸景深），甚至沒有擦黑板時的彩色粉屑和值日生打板擦之類的背景聲音（補習班老師用白板和一種可擦去的藍或紅墨水筆授課）。男女生嚴禁交談。在那樣一間修道院（或更像勒戒中心？）的封閉公寓裡，配置了一位像漫畫老夫子那樣的班主任；一位時不時在課間給我們訓話提醒我們是「失敗者」並以繁複隱喻將一年後的「聯考」描繪得時如恐怖巨獸時如生香活色的老小姐「班導」（也或許她是班主任的妻子？）；一位據說是兩棲部隊退役的「生活輔導組長」；以及一位他的工作就是拿藤條坐鎮在教室最後方的座位以監控全班的夜大工讀生（我們幾乎所有人在那一年內，皆被他從後背或脖子或手臂冷不防用藤條抽過）。他們四位的黑臉白臉角色分配可能經過精密設計（例如那位老小姐在某個男孩或女孩被蛙人組長或夜大工讀生揍哭時，總會適時出現，語重心長甚至哽咽地對著人心浮動的整間教室發表演說），但有時他們會亂了套彼此交換角色（我看過那位老小姐有一次氣急而掌摑一位在髮型或袖子上玩些時髦小玩意的漂亮女孩，卻換成蛙人老哥他柔聲對那泣不成聲的女孩曉以大義）。每天下午大約一點半，班主任會用藤條甩擊黑板，把伏桌午睡的我們叫醒，然後（不准發出聲音）排列成隊，帶我們走出那棟建築，那條窄巷，沿著騎樓繞至補習班後街，經過一排修車廠，等於繞那補習班周邊一圈，再列隊鑽回那棟陰慘的老公寓。

這趟「放風」（美其名爲「讓你們活動筋骨」）是我一天中唯一見到世界景物暴展在充分日光光照下的珍貴時刻，但每每卻讓我羞愧欲死。我想像著那條路線所經商家，每天午後都會像看街頭藝術那樣，怪異滑稽地看著一男一女，各持一根長藤條，趕騾隊一般驅趕著一列面容蒼白，蹴蹴蹬蹬，安靜無聲的隊伍從店門前走過。那些少年一律光頭，少女一律西瓜皮。這個經驗使我日後經過那些美髮店，巧遇那些染金頭髮的男女美髮師們，得排一列在人行磚上一臉大便地答數喊口令做晨間操，我總是心有戚戚焉低頭經過臉上絕不帶一絲嘲弄……。

暗室裡的嚴栓密縫與午陽曝曬下安靜無聲的遊街展示。那樣像黑白紀錄片或獸形貓犬之眼瞳觀看、記憶，第一次跨過橋離開童年之鎮（永和）而進入大城的流動街景。每天下課後，穿過對我那時來說簡直寬闊無邊際如大河的羅斯福路，在對面的站牌等公車回家。那時通常已是華燈初上整座城市最美麗的時分。我們這些半人不鬼怪異服裝的少年們，擠上公車置身的人群全是那些疲憊不堪香水餿掉面容垮掉的下了班的成年男女（那個時段已無有放學的正規制服的高中生在車上了）。那時我並無能力觀察那些疲憊而各有心事的大人們，只是莫名其妙地置身在那一大團像油彩暈糊下滴的奇異畫面裡。那些垂掛著濃膏醬色動物腿蹄的老臘肉店；那些二樓櫥窗裡像鬼魂般懸掛著孤單兩件蓬裙短上身的新娘白紗；那些鹵素燈照下鮮豔失真一盤一盤西瓜木瓜楊桃蓮霧水果切盤和一只飛速旋轉電動趕蠅繩的水果攤；還有那如今已難引起食欲那時隔街相望卻如夢如幻的一鐵盤一鐵盤展列在店家案前的紅糟肉滷豬腳番茄炒蛋炒茄子醬烏賊甚至一枚一枚油晃晃荷包蛋的自助餐小飯館……。

置身在那幅畫面裡使我又飢又餓。如今我或有體會，或是感傷調一些地擴大那不幸被錯置「初次進城」的關鍵時刻。那黑白紀錄片的一年。那無有正式名分像鬼月在沿街鐵爐熊熊冥錢火焰間倉皇竄走的鬼形的一年。我或會將之描述成「對顏色的飢渴」或曰「對懵懂但允恰嵌入人群之身分的飢渴」。

這個故事的盡頭，是否一如那些藝術電影的陳套，會將光影收刹在這樣一個場景（雖然我記憶中那一幕眞眞實實地發生過）：某一天午后，同樣是從睡夢中驚醒，像上好發條的機械玩具乖馴地跟著那一列同樣被剝奪掉什麼重要東西的少年少女們，從那棟暗室走出那強光驟襲的白日街景裡。無望地、瞇著眼、垂耷著頭安靜地走（整列隊伍只聽見全部人的布鞋窸哩窣囉拖著騎樓走廊地的悶響）。那些臘肉店、照片沖印館、刻印章打鑰匙的、修車行……。突然一個清脆的少女聲音從馬路那端喊我的名字：「駱以軍——」像超渡經文突然破空而下，擲擊了踟躕在空蕩街景不知自己早已死去的亡魂：「你在這裡做什麼啊？」熾白的陽光下站著一個白衣黑裙（那是中山女高的制服）的高中女生。我馬上認出了她。她是我國中同班坐我座位旁的女孩。她是一個非常、非常聰明的傢伙。常在上課時面不改色（我懷疑是腹語術？）學台上那些老師滑稽的腔口說話，逗得我噗哧笑出被叫上台挨板子她卻完全沒事。但這一次似乎是我遠超出她智力理解範圍地加入了一個喜劇馬戲團裡——我的光頭，我身上不倫不類的重考生制服，還有我置身的這齣奇幻荒怪的街頭滑稽戲——她在日光的街道上漲紅了臉，幾乎要大笑起來，但旋即被我前後那些個和我一模一樣裝扮的少年少女們陰鬱敵意的眼光驚懾壓制。她隔著一段距離跟了我們的隊伍大約十來公尺吧，壓低了嗓音，疑惑地問我：「你怎麼了？」「怎麼會在這裡？」「他們在做什麼？」

我很想轉頭痛斥她：媽的你是白癡啊看不出來我們在排隊走路繞這個街道繞這個騎樓嗎？我在做什麼？我在重考。懂不懂！但，我只是低著頭跟著那安靜的隊伍走（我多想把光頭埋進那一列僵硬黯淡、幾乎連綴成一條整體的身體裡），一直到下一個騎樓轉角，轉進那條陰暗的窄巷。我從頭到尾都沒搭理她。

冰宮

大約在我高一、高二那兩年，這座城市突然魔幻又詩意地流行起滑冰——那可不是公園裡，小狗隨意便溺的磨石溜冰場，或是國父紀念館廣場上那些戴頭盔護膝護肘手套歪歪斜斜踩步的直排輪小孩；那可是貨真價實的冰刀，以及剎車時冰屑漫飛的人工冰池——我不知道那是怎麼一回事？就像這座城市發生在十幾二十年間的一場一場幻夢：高級花式撞球場、棒球打擊場、釣蝦場、健身房、網咖……但是那兩年突然就流行起「冰宮」。城市的各處角落像外星人入侵建立起一座座科幻味極重的華麗據點：來來冰宮、金萬年冰宮（在西門町萬年大樓裡）、太子冰宮（在圓環）、狄斯耐冰宮（在信義路老銀翼附近）……這些冰宮通常都在某一幢商業大樓的其中一層，電梯打開的一瞬，一種宛如夢境的，奢靡又疏離的氣氛便撲襲上來。那是奇詭地糅合了舞廳、保齡球館、游泳池與電影院氣氛的乖異遊樂場。你從布滿霧氣的彩色壓克力窗窺望裡面，冰池上氤氳迷霧，霓虹燈與鐳射燈錯閃，震天響的音箱喇叭砰咚砰咚讓玻璃發出滋滋共鳴，穿著奇裝異服的男孩女孩們便在那暈染了各種顏色的冰面上，歪歪跌跌地繞圈子、嘻笑著、忸怩作態、羞澀調情，進行著我們那個苦悶年代的社交。大部分人都只會簡單的正溜和倒溜。（有些傢伙只會正溜，卻故意拿杯可樂危顫顫地邊溜邊喝，以此在馬子前裝出很屌的樣子。）像我有個朋友綽號叫「老二」的（他其實是個長得極帥且斯文的傢伙，不知爲何被栽上這個難聽的別名），他不過就是倒溜極穩且左右剪冰皆極流暢，便常常在冰宮裡大出鋒頭，因爲他可以帶出一條二、三十人連結的「接龍」：即幾乎冰池上所有滑冰的男孩女孩們，皆像火車那樣一個接一個扶著前一人的腰（有些不肖的𨑨迌仔會乘機摸前面女生的屁股），由著「老二」他，忽左忽右，繞柱打圈、蛇形、波浪舞……。

有時候，會有一兩個眞正的高手，他們總喜歡穿著蝴蝶袖長襯衫，前襟敞開，他們穿著自己的訂製冰刀（而不是冰宮按不同尺寸出租，那種永遠濕答答，皮革皺爛，搗著前人腳臭的蹩腳冰鞋）。他們睥睨眾人，一開始極不耐煩地在蹣跚滑行的人群間遊梭，算是熱身，他們在我們這些歪斜凡人之間滑行，像《駭客任務》裡基諾李維閃子彈那樣寫意。奇怪是他們的身體沒怎麼使勁，整個人就像豪華的太空梭在一堆宇宙垃圾間飛翔，他們時不時還可以擺出像飛燕、華爾滋跳躍這樣的舞蹈動作哩。不論他們在平地上是如何矮小、肥胖或面容猥瑣之人，一穿上花刀（花式冰鞋）站上冰池，馬上變得如此飄逸瀟灑……。

我一開始是和我那群𨑨迌少年同伴作夥走進冰宮的，他們的動機自然是把馬子嘍（在那個沒有網路、沒有手機、甚至KTV都沒出現的年代，而救國團又只歡迎正派的好學生）。但是慢慢地，當我們不自覺變成冰宮裡一群「球刀式溜技」（像冰上曲棍球選手的溜法）最好的群眾，「小姐，要不要一起溜？」我們在冰池上追逐、囂鬧、逆向衝馳，故意用側刀刷起冰層噴濺那些美麗的女孩……，我的注意力開始被場子中間那幾個沉默、優雅、自顧自練習著高難度動作的傢伙吸引。乃至於後來我漸漸躲在角落，偷偷觀察，模仿他們的某些華麗特技……。

我記得那天，是那位教練主動溜到我的身邊。他對我說：「你這樣不行，你連剪冰都沒用到腰，就在學圖形，整個身體都是錯的。」他說得我面紅耳赤。他是個中年人，後來我發現他是場子中央那幾個高手的教練，他說：「我注意你一陣子了，你和你那票朋友不一樣，可是你的基礎動作整個都錯了，你願不願意加入我們冰團，跟著我從基本動作開始練起？」

於是我擁有了一件背後印了「××冰宮」的塑膠背心。我的朋友們發出尖聲怪叫地嘲笑我，但是我每天進冰宮，乖乖地聽從那位教練的指示，擺出舞蹈姿勢，（我一位迢迢朋友說：「駱仔，你怎麼做出這種卵蛋被綁起來的動作哇？」）枯燥又疲憊地繞著一根柱子練習推腿的動作。

但那位教練行蹤神祕，兩個禮拜後他醉醺醺地出現，稱讚了我兩句：「很好，很好，稍微懂得用腰了。」然後他再教我同樣繞那根柱子校正倒溜姿勢。並且他建議我可以考慮自己去訂作一雙有「跳齒」的花式冰刀了（之後可以練習冰上跳躍的動作）。他說他有熟人替我做可以比外面運動器材行便宜一半，我問他那是要多少？他說一雙要六千元。

我不記得我是怎麼向我娘要到那筆錢，總之我在幾天後交給他六千元，但這位教練從此就不見了。我每天仍是到冰宮報到，穿著租來的霉爛冰鞋，孤獨地繞著那根冰池上的柱子。不知是否心理作用，似乎來那間冰宮的人也漸漸少了。我的正溜、倒溜和剪冰練得非常標準，我也開始變成冰池上擺出飛翔姿勢快速滑行的那種人，但沒有人教我進階的花式動作，使我始終就只會那幾個（近乎完美的）基本動作。

有一天我母親知道了這件事，她非常憤怒，她鍥而不捨地打電話到冰宮去問，找他們的經理，最後問出那位教練家的電話。她打去的時候，是那位教練的哥哥接的（也許就是他本人假裝的也不一定），他起先說了許多推託之詞，說他弟弟也是被人所騙，又說那筆錢早已花光云云⋯⋯。但我母親擺出不惜鬧上警局法院的悍婦姿態（這令我又詫異又傷心），這才使他極不甘願地答應還錢。「好吧，那我先替我弟弟還這筆錢好了⋯⋯」

我記得我母親赴往相約處取錢的那天下午，我躲在對街商家騎樓角落偷看。他騎了一台機車前來，沒錯，就是那位教練，機車前桿還吊著一個保麗龍便當。我徹底發現，不在冰宮那霓虹煙霧的夢境裡，他趿著一雙球鞋而不是冰刀，看上去多麼矮小而狼狽。

那之後，沒多久，像外星人舉族遷走，整座城市所有的冰宮，像在一夕之間——至少是在兩三個月後——全部關閉，沒有人再溜冰刀了。我的逛逛朋友，又開始在找城市新冒出來的，尋樂子的處所。

惡童

我這個世代最俗濫但又深植記憶的某種科技場景是：帶著一台筆記型電腦（或乾脆就一片空白光碟），潛入一間密室，以管線插入一座大型電腦（或以鍵入密碼的方式侵入）資料庫，讀取並下載那被禁閉封存的祕密檔案。

影片裡總有這一幕：特寫的是那已被解密（而無力反抗）的深藍色螢幕，上面一行一列移動著揭開自己內在祕密的閃光字體。「下載中……」那樣的景象何其孤寂。

是以我們常不自覺地將自己遮蔽在名牌西褲下，用高級棉質內褲包裹起來的那古老話兒「科幻化」了。在我們的想像裡，它像是深海底下的螢光生物：鈦合金材質、銀漆外殼、高智慧記憶晶體、超薄、防震、冷光螢幕液晶顯示、流線弧形的腔體內有繁細精巧的金屬管線與支架……。

這樣的高科技接頭，經過某種複雜的潛入與密碼竊取，一旦將它插進另一座有冷光螢幕大型記憶體且造型更華麗，包裹在更昂貴名牌衣裝下的軀體接孔中，旋即能將那其中封存的大筆記憶資料「數位化」，一行一列快速跳閃地下載。

我在國四班重考那年，像是爲了對抗那陰暗小屋裡一組奇怪大人們，以其詭異想像力將我和身邊數百位同齡少年少女，凍結時間，浸泡在那一年停止生長漂蕩發白的福馬林玻璃皿之中。（我國中時的同學們已換上高中制服，男孩長鬍髭女孩凸胸脯地，往時間邊界的那一邊飛奔而去啦。而我猶穿著藍短褲白襯衫的國中生制服，理了光頭，似乎心智意識也停頓在青春期矇曖光影的門檻裡。）於是我，在第一次從那孵養童年記憶的靜止小鎮，跨河（中正橋）與這座城市素面相見的時刻（我的城市啓蒙經驗），竟悲慘地選擇了一「惡童」的形貌：我結識了一群同樣穿那一身怪異制服的迌迌少年，他們各自都是那所補習班管理階層（班主任，可能是他老婆的女班導，可能是他表弟的蛙人組長，以及可能是他妻舅的夜大工讀生）眼中的問題學生。我們像幼獸一般嗅聞湊近彼此，活動的辰光場景皆在下課後淒清迷離的傍晚台北街道——其實主要是沿著主流河道的羅斯福路：已過了尖峰時段的，坐著一車疲憊下班族，彷彿日光燈劇場的公車（我們失去用大頭照學生票的資格，持一排十格的成人票上車，把落單時刻的羞恥畏縮甩掉，一票人在那些老僧入定的閉目大人之間，吆喝叫囂，隨車子的顛擺歪跌推打，讓自己表演至一突兀之極限）；公館的咖啡屋（我們從公車票亭買二元一根的長壽散菸，在那些柔光棕櫚葉影大學生情侶的沙發座間，人小鬼大地叼著菸打撲克牌），彈子房、冰宮、唱片行、戲院樓下的投幣槌拳袋機或點唱機或吃角子老虎……。有一次我和同伴老朱打賭，（「敢不敢？」）兩人相約打赤膊從公館穿過夜市，走永福橋回家——那個畫面何其幼稚可憐，兩個十四、五歲的少年脫去重考班的白襯衫制服，提著書包，露出孱瘦未發育的少年肩胛和胸肚，逞豪強地在人行磚上叭答叭答走著，經過那些長瓢子聚集的撞球店，露出困惑神情瞪著我們的機車行裡的剽健黑手，或是橋頭的憲兵崗哨，我們總是刻意不看對方因緊張而浮滿手臂的雞皮疙瘩。

惡童。梟怪橫行。引人側目。一群少年相聚口裡發出哇啦哇啦不像人類的聲音。

之所以我回憶中的夜間「惡童」遊蕩之場所，有一不搭軋之「唱片行」，乃因我們之中有一個傢伙（他似乎是那群少年無意識，但又默認的頭兒），叫陳昱，以超出我們這些北聯英文個位數字成績的程度，不無炫耀地迷戀收藏那原不在我感性教養內的西洋歌曲卡帶（那時未有CD）：約翰．藍儂、瓊貝絲、鮑伯．迪倫、賽門與葛芬格、卡本特兄妹……以及當時流行的奧莉薇亞紐頓強和空中補給合唱團（瞧我記得這些歌手的名字全是中文譯名）。我們眼花撩亂心中暗自不服卻不得不緘默聽著他口沫橫飛描述那些像他遠房表哥表姊們的一個個老外的驚世駭俗故事（時不時哼上兩句，再翻譯給我們聽，但那些句子在我那時的心智聽來，確實魔幻絕美得像詩一樣難以置信）。這個陳昱，身高一八幾，瘦削頎長，總在書包裡藏著一套白色系的「泡衣泡褲」，一離開補習班他便「變裝」，當然他是那種有錢人家的紈袴小孩（後來我另外認識一票北港、台西上來讀書的，真正「混過」的迌迌仔，有一次見了陳，嗤之以鼻說：「ㄎㄚˊ仔」），中學念的是私立名校而非我們這些國民中學生。在我們裝模作樣遞著抽長壽菸時，他老兄抽的是 Marlboro 或長枝 More。

主要還是，和那個年齡極難以連結的，他擁有遠超出我們想像的，豐富的性經驗。在我那之後遊蕩失重的兩三年，遇到過各形各色的侷促青少年，也不乏聽聞許多十五、六歲男孩們糅雜幻想或唬爛情節的性冒險故事（包括嫖妓時遇上一位年紀大他一倍的老女人，或那些什麼乾姊乾妹或姊姊的美女同學之類的爛色情故事），但記憶的暗影裡，似乎我在懵懂無知時，就已憑氣味或某些類似罐頭蓋翻起鋸齒銳角之印象，確知這個陳昱所說的全是真的。那一個一個他半炫耀半追憶的女孩名字，都真正的，「被他玩過了。」對我們來說，陳昱的那些性經驗，像一個牆壁上掛滿了古怪又毛色鮮豔動物頭顱的標本室。那個房間裡才真正鎖著某種殘忍或邪惡的東西，除了他，我們其他人都不曾真正進去親歷那房間裡展列的一切。這使得我們在夜闇大街上的惡形惡狀或模仿大人行徑不過是虛張聲勢罷了。

陳昱且彈一手好吉他，據說他國三時曾組了一個band，他是主唱。他曾邀我去他家，在他的臥房表演了一首〈Dust in the wind〉和羅大佑的〈鄉愁四韻〉，那樣繁複的美技，即使我在十年後在大學吉他社團見一玩音樂傢伙表演，仍是心驚嘆服，但陳昱卻以我十四、五歲同齡少年的軀形，過早地演出我十年後才琢磨體會其不可思議的才華——包括他那些「閱女甚眾」的早熟經驗，我也是在十年之後，才陸續遇識一兩個有著「情色集郵冊」收藏癖的傢伙（他們像收集麥當勞玩具贈品一樣收集著那些不同品貌不同性格的女人），但他們皆是近三十歲的成年男子啊，我且是經過閱讀昆德拉小說裡的那些浮浪男子，或《金閣寺》裡那個八字腳柏木，才隱約揣摩那種徵逐女色的冒險漫遊，大約是怎樣的一種光度怎樣的一種心境怎樣的一種「自我濫用」，但陳昱那時不過是個和我一般的十五歲少年吧——我回憶至此，難免晦暗狐疑：那個陳昱，不會是像小叮噹（哆啦A夢）的第一集交代身世：因爲……因爲……大雄未來的孫子感嘆鬱卒他這位平庸低能的祖父，自己過完悲慘的一生不算，且還禍延子孫，讓衰運和潦倒承繼給後代，於是派了小叮噹坐時光機器回到祖父的少年時光，做他的保護者，以此改變整個家族不幸的命運。陳昱，不會是我的後代子孫派來？或根本就是我後代的其中一個……帶著不可思議的炫目光華和經驗，混進我的少年時光畫面裡，作爲某種啓示或預警……改變我的命運……。

因爲這個傢伙，在我日後的生涯，竟如煙消逝從此未再遇見（我們那群「惡童」，在考上不同的高中或專科後，便各自散去），不像某些即使面目再模糊的小學同學國中同學，你都會在某街景或醫院或百貨公司遇見，這個人像蒸發一般徹底地自我的生命中消失了。

也許他是完成了某一我不理解的隱祕任務（矯正我對女人的某些錯誤之詩意想像？或是擴充我的經驗掃描之容量？或因某件我無從預知的悲劇，所以預先在我的少年人格期打預防針？），便被我未來的子孫們，像充氣娃娃那樣拔掉氣栓擠扁之後回收了。

誠實

那時，那位臉廓線條嚴正而瘦啜的上校階主任教官用力拍擊他的辦公桌：「你再不把實情全盤交代清楚，我這裡有少年隊的電話，我馬上叫他們把你送進去管訓你信不信？」那時已是傍晚七點左右，整間偌大的教官室猶燈火輝煌，窗外的校園早已一片漆黑。我從下午被叫來這間辦公室接受訊問，已經五、六個鐘頭。之間寫了近十份不同版本的「自白書」：交代共犯、事情發生緣由、時間、地點、事件經過（多麼類似多年後，我在大學小說課堂上振筆疾書小說老師設計的「人、事、時、地」小說素描練習）。每寫完一份（那可是一個十六歲的少年，在一個冰冷充滿懲戒氣氛和敵意的空間裡，絞盡腦汁的虛構創作雛形：人事時地都是眞的，但事情的眞相被織造縫合成完全不同的樣貌），他們拿起來，皺著眉讀了，在幾個不同制服的教官手中傳遞著，搖搖頭，也不告訴我是哪裡出錯或是他們心目中的理想版本該是怎樣的面貌，就把那張辛苦寫滿字的「告白書」揉了，重新拿出一張空白試卷紙鋪放在我面前。「再寫，重新來過，寫到你自己覺得那是眞的事情經過，就可以回去了。」

那時我拿原子筆的手指有沒有汗濕而控制不住地發抖?教官們陸續地下班了，只剩下這位嚴正的、軍服襯衫背後總筆挺燙出三條摺線的主任教官，像意志力對決那樣等著我寫出「最後的眞相」。許多年後，當我讀到傅柯的《規訓與懲罰》裡，寫到古典主義時期，公眾展示的懲罰（通常是以酷刑來回擊犯罪的「殘暴」成分），「提供了展示眞相和權力的場面，也是調查儀式和君主慶祝勝利儀式的最高潮。」或是到了十八世紀後半，新的生產關係和合法財產，使新的懲罰策略轉爲一般的契約論：公民在一勞永逸地接受社會的各種法律時也接受了可能用於懲罰他的那種法律。罪犯破壞了契約，處於整個社會對立面，他成爲公敵、叛徒，在內部打擊社會，是一個「怪物」。爲了懲罰他，社會有權「作爲一個整體來反對他。」

那時早已事過境遷，那麼多年過去了，但我仍總難以解開心底的那團疑惑：那位正直的教官（他在我的記憶裡，相對於當年在校園裡橫行，動輒以粗暴方式羞辱或體罰一些「無意義之罪」學生的教官們，確實是一位人品端正的軍人），當年是基於怎樣的「對眞相的執念」，而耐煩於那樣枯燥、細膩且深諳人性脆弱面的偵訊技巧，獨自地在天黑的辦公室裡，看著一個少年倔強地在他面前表演「謊言的各式變貌」?他不是早就知道眞相了嗎?爲何要有那之後的六、七個小時和十來張注定必揉成紙團的「僞贋的敘事」?以及到後來，拿著保溫杯啜飲著辦公室廉價茶葉，無比疲憊（他是眞的憤怒且痛心）地對那說謊的少年說：「某某，我眞要對你刮目相看了，可以連著幾個小時說謊，眼睛都不眨一下。」（他沒料到那少年日後宿命性地——報應?——必須靠永無止境地說謊編故事謀生?）

他那樣的沉痛和陰鬱深深感染了我，乃至終於在身體心靈的雙重疲憊下，崩潰而痛哭失聲。於是，最後一張潔白的試卷紙，在眼淚鼻涕將原子筆藍墨油暈糊開的構圖裡，「眞相」被老實地描述出來。那個事件如今回憶起來仍如此複雜：先是我的朋友老朱，某日來ㄊㄨㄚˋ我去「教訓」他們學校一個「很雞歪」的傢伙；我恰巧那時身邊跟著一個不上路的俗仔（姑且稱之爲丁），便一道帶去老朱學校附近的高架橋下的無人處所，好好恫嚇了那個其實我不認識的少年一番，「以後不要太ㄏㄧㄠㄅㄞ。」（請相信我，在那幅畫面中的幾個人，沒有一個是眞正在道上混的，全都是從同儕傳說和少年想像去拼湊演出那種日本鐵血高校裡的腔口。）這件事過去了幾個禮拜之後，有一次我和老朱在常混的咖啡屋如常扯屁，突然老朱對我抱怨起，「那天你帶去的那個丁，他媽的看起來比我要警告的傢伙更賭爛。」確實如此，但如今我細想關於丁這個人何以給我一種「賭爛」的印象，自己忍不住還嗤笑出聲——那後面其實暗藏了兩個少年，對於一難以言說的「江湖道義」的理想典型：重義氣、慷慨、幹架時不膽怯，且不「嗑爛飯」（不欺負乖學生、不把哥們的馬子、不擺道）——這些「品德」恰巧丁無一符合。丁在我那些哥們的眼中，根本是個不折不扣的「俗仔」。他喜歡來湊蹭我們下課時在樓梯間的祕密吸菸聚會；回到班上卻囂張地欺壓那些馴良的好人（最讓我不愉快的是，總有一種曖昧的氛圍，讓那無聲的一整群體的人們，用沉默的敵意，將我和他視爲同類）；丁他媽的還會花枝亂顫地跑去跟那些老師教官們ㄙㄞ ㄋㄞ熱心公益；丁常常惹人嫌地吹噓炫耀手上那隻他老爸給他的浪琴錶，還有那些被他甩著玩的高職女生們（我猜是最後兩項才眞正激怒了我和老朱陰暗的內心情感）。

於是我們決定給丁「一點教訓」，老朱想出一個版本，由我轉告給丁。我們編造出來的故事是這樣的：我（壓抑住笑意）凝重地告訴丁：「出事了，上次帶你去延平恐嚇的那個小子，沒想到是有來頭的。他竟然是『血鷹幫』的，他們的大哥很不爽我們，說要討回公道。」丁當時對我和老朱編造的，這個從未聽過的「血鷹幫」半信半疑，於是我帶他去詢問事先串通好的蔡（他是眞正「混」過的）。蔡的演技超乎我想像之好，他那時伏在課桌上假寐，被我搖醒，一聽「血鷹幫」三個字，立刻驚恐地睜大雙眼：「血鷹幫？你們怎會去得罪這掛人，他們一點小事都要斷手斷腳的。」至此丁似乎眞的被嚇到了，哭著聲聲拜託蔡一定要幫他擺平，我還訓他：「一點小事就哭，大不了就被他們切一隻小指。」

那天傍晚，我在咖啡屋把這段情節描述給老朱聽，幾個人惡戲地大笑不已，老朱說：「操！蔡眞的這麼說，我眞的服了他。」

沒想到，第二天，丁的父親就來了學校——那時我或才如所有的「啓蒙小說」一般，在少年的迷霧裡，被拉開眼皮看了一眼我那個「小宇宙」所不能理解的大人世界——丁當天晚上回家就把一切都「擺道」了，他父親的黑頭車直驅進我們那個寒磣的校園，有司機替他開車門。我們學校的人事室主任，氣極敗壞又鞠躬哈腰地領著他到教官室。原來他老爺子的官銜是人事行政局的處長（管這整個學校所有人的人事考評）。那時我也正被叫進教官室。

這是所以我那十來張的「自白書」必須如此像小說一般「眞事隱」的緣故。老朱的爸爸是賣小米粥和大餅的；蔡早已留校察看，他的警察老爸不知什麼緣故離職，有一陣在火車站賣飯包。我要怎麼修補敘事（即使以我早熟的小說天賦）才能掰出一則從頭到尾，我一個人莫名其妙編造出來的古怪、逼眞又無意義的黑幫電影情節？

這二十年過去，我一直暗中努力在當一個「誠實的好人」。那個傍晚燈火輝煌的教官室場景深刻地潛進我的自我想像。後來老朱和蔡先後因別的事件被退學，我竟亦和那掛朋友日益疏遠。那成爲一個灰色的疑問：「我是個說謊者。」「我是一個正常世界整體的對面。」「我是怪物。」那樣的想像延續了我整個青少年時期。我記得那晚我走出學校，穿過馬路，在對面的台大法商學院被一對情侶模樣的大學生叫住，他們請我幫他們拍照。我記得那時我神經質地逗他們笑，然後從照相機視窗裡看著他們無比美好地曝閃在鎂光燈裡。心裡想：「從此我和你們是不同的人了。」

釘孤隻

那年我高一，那天傍晚我和老朱和一個中正高中的「江明」（我們是看他制服夾克上繡的名字）約好在羅斯福路南門市場對面巷裡一家補習班樓下「談判」。事情的起因大約是前一個禮拜（我如今怎麼努力也想不起那家夜間補習班的名字，怎麼好像和現在當紅的中國概念股「鴻海」同名？「鴻海補習班」？這樣想來有點怪怪的，譬如「台積電補習班」？「華碩升大學」？「旺宏保證班」？一定是哪裡弄錯了），我和老朱按例坐在教室的最後一排（那可不是一般泛泛的教室，那是容納兩百人以上，課桌椅由前至後緩梯上升，天花板的日光燈條至少上五十根，有中央空調，老師襯衫前襟夾著小蜜蜂麥克風那樣的大型教室），那晚老朱煞到前排一個中山的乖靜女生，遂寫了張字條（內容大約是那種放牛班男生帶著自卑、負氣和歇斯底里喜劇感的粗蠢用句：「小姐，有沒有人告訴過你，你的眼睛好大好漂亮？」）朝女孩丟擲過去，不料字團丟到女孩後排的一個中正高中的傢伙的後腦勺。

於是那個「江明」便怒氣沖沖地衝到我們桌前——我便是那時瞄了他繡在制服上的名

字，居然和我們那個年代八點檔連續劇常演皇帝的一位小生同名，他有點生澀而拗口地幹了我們兩句三字經，「你們在ㄔㄨˋㄙㄗㄚ ㄒㄧㄠˊ啊？」我和老朱對看了一眼（簡直就像《黑色追緝令》裡約翰屈伏塔和山繆傑克遜那兩個職業殺手正在替老大執行大殺戮場面時，門外衝進來一個少年小混混，拿槍沒準頭地亂射一通，他們於是乎又驚詫又忍住笑意地互看一眼，然後砰！砰！一人一槍把那少年斃了），彼此都聞到對方腎上腺素飆漲的氣味，我們站起來，做出磨牙瞪眼壞人的猙獰表情，扯住那個文弱男孩的領口：「出去講，去外面講。」

許多年過去，那個畫面被我倒帶重播，發現其中藏有許多幽微繁複的意義，只是我當時渾然不覺。那個「江明」，活脫就像很多年後我看了一部描寫青少年混幫派鬥毆的電影《牯嶺街少年殺人事件》裡的男主角小四。那樣地眉清目秀，那樣地文氣。

主要是，對於彼此背後的背景，如此欠缺理解，卻又急於將自己僞扮成一想像中的戲劇化極致、想像中的腔口、想像中的惡形惡狀。在我和老朱平日在公館咖啡屋或冰宮爛混打屁的一掛朋友裡，不會聽見類似「我找我表哥可以調到槍。」「上次我帶我幾個小弟，搭公車噢，一人揹一個吉他袋，裡頭收著小武士，到那個雞掰ㄒㄧㄠˊ的三清宮前去晃，他媽的嚇得一整個下午不敢出來。」或是「眞的太囂張，你們也不必調槍，我有一把潛水用的魚槍，往他大腿射——你知道那個力道有多大？——連大腿骨都可以射穿。」……諸如此類不負責任的吹噓。（想像中當我們回到穿學生制服的同齡少年之中，我們算是非常「夠力」了？）但是當眞正身體形成暴力對峙的劇場時刻時，我們卻不知下一步該做什麼？我們該說些什麼又殘忍又上道的話？

事實上，在那間晚間補習班的空調大教室裡，一切是那樣亂烘烘且五顏六色，兩百多個十六、七歲穿著各式制服的公立高中男孩女孩聚擠在一封閉空間，什麼事都正在發生。有一次有一個北么的女生，她非常酷，我不記得她是上台領考卷還是擦黑板什麼的，反正她用跑的衝上講台，然後眾目睽睽之下整個人摔趴在那個空心的講台上。整間教室都安靜下來。過了一會，那女孩滿臉通紅地爬起，對著全部的人做出奧運體操跳馬選手空中轉體兩圈半落地後那種舉臂昂首挺胸翹臀的姿勢。我們全部報以如雷的掌聲。

言歸正傳。那時我、老朱和江明半拉扯半擠臉（猙獰的表情？）地走出教室，我們突然不知道下一步該怎麼做？於是我對他說：「我們兩個打你一個也不公平，這樣好了，下禮拜這個時候，我們約在這裡『談判』。」

那個意思便是我們各自有一個禮拜的時間去調集人馬（ㄊㄨㄚˋ人），但我在接下來的那個禮拜幾乎忘了這件事。我多少還沉浸在自己並未「以多欺寡」的想像態江湖道義而沾沾自喜。當約定的那天來臨，白日裡我還在自己的班上喜孜孜地吹噓：「晚上要去和「中正的」談判嘍。」我故作神祕，在教室走道地板做了十來個伏地挺身（讓自己的胸肌看起來大一點）。到了傍晚，我和老朱依約碰面，我們唯一「ㄊㄨㄚˋ」的一個人，是蔡。

說實話，蔡的身高不滿一七○，但他的角色就像電影裡的勞勃狄尼洛——他知道怎麼處理狀況——他理了個光頭，戴副變色墨鏡，一口北港腔台語，他一開口人家就知道那是從父兄輩一路混下來的。我去過幾次他的宿舍，完全不像我們那夥人渣七嘴八舌打屁。他和他的「巴吉」們靜默盤坐著，抽菸吃檳榔泡老人茶。我有時的確懷疑其實他是個三、四十歲的中年人，穿著制服混進我們學生裡。在我們赴約的途中，蔡不知從哪撿來一根木棍，用報紙包起來。

「這樣他們就以爲我們帶的巜乀西是一枝長的，掃刀之類的。」

後來證明是那根報紙包起來的木棍救了我們。當我們三人談笑自若地站在補習班樓下抽菸時，遠遠看見江明——媽啊他身後帶了至少十個「漢操」極佳之傢伙——他們的陣仗一瞬間讓人忍不住噗哧想笑，他們拿著木劍、雙截棍、童軍棍，甚至還有國術社的木刀，連江明的手上都戴著老虎指的皮手套，實在太像日本鐵血高校慢動作進場的鏡頭了。

我們轉身往巷子裡走。那時形成一個有趣的畫面，就是我們走在前頭，（那時我也弄不清蔡是帶我們落跑，還是要找一僻靜處「好好教訓他們」？）不時回頭比比他們：「有ㄒㄧㄠˊ來啊。」他們則隔一段距離緊跟在後，也不斷嗆聲：「有ㄒㄧㄠˊ嘜走啊。」其實他們只要追上來不就把我們三個圍毆一頓了事？但我猜他們眞是被蔡手中拖著那枝報紙包起來的物事給鎭住了。

後來我們終於走進一條死巷。我們的勞勃狄尼洛轉身，拿著報紙假掃刀，對那票傢伙（他眞的鎭住他們了）說：「現在要怎麼樣？」這時我發現他們也沒什麼經驗，他們七嘴八舌地說：「怎麼樣？」「怎麼樣？」蔡不耐煩地說：「看是要釘孤隻還是袂按怎？」他們裡面一個不夠義氣的竟然說：「當事人自己解決。」

那時我又和那個秀氣斯文的臉孔面對面地站著了。就像後來我著迷無比拉美魔幻寫實小說中常出現的「變貌」或「雙面」的技法，許多年後我總懷疑，是否在那次的「釘孤隻」中，在肉身以相互傷害對方爲意念的接觸時，我變成了江明，（所以我竟然變成一個寫小說的文人？）而江明變成了我。（後來那是怎樣的人生呢？）但那時我又耍帥對著那張老實說十分女性化的臉說：「我打你不公平。」我對地上呸一口口水，指著他身後那群裡「ㄏㄢˋ操」最壯的一個：「就是你。」

拳頭揮舞著，臉頰鼻骨刺痛著，像憋氣逆光地在水池的深處奮力泅泳。在那個慢速的時刻裡，無比清楚地聽見身旁的對話。似乎是蔡要雙方把手中的傢伙都靠在牆上，任何人都不得介入這兩個人的肉搏。但是，下一個瞬刻，該死的，我聽見木頭結結實實掉落在地的「哐、哐、哐」悶響。（實在太衰了吧？）

我和那個「釘孤隻」的對手都氣喘吁吁地停下動作來。（「原來報紙包的是木棍？」）雙方都想起彼此人數上的不對等。於是，下一個畫面，是我、老朱、蔡三個人，鼻青臉腫幹聲連連，在那迷宮般的巷弄裡竄逃，不時被包圍而上的木刀木劍毆擊腹、腰、背或手腳……。

火災

小時候，家裡曾發生過一場火災。起火點就在我們後面隔牆而鄰的一家小型加工廠。那個年代大約所謂的社區意識並不發達吧，像那樣匿藏在住宅區裡的地下工廠，竟然無人聞問與四周居民相安無事了好幾年。除了有時半夜他們加工機器運轉的巨大聲響，父親去抗議了幾回，但最終是不了了之。永和巷弄裡的房子，櫛次鱗比，鐵皮屋頂往往蓋到另一家人的磚瓦屋頂上。所以當我們奇怪地聞到一股不眞實的怪異燒塑膠臭味，到鄰居拉直了嗓門大喊：「失火嘍！」並乒乒乓乓拍打我家大門，那麼短的時間，據說隔壁的工廠已陷在一片火海之中。鐵皮屋頂塌倒，小型的爆炸聲和玻璃破裂聲不斷。還有一種，如今回憶恍若幻聽，像日本禪院庭園作爲背景聲音的人工瀑布潺潺水聲，如此穩定、如此綿軟。又像是用大竹簍在搖篩豆子，嘩啦嘩啦，嘩啦嘩啦，小時候我不解其意，但印象深刻。「那就是火的聲音。」

我們那個日式老房子，哪有什麼今天公寓房分主臥、客房、小孩房，以客廳爲中心幅散之獨立房間。就是一間加蓋的客廳，以及一間像肚腹般的大房間，父親一架一架的書櫃變成我們三個小孩臥床和小書桌的隔間。那些慌急闖進來幫忙救火的鄰人們，等於是穿堂入室地進出我家的客廳、房間，把我們的臥鋪像潛艦裡的臥艙巡視般，看個一目瞭然。

那個火焰如此迫近在我們洗衣晾衣的後間防火巷（我們家在那條加蓋鉛皮篷的狹窄空間放了一台破洗衣機、瓦斯桶，懸了兩條長晾衣杆，還堆放了一些破爛什物），隔著一道水泥牆，那些形象清楚的火焰舞動著，牆上緣的綠色紗窗網全焦黑地捲曲起來，懸垂著像一條條死人的長手指。那個火焰的面貌如此生動，如此貼近，我好像在一個大人皆在遙遠他處奔走呼喊的寂靜時刻，和災難的面貌相對默立。似乎只有孩童專注的凝視，才能在那躁鬱翻動的火光裡，看見一些神怪漫畫裡畫的「火神的道具」：那些火劍、火鐮刀、赤鬃賁立的火馬、火烏鴉、還有像蜥蜴大小懸飛空中的火龍……。

我哥哥拿了家裡掛在廚房牆沿的一瓶消防滅火槍，（我不知道在那個物質匱乏的年代，我父親爲何會靈機一動，跑去買了那樣一隻有點超現實的時髦玩意擺在家裡？）「這要怎麼用？這要搖一搖嗎？」哥哥還正和我討論時，那隻像熱帶魚造型的扁橢圓鐵瓶口，突然噴出一大片鮮黃色的粉末，它像《西遊記》裡的魔法寶貝倏晃出一整面的光幕，那個光幕在短短十秒後就消失了。而那一整瓶的壓縮黃粉末全因爲我和我哥亂比亂試沒將槍口對著火焰，媽的像很多年後我在好萊塢電影看到紐約地鐵牆上的塗鴉畫，全噴在我們洗衣機後面的那面牆上。

因爲是在那樣的窄巷弄裡，救火車全開不進來。我哥在洗衣機裡貯水，舀水潑濕那面隔著火的牆（我記得水一潑上去就嗤一聲被蒸乾）。我不知道我們這對兄弟這樣做有何意義？那些鄰居們分成兩組，一組將我家的浴缸放水，然後用接力的方式將一塑膠桶一塑膠桶的水潑潑灑灑地提往院子，再由木樓梯遞傳給屋頂上的人，屋頂上的人再往火場澆水。

另一組人則開始幫忙將我爸的書櫃、我姊的鋼琴、冰箱、電視……嘿咻嘿咻地往外搬，後來他們甚至開始搬起沙發和神龕上的菩薩像。於是我家的家私什物全像舊貨市場地攤一樣展列在我們那條鋪滿狗屎的小弄子裡。我不知道那火爲何一直沒燒過來？因爲他們接著搬我和我哥的雙層木床（天啊多可恥床上還堆著我們那些開膛破肚露出木屑的破玩具熊，或是四個腳皆被剪了破洞的塑膠豬撲滿），我姊的藤面床和我爸媽的大床及五斗櫃。

大家熱熱鬧鬧地把我家搬個空，將那屋裡吐出的一切堆在人來人往的弄子裡，然後品頭論足。有人甚至掀起鋼琴蓋彈著玩我姊的鋼琴。住在對面一個我們本來很肚爛（他常向我爸借錢）的羅叔叔，跑來和我搭訕：「你老爸的書還眞多咧，這麼多書，我一輩子都讀不完喔。」

火爲何一直沒燒過來呢？

一種小孩子的殘忍天性，或許是加上隱藏在那些影影幢幢來回奔走的大人之間，一種莫名的亢奮。像是所有人都咒魘般被停頓在那充滿張力的等待氣氛。那個火竟然一直在那間工廠的空間裡悶燒，沒有朝我家和另兩間緊貼的房舍撲噬過來。我竟然揹著書包和水壺（我娘要我把重要物件帶在身上），無比天眞地說了一句：「火怎麼還一直不燒過來呢？」

那時我父親剛被人抬來，神情沮喪氣喘吁吁，像拍片現場的暴躁導演坐在一張小板凳上——他之前和那些打赤膊的鄰人們在屋頂上向下澆水，卻踩破一片磚瓦而摔落下來——他不可思議地轉過頭來，定定看著我：「我上輩子是和你結了什麼冤仇哇？」我以爲他要撐起身子來揍我，但他只是疲憊地嘆了口氣。

至於那場火，在眾人像蜉蟻撼樹，從我家屋頂一桶水一盆水地往下潑，到最後消防車終於接好延長水管拉進那條狹仄的弄子裡，控制住火勢，這之間拖延空檔的漫長時光（我不知道那究竟有多久，也許不過十五分鐘，但相對於大家焦灼等待的心情，感覺好像那火自顧自專心地在那框格裡慢慢咀嚼著廠房裡的一切物體），爲何那火如此僥倖地沒有蔓燒到我們家，沒有越過那堵牆？

我母親的解釋傾向神蹟：她說開玩笑，那火要是越過那牆，後面的洗衣機啦那些雜物當然不保，然後呢？首當其衝就是飯廳神桌上供的菩薩和祖宗牌位，眞的把神像燒壞了那還像話嗎？菩薩在半空灑個兩滴楊柳枝淨水，那火就過不來啦。另一個大功臣是我哥，我母親說她親眼看見，有一度那像邪惡巨靈一樣的火舌幾乎已探進我們屋篷裡了，哥哥手中的那隻天將神兵（那個騷包滅火器）突然噴出一蓬霞光霧氣，就那一刻火焰整個退了回去，從此不敢越牆一步。連我在那幅畫面裡的形象都被修正了，我母親說，那個小三，大人們急著救火搬家具，只有他，穿著背心短褲拖鞋，揹著書包和水壺，（只差沒搖著羽扇？）氣定神閒，未卜先知地說：「安啦，那個火絕對不會燒過來啦。」

如此地僥倖。那幅畫面就停止在那一整弄子堆放的、我家的家具，還有我父親的成堆或散置的書。再就是我們那突然空蕩蕩滿地積水的難堪老屋。或許是受到那場火——那麼近距離仰視火的野性華麗，難以言喻的巨大形貌——我和我哥都變成了隱藏性的縱火狂。一直到我們很大了，我們還是保持著每年過年，跑去新店溪畔，堆芒草報紙廢紙箱放火焚燒，靜默地凝視那火的習慣。不過這是另一個故事了。

送別會

那時我們所有人正在進行一個遊戲。我們在那幢豪華得像少女漫畫的大房子裡，像班雅明在〈擺滿豪華家具的十房住宅〉中素描的：「資產階級家庭的室內陳設，那巨大的飾滿木雕的碗櫥，擺放著棕櫚樹的沒有陽光的角落，裝有鐵護欄的懸樓或凸肚窗，以及煤氣燈嘶嘶作響的長走廊……家具的沒有靈魂的奢侈，只有對屍體來說才會稱之爲眞正的舒適。」也許是少年的記憶照片總是咔嚓咔嚓將眼見的世界無限制地放大；也許是在那短暫的錯置後，我們逐漸按著社會隱形的階級分隔走進屬於我們的分等夾艙……總之，那之後我再也沒機會走進那樣規模的、「眞正的豪宅」。

那個女孩叫慧。如今我也弄不清她父親是做什麼的。女孩平時在班上並不特別突出，功課中等，臉廓甚至因爲較突出的顴骨和寬額頭，還得了一個那些刻薄男生背後取的綽號：「北京猿人」。不過她似乎在女生群裡的人緣非常好。那天就是因爲她要和父母舉家遷移到美國，於是邀請了大約二十個男孩女孩，到她家舉行一個「送別 party」。

我不知道爲何我也在那個名單裡？我猜我的中學時期，在那些同學們的眼中，應該也是個平凡無奇的角色吧，我的功課總是墊底，不是班上的風雲人物，比起那些身材已抽高喉結凸出的早熟傢伙，那時甚至還可恥地處在尖細嗓子的變聲期。但你總以爲你「記得」，包括那不可思議的後院的湛藍游泳池（還有像老外電影裡的跳板之類的玩意）。客廳裡裝模作樣的壁爐、那個土包子年代從沒見過的純白巨大皮沙發、演奏會舞台上的那種大波浪肚鋼琴、巨幅的油彩掛畫、走廊轉角眞的還立著一尊陶瓶裸女的石膏像哪……是否……就像《去年在馬倫巴》裡，那個不斷眨眼但光度總無法飽和整幅畫面的空闊場景。

那時我們在那幢不可思議的大房子裡進行著捉迷藏，大人刻意離開（讓那些孩子們玩個痛快！）空蕩蕩有回音的迷宮甬道，和一間一間你不知道門後是什麼樣一個世界的房間。有時你闖進一間小型舞池中間孤零零放著一台電視的家庭KTV房；有時是女孩她尚在讀小學的弟弟的臥房，那死寂黑暗的空間，一架立體半橢圓玻璃櫃裡小盞投影燈照著讓人發狂嫉妒的，整個日本太平洋艦隊（包括全部的航母、戰艦、巡洋艦、驅逐艦）的夢幻模型、床頭櫃上展列的是像一台吸塵器那麼大的銀河戰艦模型。更別提滿地亂扔的大型金屬組合金剛，以及絕對上千輛的火柴盒小汽車。有時你會突然離群，沿著一道弧彎檜木樓梯跑進那房子的地下層，穿過那乾淨如電影空鏡的撞球檯，兩旁壁窖塞滿像動物標本一般的各種廠牌年份紅酒，以及一座私人吧檯，孤自開門躲進一間投影燈打光，陳列著一尊一尊大小銅佛或石雕佛頭的大房間……。

因為那幢房子是那麼大，以至於時常你躲在它的某一處角落，過了許久許久都不見做鬼的人尋來。時間像靜止一般，難免會產生「他們會不會忘了有我這個人」的憂疑，也許遊戲已經結束，或者已換過幾輪不同的遊戲，甚至他們這時已在房子的另一處進行著這個「送別會」的最高潮，然後所有的男孩女孩們向慧告別各自回家？很多年後（那時我輾轉自昔日同學口中聽聞，慧已是柏克萊大學雙學位博士），我想起那個置身在「奢侈沒有靈魂之家具」的午后，亦納悶不解，那不是一場送別會嗎？為何所有男孩女孩都把大部分的時間，消耗在這幢「彷彿不斷仍在長出新房間」，迷宮一樣的大房子裡，找到一處隱祕的角落，噤聲等候著，等著送別的短暫時光，大把大把地流失？

不過之後總會有人——通常是那個做鬼的，身旁陪著兩個同伴，以證明他不是要詐誘騙藏匿者自投羅網——沿著走廊的一端，一路喊著還藏在各角落的人名：喂，可以出來了，某某某已經被我抓到了，換他做鬼了，要重新去數一二三四了，快點出來啦……。

於是我們便匆匆回到客廳集合，重新解散，再把自己藏匿進那個迷宮地圖的另一個房間。有時我會在其中某一個房間撞見另一個比我早來躲好的男孩或女孩。一開始他們通常會神經兮兮地叫我走開，「你去找另外一間躲啦，這裡是我先來的。」但是當我堅持留下（有時是一間裝有滑輪軌道，掛了成千上百件像戲服一樣華麗女裝的更衣間；有時是一間明顯狹小寒傖許多的僕傭臥房），兩人一同在那黑暗中靜默等候。最後我們總會有一搭沒一搭地閒扯起來。於是這個故事，是否無可避免地要變成像柏格曼電影裡，那種「古堡小說」的封閉敘事？一個午后，一群青少年在一幢大房子裡，他們之間細微地發生著無法避免的「幼稚的暴力」；那些已具女人雛形的早熟女孩間的權力鬥爭；那些八卦和陰暗的關係在那奇怪的藏匿時光裡逐一揭牌。

譬如說，那個皮膚白皙說話尖聲細氣的玲——一年後她考上北么，或因這種成績或智力上的差距，在學校我從未曾和她說過一句話——在黑暗中問我覺不覺得阿光和李建貞是一對同性戀。那樣的說話方式讓我覺得奇幻而陌生，那兩人是我們班功課墊底的一對鐵哥們，他們較一般男孩早熟地抽高了胚子凸出喉結，我曾有幾次在放學時光和他們作夥到河堤邊的空地，看他們和一些長頭髮的迌迌仔軋那種捷安特小越野車。我對玲說不會吧？他們倆不過就是像我這樣交情的人渣好兄弟。但是到了下一次換房間躲藏時，我暗戀的那個女孩（她叫做眞）用冷淡譏誚的語氣告訴我：玲一直在暗戀著光，但光根本用那種大剌剌的公開方式追求著雯，她說其實是李建貞喜歡玲，但玲給他極大的難堪，於是光就出來替他的哥們說話了，他說像玲那樣的矮冬瓜，他只要一根手指就可以把上然後再甩了，他眞替他兄弟不值。眞帶著一種女王的倨傲與負傷語氣說，她好心講了玲幾句，沒想到玲從此和她陷入冷戰。那時我在暗黑裡紅著臉聽她說這些，多想對她說：「那麼，其實我喜歡的女生就是你啊。」然後，在下一個房間（我記得那是一間有我們教室那麼大的浴室），一個叫汪宗平的男孩歇斯底里地告訴我，他剛剛去躲的一個大衣櫥裡，堆滿了各式各樣奇形怪狀五彩繽紛的奶罩，他說慧的父母一定是那種有錢的變態，他還發誓他看到一根皮鞭和皮革面罩。他說這些話時目光炯炯，他說你不覺得這個房子大得有點變態嗎？說不定他們是要把我們關起來凌虐雞姦。我被他說得頭暈目眩，然後他從襯衫口袋掏出一包壓扁的長壽菸，我們便那樣可憐兮兮地在那間金碧輝煌的大浴室裡吞雲吐霧。然後他有些憂鬱地向我發牢騷，他說他不像我人緣那麼好，他和今天這個 party 裡的每一個傢伙都沒有交情。他說：「我不知道自己爲什麼會被列在邀請名單上？」他說得我心有戚戚焉。

但那時我們不過是一群十四、五歲的青少年。我們在那幢隨著我不斷長大仍無法變得眞實的大房子裡玩了一整下午的捉迷藏。我繼續在不同的房間裡，聽不同的男孩和女孩告訴我一些不可思議的陰暗事情。他們有的日後成爲大老闆、學者、名醫（眞後來當了空姐，然後變成有錢的少奶奶），有的後來混得不很如意。不過我記得那個遊戲（或者說那個送別會）進行到後來，我已經一點都不擔心被做鬼的傢伙找到了，我只恐懼著那等待的時光。

鬥陣俱樂部

有一次，在一間氣氛高雅的法式茶店裡，一位漂亮的女孩對我說：「你知道嗎？台北現在也出現了幾家 Fight club。」我愣了一下，第一瞬的反應是看她兩邊的側臉、她的鼻梁、眉骨甚至耳朵，可有瘀青撕裂或縫線的疤痕？沒有。接著她侃侃而談，先是她男友著迷此道，他們還定期去跟一位專業拳師學拳，沒想到後來是她迷上了。她煞有其事地講了一些拳擊攻防和基本腳步的術語。我鬆了一口氣，拳擊，又是頭盔又是拳套，還有專業拳師和醫生在一旁監控全程。所以那並不是所謂的「鬥陣俱樂部」嘛，充其量又是那些閒得慌的白領階級，稍微把身體的蠻荒放縱與想像力在無趣的健身房和龍蛇雜處的搖頭吧再越界一點點，流一點汗、有一點點虛榮的罪惡感（據說警察仍是要抓的），比在老外 pub 的手足球或撞球檯更感受多一些周圍人群的囂叫，身體的碰撞比那些青少年在夜間公路飆車（實在年紀大了也打不進那個圈子了）或好幾萬年前在街頭電玩店（如今是網咖）切關對打（螢幕裡的替身）更具有實感……但那眞的只是這個城市習慣性將所有抄襲來的殘虐遊戲有毒有害那部分先鑷夾掉的，布爾喬亞將自我厭膩感揮發掉的速食版罷了。

眞正的「鬥陣俱樂部」是怎麼一回事呢——對不起我是指那本小說裡所描述的——「鬥陣俱樂部規定第一條，不可談論鬥陣俱樂部」，那個發明這個城市夜間蠻荒暴力遊戲的天才，在想出這個一對一對幹，把對方人形輪廓徹底痛擊摧毀之前絕不停止的釘孤隻遊戲之前，是像個遊魂一般疲於奔命參加城市裡那些千奇百怪的互助團體聚會：腦部寄生蟲患著聚會、骨質退化疾病聚會、有機大腦功能衰竭症者聚會、癌症患者聚會（不同的癌症：睪丸癌、腸道上升癌、喉癌……），血液寄生蟲、肺結核、生理性腦部精神錯亂……各式各樣瀕死者的聚會。他是個假貨、冒充者。在和那些歪斜壞毀、畸零不全的身體擁抱中痛哭流涕，「眞實感受」自己的生命，感受那些帶著死亡陰影的人的哭泣和顫抖、恐懼和悔恨。然後治癒他的失眠症，「感覺自己活蹦亂跳的生命」。

這樣一個既痛惡著那個疊床架屋、結構森嚴的社會，卻又渴望走入人群（雖然是以凌虐的方式）的傢伙，很奇怪地，他所設計出來的遊戲，皆以反社會的極致暴力美學始，結局皆走向無法管束自己的集團化組織化（模仿他所憎惡的「社會」），以及散放著魅惑光亮的，少年法西斯。一開始，他在高級餐館的後間廚房，對那些賭爛的上流人士餐盤裡擤鼻涕、撒尿、射精；他在一片黑暗燠熱難耐警鈴大響的電影放映間裡，把一張單格的勃起陰莖畫片在六十分之一秒快閃插入那些人們渾然不覺的純情影片中；他竊取並熬煮那些像《慾望城市》裡的豪華女人們抽脂後從身體上剝離下來的脂肪條，剽去獸脂，製成一條二十美金的人脂肥皀再賣回給那些貴婦。這樣帶著（或者是僞扮成）階級仇恨的暴力化場景其實並不陌生，其中有一場戲，是男主角帶著手下的「鬥陣俱樂部」成員，突襲打算調查他們的警察局長（他們要切下他的卵蛋），一段近乎宣言的告白：「好好記住，你成天踩在腳下的這批人，你仰賴的每個人都是我們的一分子。我們就是那些幫你洗衣燒飯端盤子的那些人。我們替你鋪床。我們在你睡覺的時候幫你看家。我們幫你開救護車。我們接通你的電話。我們是廚師，我們是計程車司機，我們知道你每一件事。我們受理你的保險理賠，你的信用卡簽帳。我們控制你每一部分的生活。」在這段陳腔濫調之後，他加上了一段讓人眞正不寒而慄的話：「我們是歷史的第二胎，讓電視養大，相信我們有一天會是百萬富翁電影明星和搖滾巨星，可是我們不是。我們剛剛才知道這個事實，所以別來他媽的煩我們。」

暴力化的孤獨。繁瑣的炸彈和燒夷彈製作知識（把做肥皀的甘油混上硝酸，就是硝化甘油，再混上硝酸鈉和木屑，可以轟掉一座大橋），那已不僅僅是近距離運鏡的揮拳、身體的痛感，或對方的鼻血噴濺在你的襯衫衣領上。那亦不只是昆德拉所說「一整世代的年輕人對抗自己的青春」，或是杜斯妥也夫斯基的《附魔者》。那是整個二十世紀現代意識最殘虐最黑暗的核心。那個黑盒子裡禁錮著大屠殺之謎、奧茲維茲之謎、廣島原子彈之謎，乃至九一一那樣矗立在地平線上方近乎電影畫面的懾人壯麗之謎。

那代表著：感性能力腐蝕壞毀的最終樣貌。人徹底將自制力繳械投降。「鬥陣俱樂部」一點也不孤獨，人多得是，追隨者眾。因爲無感性的憎恨複製起來比用那些人體剝下的油脂製作炸彈要容易許多。那個主角亦憎惡地詛稱那些從他的精神核心裡翻製出來的成員們爲「太空猴」。那些人像單套染色體一樣被好萊塢電影的爛劇本、電視的脫口秀節目、血腥但直戮戮道德正義的新聞給生產出來。那些讓電視養大的、「歷史的第二胎」，無法分辨高空遠景用精靈炸彈轟平巴格達或阿姆的髒話MTV何者帶來更大的激爽？歷史的維度不見了，所以他的獨裁者只能是一個失眠的人格解離症患者（而不是《迷宮中的將軍》）；它的群眾像一些在搖頭吧裡夢遊的肌肉身體，他們的台詞只會說：「泰勒先生，我好崇拜你。」然後背誦「鬥陣俱樂部」的十條守則；故事最後的救贖者，則是一群像《南方四賤客》卡通裡跑出來的，怎麼用火箭砲手榴彈大鉛錘吊車攪拌機弄得屍塊橫飛爛兮巴拉最後仍能滑稽地爬向鏡頭，那些互助聚會裡的，「所有腸胃癌、大腦寄生蟲病變、憂鬱症患者、肺結核患者全都走著、拐著、輪椅推著地朝我走來。」像一幅風格上帶著根本性殘缺的模仿畫，《鬥陣俱樂部》或正是我這個世代的故事，我們臨帖著葛林小說裡那些戴墨鏡海地祕密警察恐怖又僵直的臉貌；我們臨帖著昆德拉小說裡那些「沒有人會笑」動輒將意識形態手指戳向你的群眾們；我們臨帖著馬奎斯小說裡被革命意志與獨裁魅惑像雨季掏空了泥屋地基的邦迪亞上校；我們臨帖著《惡童日記》裡那一對以互相傷害「學習」忍受痛苦的雙胞胎；我們臨帖著阿城小說裡那些讓人瞳暈擴散、無比陰鬱的、人群在一瘋魔時刻，無來由的殘虐。

我們臨摹著種種種種，然後組成「我們」的故事。路徑、邏輯、製作程序皆沒有多大出入。但結果不知怎麼，就像那些自體繁殖的複製羊複製猴子，總變成一個捏扁歪斜的故事。

《鬥陣俱樂部》這部小說摺疊收藏著我們這個世代灰色眼瞳所看到的世界景觀，那似乎是一路從《麥田補手》到《發條橙》下來，終於任何一絲古典感性都無法逃避資本主義商品網路的複製機制，在「人性」的國度蕩然無存的哀嘆。連對那個龐大冰冷的大機器所投擲的憤怒與暴力，都被放進了DNA螺旋體基因定序的電腦程式中快速運算。我在那間法式茶店裡，想和那位漂亮女孩多聊聊關於「Fight club」的種種：我記得我青少年時，曾和一群同伴在一間燈光晦暗的小撞球店內，持著球杆憤怒地圍毆一個老婦（因爲她總是偷斤加兩在那塊粉筆計時的小黑板上，訛詐多算我們的球資）；我記得我們曾帶著棒球棍，趁夜摸進那高額收費後又將我們退學的重考補習班，把他們的門窗玻璃、收銀機、電腦、獎盃……悉數砸毀。但那是許多年前的事了。之後我們終於仍得穿上襯衫西裝褲，人模人樣進入那些未來感十足的辦公大樓、捷運車站、名牌商品街、高級飯店的咖啡吧。當我們隔著這一大片昂貴材料與符號迷宮的城市森林，望見一個我們想揮拳將他擊倒的肚爛傢伙時，我們必須埋頭研究比製造肥皂或炸彈複雜一萬倍的那些知識：股票交易、控制管理、國際情勢、商戰守則、辦公室人性、廣告與傳播……。偶爾我們想去這城市夜間的、地下「Fight club」打打拳，享受一下肉體直面肉體的爆破銳刺感或速度感（眞實的不是虛擬的），我們且必須從正規拳擊的技藝演訓開始。

那時你會哀傷地發現：這不是一本殘虐血腥不忍卒睹的黑色文學，它是一本太空猴們充滿傷逝惆悵的童話故事。充其量——像主角泰勒將那些什麼陽具啊屍體啊之類的幻燈片，快閃記憶插入六十分之一秒的甜美影片裡——像現代版的《水滸傳》，你淚漣漣全身雞皮疙瘩地在自己的空調辦公室小座位上讀著它，知道那是一個遲早被併購的，小小的「不存在的俱樂部」。

玩具鴨的旅程

昨日在報上看到一則怪異新聞：「中國鴨子大軍，美加搶灘」。（容我抄錄全文）：

美國海洋學家艾伯斯梅爾博士表示，加拿大東南部新斯科細亞省與美國東北部新英格蘭地區的大西洋沿岸，近日將會有一批來自中國大陸的「鴨子大軍」搶灘登陸。不過兩地居民不用擔心發生了生態災難，這批鴨子是供兒童洗澡時玩耍的塑膠玩具鴨，且已經在茫茫大海漂流了十一年。

一九九二年秋天，一艘由中國大陸駛向美國西岸西雅圖的貨櫃輪，在公海上遭遇狂風暴雨，甲板上三百五十只貨櫃滑入北太平洋，其中一只貨櫃破裂，兩萬九千件塑膠玩具在海面載浮載沉，展開漫長流浪歷程，其中主力就是這批黃色迷你艦隊。

當時艾伯斯梅爾聽到消息之後，視爲天賜良機，對這批玩具鴨展開長期追蹤，但出發點完全是爲了海洋科學。他希望藉由玩具鴨的漂流路線，研究全球洋流的動態，並測試各種電腦潮汐模式的精確度。據艾伯斯梅爾估計，玩具鴨迄已漂流了近三萬兩千公里。玩具鴨艦隊從北太平洋向北出發，三年後行經白令海峽進入北極海，曾被無數浮冰圍困，但鴨群不屈不撓，費了三、四年才突破重圍，從格陵蘭海轉進大西洋，二〇〇〇年行經冰島，然後再西行向北美洲進發，終於要在今年夏天登陸加拿大與美國東岸。

我有許久不曾為一則新聞如此激動了，兩萬多隻黃色塑膠鴨，三萬多公里的漂流之旅，確是我的孩兒們每日泡澡漂在浴缸裡的那種黃色小鴨嘛。呱呱呱呱呱。想到它們面無表情地隨波逐流乘風破浪，這實在太好笑也太感人了。我的腦海裡浮現了許多部不同類型電影的畫面。《水世界》？《鐵達尼號》（那穿著救生衣眼眶嘴唇結冰的上千具漂浮在洋面上的屍體）？《鵬程萬里》（或是 Discovery 裡那些記錄蝴蝶、雁鴨、斑馬整群整群遷移，動輒飛行或移動上萬哩的感人影片）？

我想那其中或有一種科幻類型裡，朝向「人類已不在場」的未來空曠之域的空茫或哀傷。譬如說：《天空之城》的廢墟浮壘上兀自伶仃的機器人（那畢竟不是一群真的鴨子啊）。或者有鳥瞰遠景看見灰色洋面上漂著一塊巨大鮮豔的黃色變形物。也許像個島，也許像螺旋體，也許像一條連綴不斷的水蛇，也許它們恰好在洋流沖擠下排列出迷宮或外星人記號的形狀……於是你想到艾可的《昨日之島》：時間的虛擲、時間的忘念。游過換日線便可取消掉漫漫海平面上計數紊亂的人類時間。或者不只如此。

在早逝的天才小說家的悼亡會上，遇見小說家的哥哥。我們曾是多年前賃租在陽明山相鄰極近學生宿舍的人渣朋友。在這樣的場面相遇，互相不知該說些什麼。那時，突然脫離了悼亡會的哀傷氣氛，我脫口而出：「你記得馬達吧？我搬離山上那次把牠帶到深坑去養了。不過後來牠也死了。」那時，他露出哭笑不得既滑稽又感慨的表情：「眞的ㄏㄡ，連狗都死了。」

馬達是一隻雜種花狗，還是幼犬時便不知跟著哪個學生混進了我們這個山坳裡的違章建築宿舍區。牠非常聰明，在各間宿舍間察言觀色，一方面混亂地騙吃騙喝不同門打開遞出來的便當剩飯，一方面也賴上了最固定餵食的爛好人，作爲牠想像中的主人。那便是小說家的哥哥，他替那狗取名爲「馬達」，意指狗尾巴討好主人時搖動一如電動馬達。

後來經過一個暑假狗主人不在山上，且他們那一層住著一個嫉狗如仇的怪人（因爲「馬達」愛把各宿舍門口的球鞋拖鞋叼去後山坡挖坑埋起），不知怎麼搞的，那狗便賴上住在較低一段階梯房子的我。我替牠取了個名字（我不知牠的本名）叫「小花」。當然那傢伙一副找到人家狗仗人勢，對過往行人亂吠的壞毛病給我惹了不少麻煩。

暑假結束，小說家的哥哥回到山上，跑來敲門：「咦？馬達變成你在餵？」我遷就著也喊馬達。是啊馬達就是他媽的黏功纏功，欸你們上面那個變態男用晾衣叉追著馬達打咧，馬達如何如何……云云。待舊主人離去，我要拉上鋁窗門前，對著貼肚趴在水泥地上吐舌喘氣的傢伙喊一聲：「小花，進來。」

事實上，養這隻狗，是我第一次困惑又無奈地面對狗的某些野性本質。牠每日一早，便不見蹤影，到了傍晚，才精疲力盡地回來。這不外乎是在附近前山公園、陽明湖或公共浴室那一帶鬼混。有一天夜裡，我與妻子開車至大學附近吃消夜，在仰德大道公路邊竟看見一詭異奇景：一群十來隻的大型野狗，排成一列，沿著人行道旁的凹溝走著。那裡面不乏一些包括挪威娜德國牧羊犬的名種棄犬（雖然渾身亦是慘不忍睹的癩痢爛瘡），在黑夜街燈下，我們赫然發現小花排在隊伍的最後，牠的身形明顯比大家小了許多，但也裝出一副混幫派趾高氣昂的嚴肅嘴臉。

後來牠離家的時間變得不規律而拉長，有時出去三、四天才回來，有一次竟失蹤一個月才瘦削渾身帶傷地回來。這樣的節奏拉扯著我的神經，我不知道牠的消失要多久後回來？會不會是被公園那邊常出沒的捕狗隊拴走？或是像我們走陽投公路下山常在分隔線上腸開肚綻仰躺的狗屍？我總要反覆地在心底告訴自己：算了吧，本來就是條野狗，就當從來沒養過牠吧。但一段日子後牠又會出現在窗前門口，目光灼灼地盯著你。那樣的患得患失甚至喚起了我的某些陰性感情，像《小王子》裡那些狐狸或玫瑰的故事，像深宮怨婦那樣守候著牠渾身是傷地回來。有一次我請朋友到七窟一家店吃山雞（那裡距我們住處約半小時車程），一邊聊天一邊漫不經心地把雞肉骨頭扔下桌餵那些腳邊打轉的野狗，突然一個恍神，其中一隻尾巴搖得像馬達的，不正是我家的狗嗎？牠像對陌生人一樣向我乞食。我驚怒大吼一聲：「小花！」牠才一愣眼神對了焦。

回到那群黃色塑膠鴨。後來小花死於心絲蟲。我總和妻開玩笑說，那時在山上，應該學那些野生動物學家，在牠的頸圈上裝一台迷你攝影機。看看那些「我們不在場」的時光，牠究竟是跑去哪些地方冒險？牠眼中的世界究竟是什麼模樣？那個「野性的呼喚」究竟是什麼？值得牠這樣一次又一次棄我們而去著魔徜徉其中。那樣難以言喻的旅程是寂寞荒涼還是獨享的幸福？

標本剝製師的鄰居

……爲了某種不明的建築原因，這幢樓房的這一翼是雙重斜坡屋頂，所以光線是傾斜投入的。我不知道是玻璃窗髒了還是用毛玻璃，抑或沙隆裝了百葉窗以防止直接日曬，或是因爲四周堆滿了物件以聲明害怕留下任何空間，總之，在這洞穴裡的光線是屬於暮色的陰暗。房間由舊藥架分隔，成拱形狀而留出通路、接口、景觀。主要顏色爲棕色：物品、架子、工作檯、日光和古老檯燈混合的光線……

這是Umberto Eco的《傅科擺》裡一個章節的片段。那其實是一個無甚重要的章節，大約是男主角卡素朋困陷在虛實不分的聖堂武士僞知識、僞歷史與僞考據的龐雜線索和一大群「魔鬼作家」之間，其中一閃即逝的一個段落。大約是和他同租一間公寓卻住在地下室的、一個鬼鬼祟祟的、叫沙隆的傢伙。這人的職業是標本剝製師。我有許多年沒再讀這本書了，這幾天腦海裡突然浮現一幅地下室的標本剝製工作室的畫面，那麼眞實而歷歷如繪。後來我確定應該是當年在這本書裡讀到而殘留的印象。我把書找了出來，翻了許久，有一度幾乎要放棄了（確實那是極不重要的章節），結果還是讓我給找到了。

……等我的眼睛逐漸習慣之後，我看見自己置身於一個靜止的動物園裡。一隻有玻璃眼珠的小熊爬在一根假樹枝上；一隻瞪眼貓頭鷹站在我身旁；在我的前方桌上有隻鼬鼠。那隻鼬鼠後面有一隻史前動物，貓科的，只有骨架。……

「一位心腸很軟的貴婦的大丹狗。」沙隆帶著一絲竊笑說：「她想記住這頭狗在他們同居時的模樣。你瞧，先將動物剝皮，在皮的內側塗上砒霜皂，然後再將骨頭漂白。……你看看架子上收集了多少脊椎骨和胸腔。一個可愛的藏骨堂，你說是不是？用鐵絲將骨頭連接起來，重建骨架。我用乾草、紙糊和石膏來填塞。最後再把皮膚鋪回。我也修復被死亡和腐爛造成的損害。」

……一隻腹部被掏空的大鳥，隨著將牠刺穿的長矛而擺動。長矛自牠的頭穿入，而自牠敞開的胸更可見到矛經過了曾是心臟和砂囊之處……我聞著那停屍間的氣味，說道：「這一定是一份令人著迷的工作吧。」

我總是在眞實生活裡，一個不愼，便走進某個小說的虛構場景之中。譬如說D君，我記得和他第一次碰面，是約在我那個鄉間破舊山莊口的「萬應公」廟前。那天是深夜，妻和孩子都睡了，我穿著拖鞋帶了包菸走去赴約。D君開了輛 ISUZU 的越野休旅車（後來我才知道這一台車要一百七十萬）停在廟前。我們便像兩個流浪漢蹲在那無神像無牌位神龕裡只鬼氣森森點了兩盞小紅燈的陰廟前談判。他告訴我他想找我寫個劇本，關於一個拳擊手的故事。我問他這個拳擊手背後更多的身世，他也說不出個清楚梗概，不過就是四、五個城市街景暴力化而無情節的場景。我發現他本人和我在第四頻道上看到那些重播國片裡的，他表演的角色們有一些難以言喻的相似。他和他們，都帶著一種動物性的沉默，話很少，講話低沉而轉速慢。（所以那些導演總愛找他去演殺手之類的角色？）我告訴他我這兩年生活的一些狀況（我父親中風，我的妻子剛生下第二個小孩，且不幸地得了產後憂鬱症），且我之前有過兩次替人寫劇本的經驗，其實我發現我本身有某種（針對寫劇本這個工作的）「功能性障礙」。我以爲他應該要來說服我的，但他只是面帶微笑和我一起蹲在那闇夜黑影裡吸菸，弄成像我在說服他什麼似的。那時我心底想：媽的ㄔㄨㄚˋ賽這傢伙不會像起乩一樣，又進入了夢遊狀態的某一部不存在的電影裡的某一場戲了吧？因爲他竟然（瞇眼微笑著）伸手摸撿起地上散落的，我們剛剛抽完扔了滿地的菸屁股。他把那皺彎短短一截的菸蒂撿起，很專注地把它押直，銜在嘴裡點火。

我必須承認我被他這一手給打敗了。這讓我想起我那些星散的人渣好兄弟們。我想我這回又遇上了個充滿才華的窮藝術家了。「交個朋友吧。」我對他說了個讓我自己臉紅的劇本費價碼，並建議他最好還是找別人。他也不說什麼。後來他開始和我聊起他那台車，那眞像是聽一個摧花浪子有一天終於被一個完美女人馴服那樣聖潔崇敬地描述他的愛妻。多少馬力輸出、扭力和越野性能是國產那些RV瘟車的多少倍，天窗間的位置恰好他們出外景時架上機器那個廣角有多專業云云……。

第二天他便把劇本費的一半轉帳進我的戶頭。（這一部分我的感慨倒不全源於當時經濟狀況的著實窘迫；而是我這一世代到處遊走無正職的「自由寫作者」特別感受深刻的，像《憂鬱貝蒂》裡那個索格，當貝蒂翻出他整箱整箱不曾發表的小說手稿而驚爲天才時，他只是心酸地說：「我們在這屋子裡。外面的世界，風吹過來，又吹過去。我們只像一張破紙飄來飛去。誰會去理我寫的那些雞巴故事呢？」）結果我拖了一年還不曾將那劇本開張。不過那之後，大約每隔兩、三個月，他會出現在我的電話答錄機裡，邀我去他賃租的房子聊聊「我們的那個劇本」。（後來我比對他在影劇版露面的八卦新聞，理解到他「想起」我的劇本的週期，總在他瘋狂接戲軋戲拍片之間的空檔。那令我有一種奇幻的歉疚，似乎他是以自己進入許多個非自己能決定的劇情裡的演員身分，去籌錢換來這個，他終於可以自己作主，我卻始終無能從虛空中召喚出來的「那個故事」。）每次碰面，我總和他提三、四個「很棒的點子」，一些彼此無甚關聯的黑色喜劇的橋段（我實在太擅長構想那些荒暴無意義的曝光畫面了），我們總是聊得非常興奮，「拍出來絕對是經典。」但之後總是不了了之，下一次碰面我又掰出三、四個殘虐又滑稽的場景，完全將幾個月前那些點子遺忘。

倒是我第一次走進他賃租的那棟房子裡時，彷彿走進我在文章前頭引述的小說場景。

（他住在我家前一個公車站，另一個傍山谷築蓋上去的破敗山莊。）媽的他對待那房子的方式，實在令人起疑太像那些混住進無人空屋，在裡面用廢棄雜誌升火煮泡麵的流浪漢了。（好歹他也是個常上影劇版的演技派一線小生吧？我每次要去赴約，我老婆總要託我問問報上八卦他和某某的戀情究竟怎麼了。）那個客廳空蕩蕩無有任何家具擺設，原先屋主可能裝潢成別墅而墊高的榻榻米木頭地板，因爲潮濕腐爛在中央凹陷一片走過會失足踩空。大概有十來隻各種花色的貓，在那吊了一只黃燈泡的昏暗空間裡撲跳翻滾。牠們用一種專業劇團正在排練時被人侵擾的困惑不悅眼神瞪著我，有一度我出現這個念頭：這些妖裡妖氣的貓，不會是被這傢伙用某種魔法拘懾住，困在這荒屋裡每夜陪他「養戲」、「對戲」吧？（這就是他那出神入化演技的祕密？）

他告訴我這些貓都「野了」，他常常爲了導演趕戲，一連十幾天沒回來睡，那時便在屋內放兩大桶水，將水泥袋大的一整包貓飼料撒滿地板，任他們自由進出拉屎撒尿（確實那屋內強烈瀰漫著一股貓臊味）。後來那些貓呼朋引伴，成員急速擴增（似乎把這空屋當作附近貓族的搖頭吧），除了那隻乖覺跳上他肩頭的肥黃貓，其他的貓他大部分不認識。「牠們常在這屋內進行搏殺之類的殘虐事。」有一次他回來，在客廳見到一隻巨大禽鳥的屍骸，顯然是誤飛進來經過一場慘不忍睹的、貓群的集體嬉耍虐殺。滿地板都是血跡和那鳥華麗又狼藉的羽毛。

就是那時他對我說：「我的鄰居是個標本剝製師，我把那隻巨鳥的屍骸送給他。他如獲至寶，說這可是台灣瀕臨絕種的藍腹鷴。」

我曾在D君的屋子裡聽他說過幾個幻異如夢的故事。那些故事讓人聽著聽著總覺眼瞳裡的色素愈來愈淡，而那屋裡的黑暗無止境地擴大似的……包括他父親的故事，包括他祖父的故事（但這些年我已慢慢學會，未經他人允許，不要輕率將他們在交心時刻告訴你的離奇故事，放進自己的小說裡）。我覺得他是被自己過去故事裡的亡靈所困所苦之人，這使得他活在現在時刻裡，總給人一種心不在焉、溫和不計較卻陰鷙孤獨的感覺。或許也是他總能在進入表演時刻時，像不帶有任何演員自身性格的殘存，可以快速穿越恍惚邊境的原因。

有一個故事：D君說他高三那年交了個女友，非常甜美（他從書桌抽屜翻找了很久，找出一張兩人合拍的發黃照片）。後來那女孩（對不起，以剝製一只華麗毛皮的大型動物的標本來比喻，故事說到這裡，會像翻開活體胸肋骨掏摸腴軟的心臟、肺泡一樣，緩慢而艱難起來）在他入伍當兵時，被她同班一個傾慕的男孩，假借討論功課，在她家臥室，求歡未遂，憤而強暴殺害，屍體且大卸好幾塊，分裝在幾只不同的黑色垃圾袋裡。他那天傍晚在金門營區餐廳看電視新聞時，看到SNG鏡頭拍著警方提著那些黑色垃圾袋的畫面，當場崩潰……。

我以爲那是一個「看守死亡」的故事，像阿莫多瓦的那些華麗又陰慘的故事，曠日費時，無有完美結局的守候。但D君說，那是一個「不在場」的故事：部隊長官怕他出事，把他關在暗不見光、沒有任何尖銳物件或繩索的碉堡地穴裡一個多月，派一個哨兵看守。每天送進三餐和高粱酒。他到一年後才回到台灣，那個女孩非常不眞實地從人世裡完完全全地消失了……。

秋日海濱

我至今仍不時被這樣的夢境困住：在我兒時永和舊家一帶的巷弄裡盤桓兜繞，那些灰色的牆面，牆頭上時隱時現的枯瘦老貓，或是人家黑瓦簷上垂下的芒果花穗或小紫花的九重葛，全成爲一如此迫近、灰色調的迷宮抽象線條。我在那其中繞啊繞，總是感傷地知道自己雖然正置身在童年時刻的場景中，但其中有些雜駁細微譬如水泥牆面沙土化剝落裸出的橘磚上的苔蘚絨毛，這一類濕漉而牽動奇異觸感的事物，將在那樣專注狹窄的迷宮繞走中，不能挽回地蹭掉擦掉……。

然後我會走到一紅漆公寓鐵門前，也許我呆站默立了一會，也許立即有人把門打開，似乎等候我許久，一種帶著嗔怪和喜悅的氣氛彌散著。我一走進那屋裡，便理解到倘若我沒有穿巷繞弄地來這裡，這屋裡的人們將一直被凍結在那種無止境等待的狀態中。屋內的光線如此晦暗，使得面對的人臉彷彿帶著2B鉛筆斜刷在素描簿上的那種毛邊。我想起這不是我國中時偷偷喜歡的一個女孩的家嗎？屋裡空蕩蕩沒有任何家具（連張沙發都沒有）。女孩的母親穿了一身上班婦女的套裝急著出門，她爽利地對我說：「好了，你來了就好了。」（似乎我的到來才讓她自那曠日費時的等待中脫身。）到了玄關處她邊支起一隻腳換鞋一邊對我說：「怎麼不說一聲就跑掉了？」仍是寵絡多過責備，然後她便出門了。

怎麼回事？女孩躲進房裡去換衣服。我被那樣自己把某種凝固團塊的傷害像咒語般解除後的歡快弄得頗不安。怎麼回事？事情怎麼亂像是我在一場婚禮的前夕突然丟下女孩不告而別？剩下女孩的妹妹非常熱情地在客廳招呼我。她左一句右一句地找話題和我亂扯。我不記得夢境裡這小姑娘有沒有叫我「姊夫」這讓人背脊發冷的稱謂。「外面的繁華世界好不好玩啊？」「你去了很遠的地方吧？」「姊哭死了。」我多想告訴她們：喂，我現在可是別人的丈夫兩個孩子的父親啊。

「我從來沒有……」我說。

突然想起，讀國中的時候，有幾次打電話給女孩，都是這個妹妹接的電話，都要先人小鬼大（那時她大概才小學六年級吧？）哈啦個十分鐘才把電話交給她姊姊。（追那女孩者眾，妹妹的角色頗像個收賄的門房或刁鑽的衙役。）我記得很多年後，女孩曾告訴我，她這個妹妹（那時已上大學了），有一天自己跑去飯店開了個房間，一個人躺在大床上吞了半瓶安眠藥自殺。後來是昏迷中自己又爬起掛客房服務喊救命，才沒眞的出事。她和她媽是接到警察局電話才趕去醫院把爛醉一般的妹妹領回家。

到底在我不知道的某一個封閉世界裡，曾發生過什麼樣的負棄和不義？我記得馬奎斯有一個短篇，叫〈瘋狂時期的大海〉，小說的最後，是一個喪妻不久的老人，跟著一個美國佬（有點像《桃色交易》裡勞勃瑞福那樣的角色）潛水進大海捕海龜（他們肚子餓了想把海龜抱上沙灘烤了吃）。但他們愈潛愈深，在燦亮睜不開眼的深海底下，看見了一座陸沉的廢墟。那簡直像個熱鬧的市鎮，有教堂、有郵局、有雜貨鋪和露天咖啡座……。許多穿著蝴蝶袖白絲衫的美麗女人和美麗衣裝的年輕男子在其間穿梭迴泳。美國佬告訴老人：「他們都是那些死去的人。」他們面如銀箔，臉上帶著因被人遺忘而遺憾的神情。後來他們看見一個其中最美的女人手腕纏著鮮花從他們面前游過，他們幾乎可以在水中聞見那些漂流花瓣的襲人香氣。老人驚呼：「那是彼特拉。」她是他新亡的老妻。「那是她年輕時的模樣。」

在我這樣的年紀，絕對不少一些因爲細故而成爲陌路的昔日故交。他們像是魚身上的鱗片，在我年輕時不以爲意地從身上刮除。刮除的同時，我也將那交纏編織在一起的，某一段時光的自己，從記憶的光滑肚腹上刮除了。那些鱗片緩緩地下墜，沉進最黑暗無光的海底。在那個夢境裡，我既期待著女孩換上一身年輕亮眼的小禮服從房間裡笑吟吟地走出來；同時又深深地恐懼她眞的走出來了，我該說什麼呢？在那個房子的外面，是我千辛萬苦在其中打轉的灰色巷弄，在那些巷弄迷宮的外面，是我的妻子和孩子們，如此安心地，橫七豎八地熟睡擠在一塊。

我記得很多年前，我和女孩的那次約會（那是我第一次和她約會，也是最後一次）。那時我們分別念不同的大學，她已畢業在即，我卻因求學過程包括重考、留級種種波折還在念大二。有一天女孩打電話給我，說她和母親（她們是單親家庭）吵架，想離家出走，問我能不能帶她出去遛遛？這使我受寵若驚。我跑去租車行租了一輛車（我記得是一輛天藍色福特一點三全壘打），帶她到淡水海邊。如今我已想不起在那樣年紀的「約會」裡，我或是女孩說了些什麼幼稚的話？（「其實我國中時一直偷偷喜歡妳？」）女孩的男友是個世家子弟（父親好像是老國代或是將軍之類的），我則非常不進入情況地把我那些人渣朋友們的故事當作一則則傳奇說給她聽。

那時，發生了一件事，打斷了我們內容愈來愈白癡的對話——有一個婦人，赤足散髮遠遠朝我們跑來，沙著嗓子尖號著：「救人噢——緊來救我吔囝仔噢。」——在她身後更遠處有兩個小小的人影，一個小孩站在沙灘上望著海面上另一個套在救生圈裡的小孩。他們的動作全部靜止著：岸上的孩子不敢涉入水中，救生圈裡的孩子也靜蟄不動地漂浮在那灰色看不出波浪的海面。那個母親哭著說，那孩子漂著泳圈划水，她一轉身，小孩就被潮浪愈漂愈遠。但是我也不會游泳哪，於是我轉身拔足狂奔，踩過那陰天飽吸水分而呈土黃色的沙丘，遠遠對著水泥建築廢棄沖淋處那裡一個喝著罐裝咖啡的男子大喊：「快來救人！有小孩溺水了！」奇怪的是男子似乎就是這片無人海灘的救生員，他抓起一團繩索，赤足跟在我後面跑向出事的海邊。

我走回女孩的身旁，她似乎沒有湊近那救人現場的意思，於是我們便那樣遠遠地站著，遠遠地，像眺望風景那樣看著那幾個小小人影的動作：男人脫去衣物跳進海裡，那個母親歇斯底里上下揮著手臂對海中的孩子大吼著，很意外地，男人並沒有直接游去將救生圈拉回。他游了一段，然後在一水深及胸的地方站定，開始向那救生圈男孩拋繩索。那整個拋繩索的過程非常漫長，男人一遍一遍重複地向男孩拋去，但總落在差一點恰好搆不到的地方。男孩靜靜漂著，也沒有奮力去接繩頭的模樣。那樣空曠的畫面像他們在進行一個極無聊的遊戲。

後來男孩終於接到繩索了，男人像撈著一隻陷在網中的海豹往回拖。女孩說：我們回去吧。似乎她極害羞不願和那樣一場生死爭搏的幾個當事人那樣正面相遇。那樣在沙丘上走著，她突然詫笑出聲：「你看。」指著我剛剛慌急跑過陷進沙地裡的巨大球鞋印。「像大象一樣。」她把腳放進那確實大得像殞石坑一樣的腳印裡。

但是當我們走回停車場時，發現我的車鎖被人撬開了。女孩大意放在車上的皮包也被人拿走。我環顧著四下無人的廢棄海水浴場（連公路旁的一排海產店都拉下鐵門），那時我覺得所發生的一切都像在一個緩慢而滑稽的夢境裡。回程的路上女孩始終不發一言。我記得她著實掉了一大筆錢（她原先要離家出走的）。我很想對她說你掉的那些錢我賠給你吧。但我終究沒有開口。那畢竟是以我那時的經濟能力像天文數字一樣的一筆錢哪。事實上後來光爲了賠車行換鎖及音響（那該死的海水浴場毛賊且把那台車的音響拔走了），就害我向人渣朋友開口借了一屁股債。那時我在心底懊悔著：應該在之前和她並肩眺望那男人救那小孩時，就對她說的（「其實我國中時一直偷偷喜歡你噢。」）。

女孩從此沒再和我聯絡了。

昔日酒館

上禮拜攝影師阿山和我約在師大路一間地下室pub拍照——這說來話長，這次他的雇主是一份女性雜誌，據說要在某一期裡做一個「十年回顧」專題，找了五、六個我這個年紀各領域的創作者（裝置藝術、玩音樂的、小劇場的，還有寫小說的），要他們談談十年前自己的「第一個作品」。這很妙，確實對我這樣五字頭的人來說，十年前恰好就是個人的處女作時期。不多不少（除非是某些極早慧的天才）——不過阿山和那個女性雜誌的採訪編輯皆搞錯了，他們以為我的第一本書其實是我的第二本（還好沒多大差別，這兩本小說早就同赴書店再也找不到、絕版的悲慘命運）。那是一本以pub為城市背景的小說。阿山要和我約拍照地點時提到「借間pub當場地」的構想，我訕訕地說：「可是我已經一百年沒混pub了，這樣對嗎？」我提議不如以這城市的各處公廁當背景或更符合我的「城市遊走動線」之真相：捷運站廁所、麥當勞廁所、小學廁所、教會廁所、百貨公司廁所、三清宮廁所、還有建國花市旁的流動廁所車……（當然這牽涉到我個人隱私的「大腸躁鬱症」）。不過攝影師阿山堅持要在一間pub拍，他說：「如果你那麼獨鍾廁所，我們可以順便拍兩張你在那pub的廁所裡的夾帶一下。」（畢竟這是他的創作。）

這也難怪，我後來頗有領會：你花了極大力氣寫一個小說，鏘鈴哐啷把什麼東西都倒進去，人們最後通常只模糊留下一簡單的印象。我曾寫過一篇跟電動玩具有關的小說，後來在那一年內，接到的邀稿全是關於電玩的評論文章（電玩中敘事核心的父權意識；傳統店家電玩的式微到個人電腦電玩之空間改變對於身體、權力的隱喻關係；電玩裡的虛擬實境——虛擬戰爭、虛擬城市、虛擬恐怖活動與反恐、虛擬那斯達克——與全球化之意識形態。事實上，我初接到那位女性雜誌編輯電話，提到「您在十年前出版了第一本……那個……酒館……的小說，我們想請您談談這十年來……」那時我心裡一慌，以爲她要我談談「這十年來台北pub的興衰、風格的變遷，或pub文化的改變……。」

我已有十年沒再混pub了。尤其在娶妻、生子後，偶爾被三兩人渣好友（不論是昔時或新識的）拉去pub，總會在近十二點大家酒興方酣之際，便心不在焉起來，然後像《灰姑娘》的劇本急著抽身離開（鐘敲十二響後，我的捷運就停開，我的蛇皮外套、大麻、龍舌蘭酒、滿嘴聰明的黃色笑話就要一陣輕煙變成躺在孩子的床邊，慢速說著《伊索寓言》、《傑克與豌豆》、《西遊記》這些枕邊故事了）。幾次掃興和大家半認眞半玩笑的幹譙後，慢慢不再有人夜間招我去混pub。

走進阿山約的那間「地下社會」，一種「我正走進昔日時光的蠟像館」的複雜情感湧現。

那像是一個年輕時被各方看好卻因手臂受傷而退出舞台的棒球投手，在許多年後踏上無人的夜間球場，站在四周空蕩蕩的投手丘那樣的心情。我確實從不曾在白日裡走進一間地下室pub。刻意漆黑的牆壁上油漆彩繪著那些神獸鬼臉或太空人飄浮變形的臉，黑色的吧檯，黑色的幾張桌子，因為入夜後穿透煙霧的魔鬼燈、鐳射燈和大探照燈都關著，除了幾盞小投影燈從天花板那些挑空垂架著銀錫箔通風管、鐵架、木梁和各式管線間打了幾束光源，基本上的光照是極微弱從樓梯上方（外面是白日曝照的正午），薄薄地，像粉霜那樣吝惜地敷在入口附近。

怎麼回事？那樣無人在場的白日pub顯得如此蒼白。我像是所有的成年人滿懷回憶地帶著自己的孩子回到昔時的小學校園，才羞愧驚覺自己描述的那個「沙塵漫漫不見盡頭」的曠原，不過是個兩百公尺跑道的小操場。那些記憶中可俯瞰遠方的司令台，原來如此醜陋蹩腳……。

沒錯，所有的物件都像「記憶裡的房間」那樣擺放著：吧檯上方炫技式地倒吊著各式各樣的玻璃杯，吧檯後牆暗櫃放著四、五台昂貴得不得了的音響主機，隔層塞滿了各種基礎酒和店主收藏的數以千計的CD片。打著呵欠的年輕工讀生善意地開了瓶嘉士柏啤酒給我。吧檯上疊著十幾只塞滿濾嘴的菸灰缸，（所以他們在前一夜打烊後是留待次日下午才清理打掃？）角落的一組爵士鼓像夢中沼澤裡的獸骨微光中泛著磷光。

我不知道自己在激動什麼？「這確實是我們當年那些人渣老狗們進出的pub啊。」和後來跟比較稱頭些的朋友像混進名流 party 那樣，城市展覽櫥窗般的——不論是傳說會碰見徐若瑄或小S的 Mode ，或是六福皇宮地下室那間標榜花生殼可以倒在地上「喀喇喀喇」踩的愛爾蘭酒館，或是謠傳可以吃到平行輸入最上等的松露和紅酒的 dimmer ，或是店裡吧檯女孩養的大狗被寫進舒國治散文裡的「86巷」——如此不同。當年我們像啓蒙的少年滿眼驚異地闖進那些「窮老外的 pub」，我們以爲那便是這座城市要引渡到成人世界、最原始叢林、最對抗性、最像巫毒教儀式集體顛狂的祕密處所。我們模仿著那裡面人們的一切動作：對嘴灌著玻璃瓶海尼根、打檯球時先把酒瓶放在檯桌邊再優雅地用巧克磨杆頭、我們和老外大呼小叱比手足球，然後跑進那個爛木板門四周牆壁寫滿髒話的廁所裡掏喉嚨吐酒……我不止一次看到尊敬的前輩或可愛的女孩們在那個狂喝啤酒把壓抑的什麼像壞掉洗衣機硬壓脫水按扭那樣旋轉甩脫到極致後，整個人散潰變形的悲慘畫面……。

那樣的時光終於是不再了。

後來再遇見一起喝酒的朋友們，總覺得談話的內容繁複且支架的材質皆高級起來（不那麼容易幾瓶啤酒下肚就淚眼汪汪把一生的身世全傾倒出來），聽故事不再那麼容易了（從前我們在 pub 遊蕩的時光，和不同的人相遇就像醉茫茫移動的幾隻「故事狗許子」，「這傢伙的身世很怪」，「我的故事說出來會嚇死你們」，一捏、一吐，肚子裡的一坨故事就像攤血那樣擠出來）。現在呢，「一個人不等於一個故事」，城市的教養不知不覺在我們身上留下細緻婉轉的沖積層。幾乎每個喝酒的停頓時刻，你皆可以聽見一兩道淮揚菜密傳的做工或料理的講究處，或是每個同齡之人皆可講出台北幾處不為人知的，「好吃得要死」的祕密菜館；或是皆去過幾處陌生國度、遙遠的城市……一些片段的畫面，饒富深意的某一場經歷，某一次影展的某幾部電影的概括評語……。

我當年的那些pub夥伴們，或許在更早之前便已失散了（比十年前更早，比我不再駐足pub的辰光更早）。很多年前，我模仿當年帶著年輕無知的我們混進pub的小說老師，帶了六、七個小說課上聰慧又精怪的學生，（那時換我生澀又混亂地站上講台對著學生怒吼：不准再寫你們那些學生宿舍裡的三角戀情了！不准再寫什麼網路情人7-Eleven邂逅這種題材了！）跑去天母一間有舞池有band有最低消費額的pub。但令我挫折的是，他們似乎比我熟門熟路，他們拉我到舞池中間一起跳那年流行的「瑪格蕊塔」，他們舞擺的身體如此青春爛漫而無有身世。我在中間就活脫像個中年癡漢。那時我心裡一邊有些憂心待會的帳單；一邊清楚地知道：即使把pub作為單一個人在城市裡的、「故事離心器」，再怎麼加速旋轉，再怎麼歪斜顛狂，我都無法在那裡聽到任何我想像中的故事了。

戰俘

因爲連日來密集地看了許多錯繁紊亂的戰爭新聞（那些兵棋；那些穿著野戰軍服的軍事專家；那些美麗主播拿著指揮棒比畫著巨幅伊拉克地圖上的城鎮名字和周邊鄰國；那些跑馬燈和切割畫面上各式新型戰機、精準轟炸、炸彈之母、M1A1坦克……的功能分析，那些電腦動畫模擬的衛星導彈如何在沙漠丘陵的地表起伏飛行，最後特寫炸中一幢由遠而近、無比精密寫眞的總統行宮建築；那些前後矛盾且差距甚大的死傷數字……），使我終於作了個恐怖的噩夢。我夢見最後一刻，我後座的美國佬大喊一聲：「Fuck！怎麼可能？我們居然中彈了！」下一個瞬刻我按下彈射裝置，巨大的氣流像一雙冰冷的巨掌，從喉節到頰腮處用力要將我的頭顱扭斷。我心裡悲傷而自暴自棄地想著：「沙漠，我來了。」

我醒來的時候，發現自己趴伏在一條河流的淺灘草叢裡。我想我的大腿骨應該是折斷了，因爲除了一種冰冷感，我的下半身完全失去知覺。我摸著自己身上各處口袋，我想他們應該有讓我隨身配帶那種「衛星定位信號發射器」之類的小型機器，讓搜救人員可以找到我，但是媽的什麼都沒有！我突然想起這條河該不會就是「底格里斯河」吧？（就是國中地理課本讀過的什麼「肥沃月彎」、「兩河流域」、「人類最古老文明發源地之一」的幼發拉底河和底格里斯河？）在我上方的沿岸河堤，遠遠近近有一些人群奔跑著對著河面吼叫。我想他們該不會是爲了趕早來河邊洗澡搶位子而起了衝突吧？我記得曾聽J．W大哥說過，他到印度旅行時，曾在恆河畔盤桓靜坐，看那些老人、婦女和孩童們，無比崇敬且享受地褪下衣物，跳進河裡掬水沐浴。雖然在他們沐浴地點不遠處的上游，就是一焚燒難產、癘疫、車禍種種橫死者屍體的火葬場，而那些骨灰就傾倒進他們洗頭洗臉的混濁河水中……但我旋即想起啊這是底格里斯河不是恆河，他們不是來洗澡而是來搜索擊落墜毀敵機上的駕駛員（那不就是我嗎？）。

他們之中一些狂熱的傢伙居然拿起衝鋒槍朝河面掃射，使得水面像煮沸的油條煎鍋那樣劈哩啪啦濺起一道道水柱。那些婦女和孩童們興奮地鼓譟著。我想他們一定恨透了這些在看不見的夜空上方飛來飛去，對他們的古城建築進行「外科手術」的華麗飛行器吧？但是我只是拿著一包洋芋片和選台器，對著那些跳躍切換的畫面，拼組著遙遠的、一些看不到人形軀體血肉橫飛的冷冰冰建築上方，感受到「精準」、「空中轟炸與地面進攻的同時進行」、「衛星畫面」、「夜視」、「可鑽入地下三十英尺，將水泥和鋼筋加固的掩體炸毀」……這些數學精算或科幻意象帶來的理性歡愉。現在我卻陷在一群逐漸縮小包圍的人們之中，且第一次切膚地感受到「所有的人都想嚙骨食肉的巨大憎恨」的孤單害怕。

終於他們逮到了我。（嚴格說是他們快要掃射到我藏身處的草叢時，我掙扎地揮手向他們大叫。）那些婦女們朝我的臉上吐口水。有一個拿 AK-47 步槍的傢伙掏出一柄小刀來要割我的鼻子（我在扭臉閃避時竟然不爭氣地哭了），後來是另一個拿衝鋒槍的傢伙大聲咆哮地制止了他。然後我就被所有人抬舉起來，不斷地有人伸手拍打我的臉頰（那出乎意外地輕柔，像是拍打確定一隻捕獲將要被宰殺的牛隻的肉質彈性），老實說我整個身子都像篩米糠那樣嘩啦嘩啦地顫抖，並且尿濕了一褲子。

後來我被押上了一輛軍卡車，我發現美國佬也被縛綁押在車上。他滿臉是血，看起來比我還狼狽，他的眼神空洞且茫然。我靠坐在他身旁，他小聲地對我說：「他們不會把我們的睪丸割掉吧？是吧？」我發現原來他就是布魯斯威利，我曾在無數部好萊塢電影上看過這傢伙身著軍裝在最惡劣艱難的處境表現得像個男子漢，但此刻他的臉和我如此湊近，我發覺他的雙眼皮、藍眼珠和稜線性格的嘴，那麼地像一隻無辜地咀嚼著草料的駱駝。我們被押車遊街，街道兩旁擠滿了歡呼的男女老幼，連那些破舊樓房的窗口也擠滿了探出頭來揮舞小國旗的人們。說實話，在那電影鏡頭般快速轉片的街道梭巡中，那些流著淚歡悅咒罵著我們的臉孔，不論男女，他們的輪廓如此深邃而美麗。那個之前想要割我鼻子的傢伙激動地把機槍朝著天空打了一彈匣的子彈。我身旁的布魯斯威利，仍不斷低喘哀嘆地問我：「他們會遵守日內瓦國際公約的戰俘對待準則吧？他們會遵守吧？」

我心底絕望透頂。爲自己曾花費大把時光看HBO那些好萊塢戰爭片後悔不迭。我記得去年曾有位長輩送了我上下兩本波奈爾的《在信徒的國度》，我不記得裡面有沒有寫到一九六〇年代左右的伊拉克？但我當時讀到一半就把書丟開了。我記得我也讀過不少薩伊德的著作，但為何此時，在夢境之中，我無能為那迷霧中的伊斯蘭古國，創造並延展出更細膩的街景和市集？因為沒有任何感性理解的記憶殘塊，使我的夢境無法停頓（我不理解他們），我腦海裡浮現的巴格達市區，全是灰白色遠距的高空攝影（攝影機就裝在投彈的機艙上），然後是一顆圓圓胖胖的精靈炸彈離鏡頭遠去，最後在那不規則棋盤上某一塊被螢光括弧圈畫的地方冒出燦亮的火光……。

所以我無法把那個夢境暫停（本來我也許可以向身邊持槍的伊拉克民兵提議讓我去巴格達市區的清眞寺作一場禱告，那樣或許可以暫時拋下布魯斯威利老兄，和那些好萊塢鏡頭的仇恨而狂亂的阿拉伯臉孔），隨著那輛戰俘軍車一路顚簸被送到一座軍營的一棟水泥建築裡。我們被拖拽押解進那房間的時候，那些電台記者和扛著攝影機的傢伙們正對另外四個美軍戰俘進行採訪（其中一個是女兵）。那個拿著大麥克風的記者，用很破的英語問他們叫什麼名字？從哪一州來的？然後他問他們「對伊拉克人民的看法」？

這確實是這個夢境裡最恐怖的時刻。你看得出他們都茫然而驚懼，他們失魂落魄地回答那些問題，而攝影機正對著你。有一個戴眼鏡的瘦子竟然歇斯底里地說謊：「我一點都不想來打仗……我想掉頭走……但是他們說我如果不拿槍往前衝，就要對我開槍……」其他的戰俘沒有一個人笑他，在那個昏暗密室而鎂燈強光對著你照的時刻，四周影影幢幢全是你在幾萬呎高空輕鬆投彈時看不見的少胳膊缺腿的「伊拉克人」，如果這時有人擔保呼口號可以活命，我想所有人都會起立高呼「海珊萬歲！伊拉克人民萬歲！」

終於那台攝影機對著我的臉了，那個記者居然換了個題目問我：「你對這場戰爭的看法？」

一開始我回答得口吃且破碎。我說我不應該在戰前因為貪婪而跑去買那筆美國成長基金的，那使我將這場戰爭抽象成美國經濟的復甦，我只希望戰爭趕快在兩週內結束那斯達克可以翻紅。我說他媽的都怪我們的電視新聞把這場戰爭描述得像一場世界盃足球賽。然後我突然侃侃而談起來，我說關於戰爭（這次戰爭），就如同貴國的名著《一千零一夜》，（我套用了波赫士的話）：「這個怪異故事的集子從一個中心故事衍生出許多偶然的小故事，枝葉紛披，使人眼花撩亂，但不是逐漸深入，層次分明，原應深刻的效果像波斯地毯一樣成為浮光掠影。」我說這原是個殘暴國王每夜娶一個童女翌晨砍掉她腦袋的故事，這是一個美麗王妃靠著說一千零一夜的故事來拖延大家被砍腦袋的故事。我說每個晚上我皆目不轉睛盯著電視上許多張人臉，他們翕張著嘴唇一臉凝肅地對我說那些「偏離主故事的次要故事」：布希的臉、哈珊的臉、聯軍統帥的臉、伊拉克外長的臉、CNN主播的臉、半島電台主播的臉、台灣女主播的臉……慢慢所有的臉全變成披著透明薄紗的美麗王妃。那些原本要拖延死亡的故事卻愈說愈凶險，每一個匿藏在故事後面的故事慢慢都指向一個「砍掉國王腦袋」的故事。奇怪的是，為了要讓聽故事的國王別打瞌睡，他們不惜動用殘虐且怪誕的死亡場景——兩架直升機相撞的金屬芭蕾舞劇、市集裡被炸得血肉橫飛的野獸派演出、棄置在沙漠公路上的敵死隊士兵屍骸裝置藝術，還有科幻片一般將在城市空氣中彌漫而臥躺千萬具平民死屍的化武預言——這是一個飄忽迷離的故事：這個要被砍頭的國王在地底迷宮串接的十幾幢行宮間跑來跑去，行蹤成謎。有好幾個和他長得一模一樣的替身輪流露面。另一個國王則和他的石油大亨朋友們跑去近郊別墅度假，討論戰後分封疆土和戰利品事宜……。

我醒來的時候，發現妻一臉憂色地俯視著我。她說：「你怎麼搞的？又是哭喊又是搥床的，是被什麼給壓到了？」

卡通世界

在我家的客廳常出現這樣的畫面：有時是妻一夜失眠要補個回籠覺，有時她靈感湧現突然想大張旗鼓煮一頓晚餐；有時是她必須講一通曠日費時的失戀友人的訴苦電話；有時則是她固執地非把一個DIY說明書模糊不清的書櫃、電熱器、印表機等等物件組裝起來……那時我便得帶著兩個精力過剩的小男生打發那「母親突然離場或心不在焉的時光」。我的方式通常十分慵懶：打開電視，轉到幾個兒童頻道聚集區，完全不理會那些幼兒學習專家的警告（雖然每次帶小孩參加有別的小孩的聚會，聽見我的孩子和其他孩子，像交換俱樂部通關謎語那樣會心又興奮地唱著「天線寶寶」、「建築師巴布」、「一根手指頭……兩根手指頭……三根……四根……五根……變成小蝸牛」，我的內心都會黯然憂心），如果你家有兩個以布朗運動的移位方式在各角落以拆掉屋子爲職志的一歲半及三歲半小男生，且你從未以「成爲一個兒童心理學家」爲專職，後來你會發現，你和記憶中怨懟童年、自己慵懶又不負責任的父母其實並無二致。天可憐見！你只想把時間打發過去。

不過通常在我家的客廳最後會出現這個畫面：當那個母親回到現場，發現兩個恐怖分子已經把鍋鏟、鍋子、鍋蓋散滿客廳，蠟筆、拼圖小塊、杯子、商品型錄、疊好的衣服、戳破的水果……灑落地板，像一場爆炸案劫後餘生的景觀。小孩爬上餐桌險象環生或正在拆鞋架，只有那個監管的父親，正專心地盯著電視裡的卡通看。

那是怎麼一回事呢？我發現有些兒童頻道裡的卡通，眞是完美而純粹的敘事。姑且不論像《迷迷羊》或是《動物園街64號》這種畫風優美且故事的陳說就發生在一帶著「孩童憂傷」的隱匿角落。有一個女孩，每晚臨睡前，便由動物園裡的長頸鹿，把脖子像藤蔓那樣變長，伸進臥室裡將她馱負下來，然後由動物園裡（下班收工？）的大象、獅子、猴子、野豬、梅花鹿……大家輪流像木偶劇團那樣說一段從前在森林原野時（被抓進動物園之前？）的故事。牠們說故事的氣氛，簡直像一個紐約街角酒吧裡的即興小劇團成員，寬容、親愛、世故、多才多藝且對成員彼此的過去或性格小缺陷深深了解。牠們每晚輪班對小女孩說一故事（一個快樂的故事、一個想像的故事、一個負欠遺憾的故事、一個差點失去純眞的故事），然後再由長頸鹿將通常已睡去的小女孩馱負送進她的床上。

有一陣子我簡直瘋魔迷上一隻叫「嚕嚕米」的藍眼睛河馬。一開始我以爲那是一部日系卡通（因爲片尾那不可思議充滿詩意的流動版畫搭配的是一首淒清的日語女聲歌謠），後來我才聽友人說起這隻「河馬Moomin」可是大名鼎鼎的瑞典國寶。據說瑞典人還特意爲牠和牠的家人朋友們在一個小島上搭建了一個仿眞卡通裡的「歡樂谷」。

這個河馬Moomin的故事，總讓我想起學生時代初次看安哲羅普洛斯的電影《流浪藝人》或是塔克夫斯基的《鄉愁》。遙遠的、疲憊的、在無數的大城市流浪而無從定著的旅人，終於來到世界的盡頭。他們在空曠的地表上搭建孤零零的房子，與森林爲鄰（森林裡住著魔女克莉婆婆）。他們像是核爆廢墟後將文明（或都市）推平重新聚落成的簡單社群，但大人們仍帶著高度文明社會的殘存身分（譬如Moomin的爸爸是個小說家，他女朋友的哥哥是個像達文西一樣的發明家，他的朋友稻草人阿金則像個旅行哲人，有個哈爺爺是個發現了奇異植物品種仍會函寄給世界植物學會鑑定的植物學者，他們有一次隨著載滿不幸亡靈的幽靈船到一個小島，還遇到一位因爲忍不了孤寂——他可能是世界最後一位——而不願再穿上制服的燈塔管理員），他們收留各種奇怪的自遠方流浪來此的旅人。招待他們晚餐，第二天讓他們溫暖地上路。

有一集的故事是這樣：有一天Moomin家來了一個客人，所有的人都看不見她，因爲她是一個「害羞的女孩」。關於她害羞的原因是從她母親過世之後，她投宿在一位阿姨家，這位阿姨是個苛吝之人，無論小女孩做什麼她皆百般指責，於是「害羞的女孩」愈自慚形穢愈內縮，最後慢慢讓自己變成一個別人看不見的人。Moomin一家人溫暖地招待她，且對她的在場做出最自然不過的態度。慢慢地，女孩的鞋子露出來，再來是她的衣服釦子、她的領巾、帽子……故事最後她的臉還是沒有浮現，但是Moomin一家也不急著讓她完全現身。

那是一個無比自由且慢速的世界。有點像村上春樹的〈末日之街〉，那些像曝光不足沖洗出來的夢境幻燈片。但村上的空曠街景基本上就是一幅文明的核爆廢墟，「割除」意象的冰冷刃觸籠罩（用魚刀把影子割離、割開瞳仁、將獸的顱骨中吸吮的人類世界裡那些無意義、斷碎的情緒、記憶釋放於空無，事實上那個內向街景的存在，也就因一個在高度資訊化世界裡洗資料的專業人士腦額葉裡的某一部分被焊接短路或切去一小塊那樣而形成的幻覺投影）；河馬 Moomin 的「歡樂谷」，其實也存在在一個不確定的、「惘惘的威脅」、哀傷童話的浮土上。那些失去城市地圖、失去街道、櫥窗、戲院、酒店、學校、法院的小說家、植物學者、發明家、警察局長、煙火製造工人……如何像斷線的珍珠，帶著現代文明分工專業技藝的身分，在一個空曠的地表上發生故事？在那些哀傷童話後面的早衰世故，如何能避開村上式的「冷酷異境」，走向絕對、純淨的內向時刻付出之代價即是將所有瑣碎的（無意義或傷害性）細節逐一遺忘？

藍眼睛河馬 Moomin 一家人有一個很奇妙的設定：每到冬天冰雪來襲，這一家人會像死屍或睡美人躺在他們的木床上進入深湛的睡眠。這一段時間 Moomin 的好友稻草人阿金便會離開歡樂谷，到世界其他的地方去旅行。每一次的離開他都帶著可能不再回來的懸念（因爲他是如此熱愛旅行及理解世界，但因他實在太愛 Moomin 而總離不開他）。有時 Moomin 會亂了時序，在僞死的冬眠中醒來，那時他會暈眩地推開封死的窗，無比驚異地（用他色素沉澱不足的藍眼）看著那「原來他不在場時，世界是這樣在運轉」的冬景。有一次他們親眼目睹美麗絕倫的冰雪公主（傳說被她看上一眼，即會結凍成冰人）眞的下凡來騎上族人爲她準備的冰雕巨馬，冰焰垂灑中騰空而去。有一次則是Moomin一家被魔女施了咒法，春天來臨時他們卻仍無法醒轉，一直到他的朋友阿金自遠方旅行歸來，才設法替他們解除了魔咒。

那樣飽滿、美麗的奇幻異想像夜裡的藤蔓窸窣成長，那些像戀人絮語一樣細微的迷惑和不安，總讓我不自覺地聯想弗雷澤在《金枝》裡天方夜譚般細數的「殺神王」、「植物神崇拜」、「篝火節」之類的巫術或北歐神話裡的陌生神祇。《金枝》裡有一章寫到，「烏拉立特的獵人，如果參與捕殺鯨魚，甚至幫助從漁網上卸下過一條，在隨後的四天內都不得做任何工作，因爲據信那幾天內鯨魚的鬼魂還一直依附在他身上。在此期間，村裡任何人都不得使用鋒利或尖刃的工具，恐怕誤傷了鯨魚的魂魄。他們認爲鯨魚的魂魄還在村裡到處飄泊。」

《金枝》裡亦提到一位古埃及神祇，「每年悲哀和歡樂相交替地紀念其死亡與復活」的奧錫利斯。關於他的死亡故事淒厲又華麗。他的弟弟和另外七十二個人想要謀殺他，他們按他身體尺寸做了一個銀櫃，當大家在飲酒作樂時，他們拿出銀櫃，開玩笑說銀櫃將送給身材最適合之人。他們一個一個地試，但誰也不適合。最後奧錫利斯走進去躺在裡面，這時陰謀者趕緊蓋上蓋子，用釘子釘緊，用熔化的鉛把它焊住，並將銀櫃扔進尼羅河。這時太陽正在天蠍宮，他的妻子同時是他的妹妹伊希思聽說後，剪掉一綹頭髮，穿上喪服，憂傷地到處亂跑，找他的屍首。

盛著奧錫利斯軀體的銀櫃順流而下漂到海上，終於漂到敘利亞海岸的一個國家，被一棵樹包在樹幹裡。國王覺得這棵樹長得不錯，將它砍下做了宮廷的一根梁木。伊希思知道了，便假扮奶媽混進宮裡。但她不把奶給孩子吃，讓嬰兒吃她手指頭，到了晚上，她開始把孩子身上一切凡人的東西都燒掉，自己變成一隻燕子，繞著盛有她亡兄的那根梁柱飛翔，喃喃地哀鳴。但這一切被王后偷偷看到，大喊起來，因此她孩子無法變成永生不朽。於是女神露出原形，他們把那根柱子給了她。伊希思剖出銀櫃，裝上船，隨身帶著國王最大的孩子，駕船而去。他們一到海上，她就打開櫃子，把臉貼在她哥哥臉上，吻著他，流著眼淚。但那孩子悄悄走到她身後，看見她做的事，她轉頭生氣地看著他，孩子禁不起她一看，死去了……。

那樣為親愛之人的死去發狂、變形、奔走，那樣的哀慟逾恆……我在心裡哀嘆著：我無論如何也編造不出如此恐怖、美麗而幅員如此自由寬廣的故事了。我試著用簡易可愛的方式說給孩子聽，聽得我大兒子阿白眼歪嘴斜，小兒子呀呀叫地到處亂爬。妻子趁亂將遙控器轉台，恰正轉到劉俠被疑有解離症的印尼看護抓狂重毆而遽逝的新聞。電視上那個印尼女孩一臉恐懼歇斯底里地痛哭，她用印尼話大喊：「小姐，對不起……」沒有人知道她發生了什麼事？沒有人知道當時她心裡出現了什麼黑暗的幻影？那時我姊姊恰打電話給我，因上個月家裡照顧父親的印尼看護莉雅，和附近水電行工人「亂搞」，弄大了肚子。她氣憤極了，且莉雅得知自己將被遣返，態度變得極粗暴惡劣。我姊或是被那新聞深深觸動：「所以還是不要找印尼人好，下回請仲介找越南的……」

也許從前我在課堂上學的那些小說理論都是對的：故事總是去頭去尾，總是將意義稀釋篩漏，任何想去探究故事後面的糾葛細節，終屬徒然……。

印尼女孩

週日的維多利亞公園，擠得滿滿的印尼女孩（或也有菲律賓女孩，但我無法分辨她們之間的差異），她們有的頭蒙伊斯蘭婦女的絲巾，或十來個鋪開一張布巾或塑膠紙，歡歡喜喜地打牌、野餐、七嘴八舌。

那樣的情景令我想起從前上成功嶺受大專集訓時，假日台中車站的場面：所有的穿著草綠軍服的學生兵全和他們的家人「約在台中車站大門見面」。我總十分困惑，那樣全部的人約在同一地點（約了等於沒約），要如何從龐大的人群中辨識出你欲尋覓之人？

有的女孩眼神兀傲而敵意，有的眼波瀲灩兜轉著她們置身的這座繁華異族之城，有的一眼看去就是鄉下地方來的傻乎乎胖女孩。……不過她們此時以這樣龐大的數量聚集在一起，整體給人的印象是：她們像是（膚色較深的）侵入者。平日裡她們是城市四周遮斷天際線那一幢幢高樓裡，那一格一格單位住房，安靜地寄附於一個華人家庭的僕傭。一到假日，她們傾巢而出，說不出原因（像那些 Discovery 頻道上以奇幻的導航系統舉群遷移的雁群、蝴蝶或斑馬），她們出於對孤獨的恐懼而湊聚在一個更龐大的群體裡。

但是一旦她們匯聚於此，她們等於自動自城市的系統脫離出來。她們並沒有和家鄉的故交（一起來打工）約在星巴克咖啡聊天，或是一同去看個電影什麼的……她們盤坐地上，或剝著果皮傳遞，分食或有一人彈奏吉他……最怪異的是，這數以萬計的人群裡，清一色全是女性。沒有半個（他們同族的）男孩。

女孩們孤寂地湊聚一起，予人一種亂烘烘骯髒的印象。但其實作爲伊斯蘭教的女信徒們，她們有早晚各沐浴盥洗一次的清潔習慣。從她們眼中的黃種華人，才是從飲食、清洗、勞動各方面皆污穢不潔的粗蠢劣物呢。

人在香港，不知怎地，對「以城市的現代性時差」形成的人與人間微妙的歧視特別敏感。我因爲英語太爛，飽受這城市諸如荷里活高級刺繡清宮古裝店美麗的英印混血女店員、酒店大堂咖啡廳的經理、銀行櫃檯行員（我去兌換一張支票）、甚至計程車司機……種種歧視。因爲不會說英文，無論我如何謙卑有禮，仍被視同那些粗豪土氣的大陸觀光客。我忘情且痛苦地注視著那些整族整群被城市的停頓時刻，排除到邊緣空地的異鄉女人。

她們對這座城市的複雜面，遠比我世故。卻比我無從偽裝隱遁人群裡。也或許因此，她們比我漫不經心，無視城市空調大樓現代性景觀或那些西裝筆挺中產階級的拘謹和秩序……。

上一期的《中外文學》，有一篇廖朝陽先生譯的巴拔（Homi K. Bhabha）的文章，裡頭引了伯格對德國境內的土耳其工人之描述：

……他移居異鄉，就像在別人的夢境裡負責演出。……他們觀察別人的動作，努力模仿……一個又一個動作不斷累積，亦步亦趨卻毫無彈性。……動作造成身體與思想分離：……他不懂別人的語言，只好把陌生的聲音當成沒有聲音。爲了衝破靜默的包圍。他學會二十個生字。可是這些字還掛在他嘴邊，意思就變了……他學會有關「女孩子」的講法，由他說出來的意思卻變成他是色狗……

我的父親在神智尙未混亂之前，曾對我回憶：半世紀前他初來台北時，火車站的前面是一整排老陝開的吃食搭篷，賣的是啥呢？他們極狡猾地用一口大鍋，熬著噗噗沸騰的牛肉牛雜湯，那香味像勾魂使者的鐵鉤硬生生把過路客的舌頭勾出來，失魂落魄地鑽進店裡。鍋子旁，一層層疊高的，比磚塊硬的生麵泡饃。我父親說當年西北軍來台的那些回子，饞就是饞這玩意兒。

我老婆是澎湖人。國三那年全家遷來台北。據說初來時有一天我岳父還曾騎送貨腳踏車騎上總統府前管制的那一段馬路（他正疑惑大家爲何都繞遠路），而被駐戍憲兵攔下。我妻子說她初來台北第一次鑽入地底走人行地下道（馬公市沒有地下道），是在信義路金山南路十字路口，那時內心恐怖極了。恰好就在那黯黑日光燈照城市地底只有一人的時刻，迎面走來一癡漢模樣的男子，那時那個未曾經歷如此詭怪孤單的城市空間的異鄉少女心生一計：她將自己的臉裝成痲瘋者那樣朝一邊扭曲歪斜，想如此醜怪或可躲過倘若是變態男之侵害。

移民、打工仔、外傭……這些不作爲觀光客的外來者，和持續變貌的城市對望著，他們或無法以一代的時間僞扮潛入那座城市。甚至如那些印尼女孩，以一種更抽象空曠的形式被集體結紮，她們無法以繁衍後代拖長時間的戰術，成爲城市夢境裡的一分子（如我的父親和岳父，如今他們的後代已對這座城市繁錯如迷宮的小巷弄小細節，如掌紋般熟悉了）。她們在別人的夢境裡。或者說，她們只是城市假日午後，一個訝異而鼻酸的呵欠。

我曾想過寫一篇以一位印傭女孩爲名的小說。那篇小說叫做「希娣」（Sity，亦模糊爲City），有點向張愛玲的〈桂花蒸阿小悲秋〉致敬的意思——我總懷疑王安憶《富萍》裡，那個深諳上海弄堂人家老派人情世故規矩的「奶奶」，是持續在時光中累積城市記憶的，年紀老大的阿小——那個小說開頭的場景我都想好了，這個印尼女孩第一眼的台北城市，就像蠻荒大洪水的末日景象：她從機場被送去南京東路仲介公司的那天，恰遇上納莉颱風。希娣的公司樓下，整個淹大水，汽車都泡在水裡，停水、停電，整幢樓又悶又黑，電梯也停了。老闆叫希娣和其他印傭，上上下下地提水，再爬樓梯走回十樓。

本來想好好正襟危坐寫篇像馬奎斯《異鄉客》裡的那些短篇（我還特地爲此，帶我的孩子晃悠到新生南路的清眞寺，著實觀察了一番那些一臉靜肅進出朝拜的印尼女傭們），不想才起了個頭，便驚駭莫名地發現了一個筆誤。我將「第一次，先生和大著肚子的太太去希娣的公司。先生非常神經質地向印尼老師重複：他們沒什麼條件，就是要愛乾淨……」寫成了「第一次，先生和大著肚子的希娣去公司。先生非常神經質地……」。

如此一來，又變成我那些變態猥褻的作品風格之宿命了。

錯誤聯想

我的朋友盧君曾告訴過我一個笑話——或許那並不算笑話，而是他從第四台那些重播港片裡看到的一段爛情節——他說：任達華小時候家裡很窮，住在貧民區的陋巷裡。有一天他出門時經過那些破爛屋子其中一間忘了掩上的門，他從門縫偷看裡面，一個光著身子的女人孤自躺在床上撫摸自己的胸部：「我要男人！我要男人！」一個禮拜之後，他（電影裡的小時候的任達華）又經過那個忘了掩上的門口，再度偷窺，這次發現眞的有個男人壓在那女人的身上。任達華大受震動，趕緊跑回家，脫光上衣躺在床板上，拚命搓揉自己的胸部：「我要腳踏車！我要腳踏車！」

這個爛笑話曾給我什麼啓示呢？第一個當然是「錯誤聯想」，正確地說是佛洛伊德在他的《圖騰與禁忌》中所說的，原始部落民族在他們的魔法原則中，「對眞實事物的錯誤聯想」：

……第一種聯想方式是在儀式的行動中，和揣擬的對象或結果有著相似性。……在爪哇的某些地方，當稻米即將開花的時候，農夫們帶著妻子在夜晚到達他們的田園，藉著發生性關係來企圖勾起稻米的效法以增加生產。另外，當一位基雅克獵人在叢林裡追逐獵物時，孩子被禁止在家裡畫樹木或沙土，害怕會使森林的通路變得像圖畫般複雜以致迷失途徑而一去不返……

……第二種樣式中的聯想法則是以「傳染性」替代「模仿性」。當獲得敵人的頭髮、指甲、廢物或一小片衣服，以某種殘暴方式對待它們，其傷害將如數發生在敵人身上。……一位美拉尼西亞人（澳洲東北方，西南太平洋諸群島的土著）拿到了使他受傷的弓箭後，他將小心地把它放在涼快的地方，以防止傷口發炎。要是被敵人獲致時，它將被拿到火旁以促使傷口熾熱或發炎……

佛洛伊德說：「人們將自己理想的次序誤認爲即是自然界的次序，於是幻想著經由他們思想的作用能夠或者似乎能夠對外在事物做有效的控制。」

我尊敬的一位女小說家曾告訴我一個故事：她年輕時寫的一篇小說，裡頭的女主角完全是虛構（她要描寫的或許是一個抽象面的，某一世代的藝術家們在這座城市理虛無漂流的姿態）。結果另一位年長的女作家讀了這篇小說，投入（她越界了）地認爲這篇小說是以一種迂迴神祕的形式在預言她的命運，甚且透過人傳話給小說家：「我絕對不會乖乖走上你小說寫的那個結局。」很不幸地幾年後，她卻像催眠般讓自己眞的吻合那篇小說的戲劇性收尾。後來有一位深諳子平之術的奇人，也讀了那篇小說，疑惑地問她故事中人可有所本？在小說家堅決表明純屬虛構後，算命人感慨地說：我幾乎可以將那女主角的生辰八字及命盤精準地叫喚出來。你小說中歷歷如繪她生的哪種病（疾厄宮），大約幾歲幾歲時會遭遇的感情波折……，最後，他說了一句讓人起雞皮疙瘩的話：「也許有些小說寫出了神，會像這些巫卜之術碰觸到某種神祕的領域。」

這一陣子的運氣背到谷底，我的左臉又因顏面神經受損歪斜（這是我第三次歪臉了，還好我知道它會像壓扁的QQ果汁軟糖，慢慢地再彈回去）。前兩天，啃一只岳母相贈的加州甜桃，啃到一半，竟把右門牙給崩斷──由此我發現人的心靈意志再再受到肉體狀況之影響，當你張嘴門牙缺個洞講話會漏風時，連對計程車司機說要去的地點這麼簡潔的指令，都講得呼呼嗤嗤非常沒自信──我不禁在心底升起一絲陰暗的狐疑：媽的不會是哪個結了梁子的仇家，此際正把我寫進他的小說裡吧？我的牙醫替我在那缺口黏了一枚快乾塑脂的臨時假牙，但那像乒乓球顏色的螢光白突兀地顯出四周齒列黑色菸垢的不協調。我甚至擔心那顆牙會不會在夜裡全黑的臥室發光，嚇著了身畔的妻小。

錯誤的連結與想像。

義大利小說家迪諾．布扎第的一個短篇〈鯊〉，說的是這樣一個故事：少年史蒂凡諾十二歲生日那天，跟著他的船長父親出海，卻發現海面上有個東西，緊隨著船後兩、三百公尺的波浪裡。他的父親用望遠鏡也看見了那東西，憂心忡忡地告訴兒子，那是「全世界水手聞之喪膽的鯊魚。神祕、凶猛，比人類還狡猾，一旦鎖定了目標，可以緊追不捨長達數年，甚至一輩子，直到獵物到口爲止」。他悲傷地勸說兒子放棄對海的欲望：「史蒂凡諾，恐怕那隻鯊魚已經選中了你，只要你在海上一天，他就不會放過你。」於是那父親將少年送到數百公里外的內陸城市念書。但那隻鯊成了他揮之不去的魅影。他認眞念書，出社會後在商場找到不錯的工作。父親過世後，繼承了可觀的遺產。朋友、玩樂、戀愛、自己的生活，但那鯊像致命又神祕的幻影，像地獄的誘惑。他終於決定繼承父業，展開海上生涯。每一次出航，不分晝夜，不管風浪平靜或狂暴，那鯊永遠跟在船尾，奮力划水。

有一天，史蒂凡諾發覺自己老了。他擁有成功和財富，但他不快樂，「因爲他的一生都耗在大海中瘋狂地追逐，躲避他的死神。」於是他決定划一艘小船，「現在換我去找牠。」他終於在海上遇見那隻也衰老了的鯊。那鯊哀聲說：「我游了多遠才找到你。我也快累死了。你一直跑一直跑，你根本沒搞懂。」

原來鯊跟著史蒂凡諾游遍世界，只因爲海神託牠把一枚海珍珠交給他，誰擁有它，便擁有財富、權力、愛情與心靈的平靜。

但是太遲了，一切在初始便弄錯了理解的方式。他們兩個都這樣白費了一生。

一位我極在意的朋友，有一次這樣問我：「不知從何時開始，你好像開始固定了，只用一種哀腳的腔調在說故事，這是不是另一種向讀者撒嬌的方式呢？」

「是嗎？」但我心裡哀鳴著：就像是我腦海裡夢想著一部腳踏車，卻總被人抓住逗留在女人胸部上的雙手。「我並沒有……」「啊我不是那個意思……」「請相信我原初的想法……」對動機的解釋，以及對那個解釋的漏洞的再解釋。時日久遠，我也開始迷惑耽溺於解釋本身的迂迴、繁複與深奧。像一個精神病院的病人迷上了就自己的病歷診斷書和他的醫生抬槓。到他老去的時候，他們或會相信他所說的而發給他一套醫生制服。但他再也快樂不起來了。

偽魔術師

有一則新聞：高雄地區出現一名男子，他是個魔術師，專門在一些公園裡以變魔術的方式哄騙一些小女孩，然後將這些女孩帶回住處（「伯伯帶你回去變更奇幻的魔術噢？」），遂行猥褻或性侵害。日前警方將這名男子逮捕，但他只承認自己會變魔術，否認有性侵害行為，且因其非現行犯，在蒐證不足情況下，警方將其飭回。不料這名男子連夜搬家，乃致下落不明。警方擔心該男子竄逃至其他縣市，以相同手法對無辜少女犯案……。

像從那些「觀落陰」的內視屏幕上照見自己的前世今生：很久很久以前……也許我也曾是個擁有一身華麗技藝的魔術師，我賣弄那些讓人眼花撩亂的奇技淫巧只為了擄獲那些無知少女的心，讓她們忘記我身上發出流浪漢的臊臭味。有一天，不幸的事發生了，這位魔術師眞的愛上了一個女孩，他害那位女孩大了肚子，並且生了不少孩子，於是媽的他只好被推上街頭（那女孩生了許多孩子後，脾氣變得不很好），靠著那一手魔術騙點銅子兒，給孩子們買奶粉尿片讀蒙特梭利幼稚園。

我年輕的時候，總喜歡對那些無知的女孩們吹噓：「從前我可是混過的喲。」「我可是在街上把人打得滿臉是血哩。」……諸如此類。但到很後來我才發現自己竟然擁有一種所有男子漢羞恥畏懼的怪病徵——後來我查資料說那完全是基因遺傳使然——即我見到鮮血會昏倒。

第一次發生是我收養的一隻叫「古嘎」的狗（牠名字的由來出自李立群金士傑相聲段子裡的一位老伯的鄉音：「古嘎，古嘎，沒有古，哪有嘎？」古嘎者，國家是也）。牠的後腿被公路上的車輪輾碎，而且我直到牠被車撞近一週後才找到牠，據獸醫說，那些碎折的腿骨叉出皮膚，竟然在皮毛外面，像外接枝枒那樣不規則地癒合。我記得那天是一個叫狗妹的女生帶我去獸醫院，那位獸醫是位受日本教育、沉默嚴肅的老先生（他的法令紋極深）；助手則是他的夫人，一位長得像狸貓的老太太，我垂手拱立在手術檯旁，恭敬看著老獸醫一邊用鑷子和鋸刀切截下「古嘎」痿瘸後腿上歪斜而出的細小白骨；一邊看老太太用責備的眼神瞄我，並不斷墊上紗布止血。

那麼多的鮮血從那堆髒污破碎的孔洞汨汨冒出。

（那時我正想講個笑話緩和一下那緊繃的氣氛……）但我可能一下子就癱倒下去了。我醒來的時候，發現自己躺在獸醫院的磨石地板。獸醫的鞋跟就在我的臉邊，手術仍在進行。（那屋裡的三人可能沒有一個扶得住頹然暈倒的我。）我多想閉上眼繼續裝死，那實在太丟臉了。我竟然「眞的昏倒了」。後來當我紅著臉撐坐起來時，那位先生娘只淡淡地說：「眞沒效，那麼大個，還會怕血。」

另外一次則是陪當時仍是女友的妻，去萬華一間小診所。後來我才知道那個診所的老醫生是妻子家族上下三代的家庭友人，那次妻兩腳拇趾的趾甲逆插（台語叫「˙ㄉㄥ˙ㄍㄚ」）嵌入趾肉，兩個拇趾腫得像我們兒時一種零食羊羹球。老醫生一看就說要拔趾甲，而且幾乎就是當下要她躺上看診擔架床，塗塗酒精，（我不記得有沒有打麻醉劑？）便拿著老虎鉗拔將起來，那時只有我一個陪在年輕的妻的身邊，她的手恐懼地抓緊我的手。我一直安慰她不要怕一下就過去了，然後，像慢動作特寫一樣，我看見那個老虎鉗像開罐器扭開一罐果醬或蘸料的瓶蓋，把趾甲掀起，鮮血啵地一聲湧漫而出……。

等我醒來的時候，發現自己躺在妻的擔架床旁的另一張擔架床上。妻的兩個腳趾皆已包紮好了，並且她的大姊和小妹已趕來診所。她們憂心忡忡地看著我，或許是缺乏幽默感的關係，我發現那位老醫師不知如何向她們描述：這位年輕人只是……只是單純地見到血就會昏倒……。

於是你可能會想到一些無聊的問題：我曾不曾在電影院（那些鮮血淋漓的格鬥片或血液從門板滲出的恐怖片，或像《搶救雷恩大兵》之類大屠殺的戰爭史詩）的黑暗中，像小叮噹被拔掉尾巴電源那樣昏死在座椅上？或是經過市場的殺雞販或鐵鉤掛滿血淋淋動物內臟肢體的肉攤前，會不會咕咚一聲就倒下……。

大約是三年多前吧，那時我的大兒子大概才幾個月大，還只在爬的階段。有一個晚上，我們一家三口，像版畫童書或某些紙尿褲廣告那樣，親愛、寧謐、和平地在客廳裡共享天倫。然後是妻走進廁所，但等到下一個畫面她慘白著臉衝出時，我印象裡似乎從此我們這個屋子的光度便被永遠調暗了似的。

她抖著聲說：「有一條蛇在裡面。」

那是一尾龜殼花，一開始我妄想用畚箕掃把將牠撥趕盛起丟出去，但那蛇在壁間瓷磚遊梭的速度超出我的想像，牠快速地在馬桶、洗手槽、一旁堆放的水桶、臉盆、清潔劑和鞋架間竄爬。那樣的移動陰惻惻地，卻又帶著生物肉體的質感。我說：「乖乖，我不殺你，我們好商量。」但那樣的心念似乎無法傳遞給牠。某一個瞬間，牠暴衝的力道激起我最內裡的恐懼，原先誘導著拿畚箕的手腕突然狠狠地使力，像捏破什麼一樣，蛇頭部位濺開一小叢血花在白色的瓷磚上。

那蛇狂怒翻掙，那時我心裡陰慘地想：現在我是個父親了，我不會讓你來傷害我的妻小。於是像著魔一樣，拿起一旁的水杓，發狂地往那蛇頭蛇身上猛砸猛打，整間浴室噴滿了不可思議的鮮血（怎麼可能從那麼小的軀體中弄出那麼多液體），直到那一團稀爛的什麼不再搐跳。

我搖晃地走出浴室，對妻說：「我打死牠了。」說罷便暈倒在地。

垃圾時光

每個禮拜天晚上通常是我的「垃圾時間」——就像一場比分懸殊過大，無論怎樣神奇美技都無法扭轉勝負的籃球賽，最後那意興闌珊卻不得不消磨掉的最後幾十秒——那時妻總是帶著兩個孩子住回娘家，我卻總無法如自己宣告的「利用這段珍貴空檔好好趕一篇積欠稿子或讀點書」；而是，像影集裡的那些美國胖子，一攤爛泥地賴在電視機前的沙發上，任意亂轉頻道，讓自己的雙眼，像無聊裝在城市下水道的監視攝影機，既空茫孤寂，卻又時時詫異漂流過眼前那些似乎帶有某些城市隱喻的垃圾殘骸。

有時我會逗留在諸如《料理東西軍》、《火焰大挑戰》之類的日系綜藝節目。但不知從何時起，那種小學生五十人五十一腳五十公尺衝刺，或是徐若瑄和小內小南苦練參加國際標準舞大賽的動人橋段，突然就像漏了縫走了味的食材，怎麼翻弄怎麼料理都只覺鬆泡沒勁。有時我會恰好看到半場皇馬隊險被泰國隊踢平的昂貴球賽（作爲獻給皇太后祝壽之禮）；或是剪過的喬登「經典賽事」的某一次神蹟；有一次我不可思議地恰好轉台看到關穎珊在美國公開賽，那些像新型複製人一般彈跳，協調性、柔軟度、藝術美感皆完美配備的十七歲少女後輩環伺壓迫下，竟如水銀瀉地夢幻境界地完成一次無懈可擊的演出（有一位裁判眞的給了六．〇滿分）；另一次我是看到鈴木一朗在水手隊與紅襪隊陷入鏖戰膠著時分，在滿球數後黏著球棒幾個界外球之後，童話一般地撈出一支大滿貫全壘打……。

這是我的垃圾時光。但神蹟、童話、夢幻如此頻繁而不經意地在眼前上演，讓人熱淚盈眶卻又眼花撩亂地難免迷惑起來……。在那獨處而將自己放鬆、整補的時刻，世界卻透過其窗口，向你展演著華麗、秀異，以及天才那毋需辯證、不容懷疑的最純質的動人面貌。那當然是從一整大片浸染著亂七八糟髒污顏色的「世界圖景」布料上（那恰是小說家像拾荒老人寶愛收藏的）剪下的極小極小的一根絮線，但對我這種少年時即一路看《好小子》、《拳王爭霸戰》、《橄欖球之鷹》、《足球旋風兒》等運動勵志漫畫，乃至像《千面女郎》（講一個平凡少女如何以意志在階級森嚴劇院中力爭上游，最後得以挑綱演出一《魔幻之境》的傳奇劇目之女主角的故事）、《鄰家女孩》（講一對雙胞胎兄弟，那個人渣哥哥在天才投手弟弟車禍身亡後，爲了兄弟共同暗戀鄰家女孩的夢想，如何夢遊般地頂替弟弟的角色，把一支爛棒球隊帶進全日本高校生的最高殿堂——甲子園冠軍戰）……這樣的少女漫畫……長大的一代，實在太容易（即使是像魯賓遜困坐孤島對著一台冰冷的電視）在這些唾手可得的神蹟蒙太奇之前，像腦中被植入的晶片收到指令便嗶嗶作響，把「完美演出」當最美味的蛋糕囫圇吞下……。

大部分時候我則是隨機切入地看HBO、AXN、好萊塢台、東森洋片台……這些頻道上重播的一些好萊塢電影。這些片子，類型雜沓，品質不一。大部分是我平日無空上戲院買票或租DVD回家觀賞的所謂「商業片」。大部分片子我叫不出片名，有些可能是我認識那些搞電影朋友心目中的經典，有些劇本眞是超出我想像的天才……當然大部分是一些我不知道自己爲何捨不得轉台但終於看到結局內心卻晦暗不已的爛片。但是我說過了，那是我的垃圾時光，是我的整補時刻。我躺在沙發中，一臉愕然地看著那些電影漂浮的片段，或者就像我那九十多歲的阿嬤，每日中午總有辦法在某些頻道，找到那群千年如一日的歌仔戲演員或男扮女裝的黃西田，以及穿插其中的感冒糖漿、治肝丸廣告。

有時我恰好看到《黑鷹計畫》的結尾，一個小隊的美軍士兵（他們大約八、九個人）因爲搭不上救援撤退的裝甲運兵車（車上塞滿傷患和死者），只好全身穿著厚重裝備戴著鋼盔跟在車隊後跑步。但那些該死的車隊竟然自顧自絕塵而去，於是跑著跑著，只剩他們這九個原先躲在建築物掩體中，以優勢武器射殺成千上百擁上或開火的索馬利亞民兵或群眾的美國大兵，赤裸裸地暴露在光天化日下，他們跑得渾身濕透口吐白沫，像一群輸了球的足球員在整個客場觀眾的噓聲下狼狽退場（雖然電影裡噓他們的是之前黑夜中殺紅了眼看不見彼此的那些臉歪腿瘸的索馬利亞婦孺），我完全不理解爲什麼有這一段極長的，這一群重裝士兵在祭祀聖歌背景音樂中，疲憊、恐懼、孤單，又抓住一「我要跑離開這裡」之微弱意念的跑步段落。一如我可能完全不解導演原意或電影完整全貌地，片段看到《阿甘正傳》裡那個白癡阿甘，如何以故障的理解、無能感性或全然的天眞（因爲缺乏嘲弄的智商所以單純？）闖進，並且童話救贖了「美國夢」的傷痕暗影（那個越戰類型片中，少了下半身的上尉；或那個Woodstock後無法從藥物和濫交中脫身的花的女兒）。……我莫名地，以誤解的方式在孤自的客廳裡淚流滿面。一如那些我不知片名的，勞勃狄尼諾如何在一場被年輕後輩算計、出賣、背叛的黑幫合作劫案中，完美無懈地，優雅有教養地躲過輕蔑他「老了、孬了」的躁鬱後生的黑吃黑，成爲最後贏家（關穎珊的童話？）；或是尙雷諾以一探員身分，闖入一座詭異、封閉，將最優秀學者與最強健運動員配種繁衍出「完美人種」的古老大學裡的連續凶殺案（喬登、伍茲、鈴木一朗的反神話？）……。

有時我的心裡難免慌慌悠悠地想著：我的朋友們或正在書房和咖啡屋裡讀著海德格或者鈞特・葛拉斯，或新譯出的布魯東的《娜嘉》，結果我卻在這客廳的沙發裡，臉孔被螢幕藍紫光色暈染地，破碎而不連續地瞪著這些東西。像村上春樹裡那個被割開了瞳仁的「夢讀」，當他被叫去，無感情、看似緩慢笨拙其實在處理極大量無意義的資訊「洗資料」時，陰莖總會無意識地勃起……我總會這樣安慰自己：這是我的垃圾時光嘛，我只是在休息、整補，像我阿嬤一樣「覺得自己更靠近世界的溫度一點」……。

上禮拜天晚上，我和妻去看了一場小劇場演出。我大概有一百年沒進小劇場看戲了，那是一個昔日朋友的邀約。演出地點在民生西路延平北路一間老舊按摩院的樓頂。我們遲到了半小時，穿過寧夏夜市那些攤販一盞一盞黃燈泡的輝煌、骯髒、大火快炒的油煙街景（那些炒羊肉、鱔魚炒麵、炒海產、印度羊肉串、豬肚湯和百年青草茶），走進那間打光、空調、布景皆恍如一場少女夢境的表演場子（一個包括表演區和觀眾席不到三十坪的封閉公寓裡）。幾個不同的場景始終是兩個穿著白色睡衣的女孩，她們或是臉蹭臉親密嬉戲，或是戲偶般互相傷害、控制對方、背叛或說謊。不時夢囈般地問（或自問）：「你是純潔的嗎？」她們也許在焦灼地等待一件將要發生但遲遲未至的重大傷害；也許兩人互相推諉、無能救贖對方地試圖回憶一個「失去天眞」的過去……。

有一度我坐在後排塑膠椅上焦躁起來。我看著黑暗中妻的側臉，她是如此專注地看著她們的演出，而我卻像壞掉的太空船裡所有零件、食物、扳手、咖啡杯皆失重飄浮。我無法串連那些看似即興的，無情節的走位和表演（表演兩個少女間的傷害和不潔感）。後來我突然想起現在不是禮拜天晚上嗎？不正該是我的「垃圾時光」嗎？此刻我不是正生理時鐘地賴在只有我一人的沙發上看著那些斷肢殘骸的好萊塢爛片嗎……。

一個都不會少

那時我看見有四個人圍著我的車子，其中一人像在研究什麼般，反覆摔著那右側車前門。我走上前去，面露微笑（我不知道我的車出了什麼事），問他們：「對不起？這是我的車耶。」像討好或商量一樣，那個摔我車門的傢伙抬起頭，露出一臉燦爛的笑：「是啊，這個車門壞了，你看。」他又將那車門砰砰摔了兩次，表示那車門確實無法關上。另外那幾個，這時已全跳上貼停在一旁的另一輛車上，駕駛的那個從車窗探出頭來，叫和我說話的那個快上車，「喽擱在那囉唆！」然後他們的車便像電影演的那樣，嘎嘰震跳一下，然後揚塵而去。

他們的車離開停車場前的一瞬，我用力地記下車屁股的車號。像那些被迷姦的少女醒來後本能地想從對方身上摳下一點證物。「我被偷了。」事後回想我可能在和他們照面的當下就知道了。「我正在被偷。」「我撞見他們偷竊的當下時刻。」爲何我會像青蛙被蛇催眠或小叮噹看見老鼠昏倒那樣，自動化地跳轉進一種遲鈍緩慢，甚至友好善意的狀態？（因爲我怕落單一人在這空曠之地被他們四個用刀子捅？）許多年後我讀了村上春樹的《地下鐵殺人事件》時恍有所悟：那許多在城市自動化運作系統中節制並感受自己和他人身體關係的上班族，在目睹像地獄景觀人們在面前口吐白沫跪下扭曲面孔最後抽搐死去，還無法反應過來，「是吃壞肚子了嗎？嗯？還是癡漢喝醉酒了？」那樣的慣性冷漠使沙林毒氣中毒的人們像街頭劇場一樣滑稽且誇張。

這是六年前的事了。那天距我與妻的婚禮不到一個月，我的人渣朋友老興恰也在那一陣前後娶親。我那時還住在陽明山，那天是老興和未來的嫂子拍外景婚紗照，他們和攝影師、助手開一輛車，我和妻則另開一部車嚮導「私房景點」，當然私下亦有些替自己將要拍的婚紗照勘景的意思。

我們一路從各各他教會、林語堂紀念館、蔣公行館、水源區水閘門、冷水坑，拍到海芋田，妻的興頭仍非常大（你就知道那些準新娘們對那一本婚紗照有多熱中了），我則疲憊不已（我已預見自己將要像老興那樣，穿上白色燕尾服西裝，像耍猴那樣任著那些娘娘腔的攝影師一路擺弄）。後來我們說好到大屯山做最後的收尾。也是合該有事！他們在取景時天空開始飄雨，我就是回車上拿傘時撞見了那群將我的車開膛破肚的竊賊。

魯西迪在他的小說《羞恥》中，描述了一個因腦炎而變成白癡的女孩，她一出生就臉紅，「腦炎使蘇菲亞·齊諾比亞異乎尋常地接受飄浮在空氣中的各種事，並使她像海綿一樣吸納大量未被感受到的感情。」魯西迪這樣寫道：「你想像它們哪裡去了——我指的是那些應該感受到卻沒有被感受到的感情——例如對一句尖刻話的遺憾，對一次犯罪的內疚、尷尬、失禮、羞恥？——想像羞恥是一種液體，譬如說一種可使牙齒朽壞的起泡的甜飲料，放在一個自動售貨機裡。按下正確的按鈕，原有一隻杯撲通一聲掉下來，盛住一注嘶嘶叫的液體。……但是，那隻不知羞恥的手卻伸進來，急忙把那隻杯拎走！按按鈕的人沒有喝到買下的飲料，那羞恥的液體溢出，在地板上擴散成一個冒泡的湖。」

這寫得多好。我記得六年前的那個下午，我一個人站在那輛有一邊門已被粗暴撬壞關不起來的車前，竟有一種近乎發燒的羞愧。我要怎麼去告訴他們？「我遇見一群人正在撬我們的車，我以爲他們在幫我們修理車門。臨走前我還對他們謝謝，揮手說慢走？」事實上那個人咧齒對我笑著的時候我亦微笑以對啊。羞恥與機械性的傷害一起注入被傷害者的體內。我查了車內，不幸的是妻的皮包扔在車上（我上了鎖）。

結果損失比想像中嚴重。我去湖邊喚回大家——那整個過程我像夢遊般喃喃誦著那個車號的幾個字母和阿拉伯數字。彷彿一閃神，那組數字就消失在一片曝光之中——妻的皮包內除了岳母那天早上剛給她打理婚禮瑣碎事項來不及存入的八萬塊，還有一堆我母親塞給她的一些當年出嫁時我阿嬤給的金鍊子金手鍊金戒指（雖然已髒污褪色），還有四五張金融卡。在我們那麼貧困的年代，我正幸災樂禍說那幾個笨賊，到時每一張卡試半天密碼，嘿嘿結果吐鈔機單據全是餘額不足，妻卻慘白著臉說之中有一張我準岳父的卡，裡頭存了四十幾萬。

於是老輿伉儷和攝影師回婚紗公司繼續拍棚內，我和妻則開著那輛門得用手拉住的，無法抹去一種殘花敗柳意象的車子，從巴拉卡公路下山到轄區派出所報案。

那是我第一次走巴拉卡公路（我在陽明山住了近十年），那時夕暉將遍山的芒花染成一種夢幻似的金箔顏色。妻陷入巨大的自責（後來她養成了一種無論多不方便，絕不把稍稍値錢的東西留在車上的神經質習慣），我則暗自爲著婚禮前這場暗喩式的災難場景，自己卻演出了一個沒有男子氣概的丈夫角色而窩囊不已。

但那只是那天接下來漫長的卡夫卡情節的開端。

我們在一間瀕臨著一處山坳眾多山雞城的小派出所作第一次筆錄。（我記得那位警員不斷寫錯別字，還時不時問我該用哪個公文體連接詞。）我很快便發現這件案子的規模不是這間小派出所能承接。他們的主管用電話向上級單位報告案情，然後他們用巡邏車送我們下山，把我們移交到淡水分局。

那之後我亦曾因一些奇幻遭遇，幾度進入不同分局的刑事組作筆錄，但沒有一次像那回在淡水分局那般溫馨榮寵。（我曾在北投分局作筆錄時，因爲擋住一位刑警看股市盤的電視，被大聲斥罵；另一次是去松山分局領被竊車牌，他們竟要我和那個被銬在鋼管上的小偷並肩而坐，那時我眞怕他把我掐死。）一位刑事組長（他要我們叫他劉大哥）非常熱情地要我們在大理石沙發坐，然後他在一組非常講究的茶盤上表演了他泡老人茶的修爲功夫。那兒原來就坐著一些人在擺龍門陣，他們也都笑瞇瞇地讓茶、打菸、請檳榔、還剝柚子要我們別客氣。那許多年過去，我已不很記得那些來來去去的人們說了些什麼驚世駭俗的內幕。但我很確定我恰好闖進一群老江湖正在「故事大鬥陣」。這個說什麼劉煥榮被包圍那晚他就是面對面開第一槍的；那個說什麼當初哪個軍閥用炸彈炸開慈禧的墓，一共得三顆夜明珠（一含口中，兩手各握一），兩顆在蔣夫人那兒，還有一顆就是在下手中盤的這粒；另一個又說什麼上次深夜在大度路開車遭女鬼附身……，那些江湖故事聽在我這「小說瘋」的耳中，眞是如癡如醉，宛若漫天煙花。

後來我開始有點浮躁。我們這不是來報案的嗎？（我竟也開始嘴癢想跳下去和他們飆故事。）但是那位劉大哥穩住了我們。他要我別急，他替大家訂了便當。他說這幾個小偷他媽狡猾得很，已經十幾起這種撬車鎖竊案的報案了，全是在陽明山的風景區，他們也曾放便衣在那一帶蹲點，但就是抓不到。這次竟然給你堵到，還記下車牌。他告訴我，我記下那組號碼，開頭FF一看就是租的。他們已查出是土城一家車行，還押著其中一個傢伙的證件，我們已經從電腦裡調口卡，晚一點就會傳眞過來。然後他向我們介紹，這位是我們以前的長官，現在就是幫我們進口一些運動器材（那位有夜明珠的中年人說：「就是混口飯吃。」）；這位是《聯合報》的大記者……。

一個小警員拿了一張傳眞過來遞給劉大哥，「來了來了，」劉大哥拿到我眼前，「你看是不是他？」

那時候，那一屋子的人突然像被用鋼筆線條刻進版畫裡一樣不眞實。他們嗡嗡轟轟說著故事。我的面前是一張黑糊糊碳粉粒太粗的傳眞紙臉孔。就是這張臉嗎？是對我微笑的那個還是駕駛座催人的那個還是另外兩個？原先那麼自信烙刻在腦海裡的那幾張臉突然以鼻梁爲中心向五官角落晃蕩。那時我只想趕快抓到那幾個混蛋，「把那個紙杯放回接住那滴落的羞恥液體。」我說：「我不確定是不是這個人。」

劉大哥露出快昏倒的樣子，「你不要開玩笑。」他已穿上防彈背心掛上槍帶。他說車行說他們今晚該還車，現在人還沒出現。我們只剩一、兩個鐘頭趕去土城。（而且算越區辦案哩。）你現在只是一個程序（當然我們不能誘導證人判斷方向）。不過你先確定了，然後跟我一起去把他們逮到偵防車上，你再認，好不好？保證一個都不會少。

我說：「我不知道，我認人的能力很差。」

那是許多年前的事了。我記得那時我和所有的人對峙著（包括妻，還有那些警察），那個房子的光度變得極暗。只有我眞正見過那幾個傢伙。但我原本極清晰印在腦中的輪廓那時卻怎樣也想不起來。

想我人渣兄弟們

看完蕭雅全的電影《命帶追逐》令我生出許多感觸。蕭與我是同世代之人，我與蕭君曾有一、兩面之緣，但皆在一亂烘烘人員眾多的狀態，總不及深談。我記得有一次是在萬芳社區的一個工作室（關於我曾在那間魔術盒子般的工作室裡聽來的許多奇幻故事，我總想把它們拖延至我的故事擰乾了，才當壓箱寶祭出），那時便是眾人七嘴八舌給蕭君的初稿劇本出意見，那時候的故事裡有一個洗屍體的女孩，這位洗屍妹有一個怪癖，就是她老在只有她一人與屍體獨處的洗屍間裡，替每一具屍體看掌紋算命。「……那等於是句號的人了，就是不是說你明天會怎麼樣，而是你現在就『怎麼樣』……」（這是導演的話）。後來不知怎麼，電影裡把這個女孩的角色整個刪去，變成了一個「替中風父親看顧當鋪」的男孩的故事。

不論是洗屍體或是當鋪，那裡面都紛雜迷亂抑藏著一種我這個世代之人，吊兒郎當面對著四面八方擦撞貼身而來的無表情之人；面對著被玻璃、金屬、水泥、花崗石各式材質建築，以方形積木線條切割著我們的視覺景框；面對著王安憶所說「城市無傳奇」那樣破碎不成身世，滿街盡是那種「廣告 face」——酷得不得了的造型、ㄍㄧㄥ得要死的腔調和表情、講究得近乎知識考古學般繁瑣的食物品味和名牌知識——一開口，五分鐘內就把這一生乏善可陳的故事乾巴巴地講完了……面對著那樣的世界，一種「不知道怎麼靠近過去」，卻又發狂地想在那橡皮擦擦掉了所有細節的平板白紙上，找到一種故事縱深的素描方式。

所以洗屍間或當鋪是多麼讓人著迷的處所。它們同樣是封閉而孤獨的空間。一批批來去的人們都處於一種溫順、被動、任你宰割的位置。洗屍人的手掌撫摸著一具一具冰冷的屍體：他（她）們的臉廓、眉骨、耳朵、嘴唇、頸脖、肩胛、乳房或陰部。你任意翻看他們的掌紋，猜臆他們的性格、職業、一生經歷的愛恨情仇、榮耀與屈辱。

在後來的電影版本裡，導演將那個封閉劇場改在了當鋪。我不知道這或許是較不驚悚但確較聰明的設計。人與人的關係變複雜了——不再只是一個女人和屍體們的獨幕劇——作爲身世（或身分）調閱的線索也繁複起來：每一個走進當鋪的客人總有他們陰鬱而挫折的故事。他們總是表情曖昧（像碰觸到社會最底層的羞恥），囁嚅地反抗著當鋪對他們那些華貴不捨的典當物的貶抑和糟蹋（當鋪這個行業，原就是建立在「糟蹋別人最珍貴物事」）。所以這個行業唯一的職業道德，就是一，不能有任何窺探客人隱私的好奇心；二，在那樣面對來者皆處於一種自暴自棄灰暗情緒的張力邊緣，不能有任何製造出一絲滑稽嘲弄漣漪的可能（不能笑）。這有點類似那些暗巷裡替不幸少女墮胎的地下流產士，或是「馬伕」（接送妓女者），你總會困惑爲何他們全是一張隱沒在暗影中，沒有表情的臉。

《命帶追逐》的男主角只是因爲父親中風住院而暫代看管當鋪——他且因一次機車摔車而永遠失去了自己的掌紋——那樣具備「身世匱缺」強烈暗喻的一個傢伙，進駐了當鋪這種「來去之人暫時將自己某一部分身世卸下交出」的空間；再加上他的小女朋友（她是個半吊子的手相算命迷）。他們總是強忍著噗哧笑出的衝動。但是那麼年輕卻被困頓擱淺在一間當鋪的暗室裡，守著一些陳年破舊的流當品（小女生總是說：「好無聊噢。」），使他們忍不住想出一些捉弄那些可憐兮兮典當客的遊戲，以消磨那停頓的時光。

然後這部電影像一只玻璃瓶輕輕放倒，裡頭盛的一些水無聲地流出。男孩走出那間閉室的方法，竟是背著小女友和一位典當名錶的女客人調情。他們偷情幽會的劇場演出卻是在城市地底來回穿梭的捷運車廂上，以流動攤販的形式（沒有比這更流動的方式了），向那些一臉木然的城市乘客吆喝叫賣那些流當品。

換一個女人。換一個職業。走出房間外那個不理解的世界。我總是在很多年後，在不同的場所不經意地遇見那些沿途遺落在不同時期記憶的人渣朋友。我們相遇時總是那麼地陌生且羞赧。似乎我們各自的身體裡皆收藏了那麼短短一段相對於一生顯得無用如闌尾的時光。而我們在那樣坐困愁城撥光晃影的停頓時刻，除了窮打屁，對於彼此是怎樣的一個人竟一無所知。重點是這些傢伙們沒有一個在日後變成眞正的人渣。他們現在的職業也像「洗屍人」或「當鋪」，充滿了面對並栽入那個眞實世界的可憐盼想。他們的職業恰與年輕時那間「擱淺的房間」完全相反，是那麼具備網絡的隱喻。譬如有一回在誠品的安和路對街遇見邱君，當年他是我們高中的籃球校隊。我記得有幾個午后，我在他的書房聽他放一張叫「克里斯迪博夫」的歌手的唱片，我記得有一首歌叫〈十字軍東征〉，那些歌詞如今想來仍優美如詩。但這傢伙一邊放唱片，一邊告訴我他去游泳池觀察到的心得，那就是不曉得爲什麼「所有胖子的老二都非常之小」。我記得那時我聽了，力持鎮定，內心卻駭異驚慌。現在他在永和自己家樓下開了一間洗衣店。

另一次是在一家郵局的提款機前遇見老朱。他告訴我他的工作是「影印機的推銷員兼維修人員」。我曾有好長一段時光跟這個老朱在冰宮鬼混。有一次我們打賭誰敢打赤膊在跌跌絆絆擠滿高中男女的冰池上滑行一圈，後來我們又賭誰敢打赤腳在那些冰刀刷刷劃過的冰面上小跑步……。我猜沒人會想到，一位穿著制服到府維修影印機的工人他曾身懷冰上菲利浦跳轉一圈半的花式溜冰絕技？還有。還有許多。他們後來的職業與我們年輕時屌不拉幾詛咒全世界的叛逆模樣相比，眞是平凡無奇得令人黯然。有一個大學四年全泡在電玩店賭麻將的人渣（我後來完全沒有看任何A片的欲望，就是當年在他的宿舍被成千上百的AV錄影帶看倒了胃口），現在竟然在竹北的一家養雞場上班。還有一個混工運的聰明傢伙，喝醉以後就跑到我的宿舍用射箭社的箭矢戳刺自己大腿，搞得我房間鮮血淋漓。我最後一次遇見他時，他剛應徵到信義房屋作 sales。

沒出現時你偶爾會想念：這些傢伙後來都到哪去了呢？但是當你在大街上遇見他們時，（原來都還在），他們變成了素菜料的進口商、小學代課老師、兒童劇團的導演、大愛電視台八點檔「眞人眞事」連續劇的編劇、戶政事務所的土地丈量員……。

那似乎是我那個世代的人，用一種化整爲零的方式，和那個「不理會你撒嬌」的世界，和解，並且沒入其中。

在那許多個停泊在年輕時光的房間裡，其中有一個房間……。

那時我們裡面有個傢伙（我竟完全忘了他的名字），他的父母是在復興美工的校園裡開合作社。我記得那時我們一票人無處可去總窩在他們家樓上堆滿作業簿圖畫紙各色廣告顏料小玻璃瓶的閣樓。我們把那兒弄得煙霧彌漫，連馬桶裡都塞滿菸蒂。我們滿口三字經（像是爲了要塡埔那空洞乏味的對話），無聊之極。有一次有一隻蟑螂，在那昏黃的燈光裡，斜斜飛翔恰好撞進其中一人的嘴裡，大家就爲這樣的小事樂得要命。

我記得那個下午。那個房間裡五六個男生就只有一個女孩。她是個可人兒。她是我們裡頭一個叫徐一民的青梅竹馬。他們是一道從高雄上來的。這個徐一民是我們那夥最夠義氣性子最烈的。我記得在那柔焦的景框裡，所有的哥們都在躁急向徐一民咕噥勸進什麼。似乎是那天不在場的一個不夠意思的傢伙，對這馬子有意思，已經展開了一些追求動作。我們義憤塡膺地要徐一民不要掉以輕心，爲什麼不就把女孩把起來呢？

我記得那整個過程，女孩皆不慍不惱跪坐在房間一角翻雜誌，似乎她也默許著我們的起鬨勸進。倒是那徐一民面無表情一臉雞巴相一根菸接著一根菸吞吐。

後來女孩去上廁所（那個塞滿菸蒂的馬桶），徐一民突然爆開：「操你媽的你們那麼喜歡她，你們不會自己去上啊？」

這句話深深傷了哥們的心。後來女孩回到房間，全部的人陷入一種憂鬱的沉默裡。我記得那天最後是我送那女孩去搭公車，她穿著一身那年代流行的水兵領洋裝，她腿肚與那白色裙褶相比顯得又黑又瘦。她從頭到尾都沒露出一點被羞辱的沮喪。我那時確信她的心智比我們那一整屋子的人渣們要成熟一大截，我且深深爲著徐一民錯失了極珍貴的什麼而痛惜……。

我後來倒是不知道徐在從事什麼行業。

空城計

從除夕開始，一直到年初一、初二、初三甚至初四，台北成了一座空城，據說有兩百萬人返鄉過年。（我初聽這數字時充滿疑惑，想不起才不久前的市長大選時評算選票，這座城究竟有多少人口哪？）那樣的街巷俱空讓留城之人彷彿置身一座假日後空蕩蕩的大型主題樂園：那些輝煌燈光下五彩斑爛的迴旋木馬仍在玩具兵進行曲的音樂盒伴奏下兀自上下旋轉；那些恐怖古堡裡的電擊閃電效果、海盜船的大砲、噴火怪龍和蝙蝠、惡靈的桀桀怪笑、砍頭的酷刑場面……各種機關和效果仍千篇一律地重複，只是由履帶牽引送進再快速迴旋俯衝進去的玩具列車，上面的座椅空無一人。

那樣的空城之感在於那許多繁瑣而緊湊的小機能、局部關係互動的小場景一夕之間被抽拔而去：你再看不見巷口等著垃圾車收不落地垃圾的阿婆主婦或菲傭們在交談；也不見那像紅色金屬屎克螂般的拖吊車，三、五輛成群閃光燈亮著猴急地在巷弄裡穿梭把車子拖走；你熟悉的 Starbucks 櫥窗裡不再是拿著時髦手機吊著腳坐在高腳椅上的漂亮妹妹，或那些西裝筆挺桌上堆滿企畫案報告書的年輕業務員，那裡面一片漆黑，椅子竟像打烊的古早客棧那般倒疊在桌上；街道兩旁的商家們全部熄燈且拉下鐵捲門。（即使在不景氣的這兩年，台北的商家在關掉門面招牌燈的平時夜晚，仍會驕傲地不拉下鐵門，讓櫥窗裡那些奪目的翡翠手鐲、眞珠項鍊，或是穿戴在造型模特兒假人身上的名牌服飾，仍在小盞夜燈下撐住城市的華麗夢境。）所有的街角小吃攤、賣仿冒LV、香奈兒、Burberry、愛馬仕皮包所以逃警察的地攤全不見了，警察也不見了，圍聚著殺價的女顧客也全不見了。更讓人悵然若失的，那些入夜後從麻辣火鍋城兩頰酡紅擁出的豪華美婦，那些在鼎泰豐騎樓大排長龍的日本人和老外省，那些在義式料理餐廳裡像夢遊者般的俊美侍者，或迴轉壽司吧檯下盯著一小碟一小碟泛著橙色或冷光的球形食物經過的饞嘴美少女……所有的人全像收回魔法的豆子們那樣消失了。

當所有人都離去了，那種近距離用身體和人幹拐子搶位置或按捺性子以換取一種較大便利或流動的慣性，突然被一整片空蕩蕩的黑暗之城取代（只剩下無人提款機、街角的麥當勞、便利超商裡一臉孤兒表情的大年夜工讀生，以及地底冷寂空蕩的無人捷運站），你突然像一只不斷吵著「這杯茶好濃，顏色好深」的茶包，被提起來放進一個冷水玻璃杯裡，那些嘈雜、厭煩，甚至憎恨的城市記憶，從你的身體裡頭殼裡，一小股一小股地暈散出來。

你覺得前所未有的孤單，彷彿自己距離世界如此之遠。當然在這座城市裡，你從來也沒有距離「世界」近過。但你從前至少像是生活在一具巨大且構造複雜的衛星收訊喇叭裡的螞蟻。你回家打開電視，賀歲節目仍是那些天才諧星表演一首歌裡快速變腔模仿劉文正、高凌風、伍佰、李登輝、阿扁、李炳輝、阿吉仔……的繁複技藝；或是星座專家預測羊年S.H.E.或張惠妹或孫燕姿星運將如何如何；你且看了一場湖人與國王不可思議宛如夢幻高水準高比分的比賽；你換了幾個台，發現諸如《前進大上海》、《台灣人在大陸》、《美食大三通》的美食節目讓你眼花撩亂，從前《料理東西軍》的年度經典對決懷石vs.滿漢或秋刀魚料理vs.松茸料理的人氣場面，開始被（以相同的戲劇性操作了攝影機帶進廚房特寫食材、料理程序及手法；傳奇般的古老技藝或祕傳調味；以及最後主持人在品嘗之瞬恍如性愛高潮的迷醉表情……）大陸各地美食（西安的羊肉泡饃、葫蘆頭泡饃、西湖醋溜魚、浙江涼拌馬蘭頭、安徽毛豆腐……）給侵奪竄位，……於是你又覺得離世界似乎不那麼遠了。「世界」仍在那兒，並未離你而去。但當你關掉電視，走下樓，仍是一片漆黑空城，只剩下大馬路上像傻瓜般兀自閃亮的紅綠燈和測速照相機。

那樣的年節裡，那樣因爲你的城市像熄燈的遊樂場突然空寂無人，於是你變成魯賓遜無比眷戀地盯著那只平日憎恨嘈雜塞滿垃圾訊息的電視機箱子，只爲了向那些想像中的人群靠近取暖。像那支無比清冷孤寂的液晶平面電視廣告：一個一臉蕭索的年輕男孩，在他房子的各角落，刷牙洗臉刮鬍子煮水喝咖啡，一旁總有一對男女在進行著戀人的私祕行徑：纏綿、爭執、哭泣、慰撫。但那年輕男孩總對一旁發生的這一切一臉漠然，沒有被侵犯的焦慮，沒有互動。後來那戀人裡的男子大約是離去了，男孩的大床旁躺著那個啜泣的女人。他突然坐起，一臉失眠者想起什麼的表情，拿起遙控器一撳，把那個女人給撳掉消失了。這時旁白出現：「二十一世紀，讓你決定電視的位置，不要讓電視決定你的位置。」那時，在那些年節前預錄的，其實和平日裡口水滑稽打屁逗趣並無二致（你置身的那座城市其實已停止運轉，但他們仍努力把那只小箱子裡的世界弄得熱鬧滾滾，彷彿有一個抽象的「年」如此眞實飽滿在那兒進行），那些創造力早已枯竭耗盡的賀歲特別節目之間，突然出現一幅遠距而空曠的畫面：在藍紫色的晴空上，拖曳著一條白色雲霧的凝結尾，隨著攝影機的特寫，這條凝結尾分解成數條凝結尾，那個畫面如此明亮、如此寬闊而無憂。接著，新聞快報的跑馬燈打上這樣的字幕：

哥倫比亞號太空梭空中解體，機上七名機員，包括以色列第一位太空人拉蒙，可能悉數罹難。

（所以這個世界並未停止，仍在運轉了？）

當天稍晚的新聞相關資料和畫面豐富起來。有一個鏡頭甚至特寫著草地上一只焦黑的太空人頭盔。白宮已排除太空梭高空爆炸係遭恐怖分子攻擊之可能。美國各政府機關宣布降半旗。太空梭碎片撒落在德州達拉斯市南約一百六十公里處。NASA 對當地居民發出警告，籲民眾勿碰觸太空梭掉落之碎片，指其可能含有有毒成分。事實上已有若干名疑似機上太空人之屍塊被尋獲。而當哥倫比亞號甫墜毀，已傳出殘骸現身 eBay 網站上被拍賣……。

因爲太遙遠，且與這個災難有關之修辭皆極科幻、科技，並且拔高在人類智力最頂端的想像密室裡（當然有一些諸如「伊拉克人欣喜若狂，認爲這是眞主對美國的懲罰」的裝飾音，讓整個事件像《世界末日》、《ＩＤ４》或《第五元素》之類的好萊塢科幻類型電影，帶有一種運動競賽式，對抗的戲劇情感），讓人彷彿聽聞「遙遠歐洲某座古老歌劇院被大火付之一炬」，不太能與那些動輒上百條人命且屍塊橫飛的飛機空難場景連結。

我記得我高四那年（也就是「挑戰者」號太空梭當著全球電視觀眾的眼前，像一枚巨大的沖天炮甫升空便在大家的頭頂爆炸的那年），糊裡糊塗跟群人渣朋友進到二輪電影院看了部北歐怪片《狗臉的歲月》（那間該死的戲院讓我們以爲那是部北歐Ｒ片），我記得那部片子的片頭即是一個小男孩對著漫天繁星囈語，像對外星人發射一遍遍疑問的訊息。

——一條狗被大人們做實驗送上了太空，他們只準備了五天的食物，那隻狗後來是餓死的，我想牠死的時候一定很不舒服。

——一位修女在東非傳教時被暴民用亂棒打死。

——一位特技騎士排了三十一輛巴士要飛越。如果，他只排了三十輛，他就不會死。

諸如此類。更多的細節我已不復記得了，我記得男孩生活在一個以燒製玻璃爲產業的枯竭小鎮。他的母親因肺病死去，心愛的小狗被迫送走，還有一個垂死的老頭要男孩念女性內衣的廣告給他聽。我還記得一些破碎的片段：足球隊裡敏捷剽悍的漂亮小女生把他拉去密室，向他訴說自己胸部「失控」發育的苦惱，還有在金黃光輝下，玻璃工廠裡讓藝術家（？）

作裸體模特兒的大乳房美女……。（不知爲何，我竟在這個有七個外國太空人在遙遠高空爆炸猝死的年節，如此清楚地回憶起一部許多年前的電影？）

我想上網多瀏覽一些關於太空梭空中解體的新聞，卻發現我們的網路租金欠繳三個月已被斷線。大年初五，人們陸續回到這座城市，我收到一整落報紙，包括了除夕以來空缺了五天的國內外所發生大事。美國總統布希在追悼會上發表了一段動人的演說：「對太空探索與發現不是一項選擇，而是刻畫於人類心中的渴望。」他說：「脫離地面與重力的束縛是人類古老的夢想。美國尋找到最佳人選，將他們送上未曾標記的黑暗而無垠的太空，如今七名太空人爲所有人類而安息，所有人類都虧欠他們。」

我怕我怎麼說都顯得輕薄。但我當時心裡確實哀嘆一聲：事情大條了。世界已被拉高到「人類」的層次。那已無法僅因你枯寂無聊揿下按鍵便讓它消失，或僅因一座城市短暫的空城陰謀便讓你以爲可以按鍵自動消失。

隧道

有一些聽來的故事總罕異怪奇地叫我抓耳撓腮，無從辨其眞僞，不知如何是好。雖然說故事之人信誓旦旦他所言句句屬實。「眞的。是眞的！」譬如前輩唐諾曾告訴我一個怪故事。他說他家隔壁住了一對老夫婦，「非常可憐。」他們本來有一個獨子，後來替這兒子娶了一個媳婦兒。老夫婦倆用老本花了筆錢，在自家樓上加蓋了一層，且照著年輕人的時髦風格好好裝潢了一番。沒想到沒幾年那兒子便死了。守寡的年輕媳婦仍和這對老夫婦住在一起。他們不知從哪又去替這媳婦找來一個年輕男人四個住一塊兒。這已經有點怪怪的是不？更怪的還在後面！沒多久那媳婦兒也掛了，這個房子剩下那個和這一家毫無關係的男子和大受打擊而變得有些癡傻的老夫婦住在一起。後來男子又從外面找來一個女人，儼然形成一個全新的小家庭。好在這經過某種奇怪的洗牌（或曰移形換位）而變得完全無關的兩對夫婦，雖然是同一扇大門進出，但究竟是分住不同樓層哪。

我記得初聽這故事時駭異極了。「眞的假的？這一定是您編出來騙人的！」但唐諾先生顯然對我的激動態度感到侮辱：「我騙你幹嘛？他們眞的就住在我們家隔壁。」

有一些故事如白鯨潛航於深海下面，我們像被海風鹽蝕得滿面枯槁的老漁夫，成日價被那些蝦蟹螺貝海藻小魚般的新聞八卦塞得滿耳滿眼。偶然地，那麼無從預期地，那個故事像一具完好壯麗的身軀，從時間的無意識洋流裡破浪而出：嘩！我們只能崇敬且感激地注視那純潔而元氣淋漓的故事本身。

譬如說，在異國的火車車禍中重傷而腦死的美麗女主播，三個月後在北京宣武醫院裡張口說話，會算術、會移動手腳，甚至會認人。這麼簡單的情節，不知爲何使我們眼角濡濕，我們想不起那過去的三個月間，啃食了多少隻餿雞爪般的垃圾新聞。本來我們其實也想不起那個名字對上哪張臉。我們滿臉愚癡地盯著電視，心想這個女人大概完蛋了吧？然後三個月過去：華航空中解體、世界盃足球賽、章小蕙害兩個男人破產、鄭余鎭與王筱嬋、陳總統的一邊一國論風暴、股市狂跌……。

然後那個美麗的女主播醒了過來。

譬如說陳寶蓮棄留下她剛出生的女嬰，從上海的十四層高公寓跳樓自殺。所有盯著電視的人們似乎都在心底聽見那「砰」的一聲落地巨響。有一則報紙評論用了「預知死亡記事」這個馬奎斯小說作爲標題。似乎在那墜地之前的時間，被分割成無比緩慢的展列照片：恍神女王。她大鬧機場被警衛駕離時那令人難以置信的浮腫五官，她那向著鏡頭劈張開幾乎將腿根處褻褲露出的粗壯大腿。她挨著臉被歪著鼻唇的乾爹黃任中親吻的經典照片。或是「香消玉殞」後（又回到最初的，敗壞垮掉之前的那張性感美麗之臉），一幀一幀初出道時的年輕豔照（但那眞的是遺照哇）被眾八卦雜誌爭作封面……。

「這就是我們哪……」

或者像是那對少年。八年前他們分別十一歲與十五歲。他們在一個國小的地下室合力勒殺了一位正在洗車的年輕女老師（一個大人）。較大的那個且猥褻那具屍身（或許當時並未氣絕）。他們因害怕被害人醒過來指認，用水混消防砂覆蓋被害人口鼻。作案後那個小學生「看到大人爲命案在學校進進出出，只覺得好玩」；主嫌的中學生「八年來一直在胸前掛著符咒」。

那樣地殘虐。剪影般的殺戮畫面。犯罪後氣喘咻咻只有共謀兩人在場的亢奮與恐懼（所以他們相互賭誓誰若將此事說出去就「變成小狗」）。那似曾相識的少年時代曾模糊經歷過的氣味、光影、眼神……如許涼颼颼地泛雞皮疙瘩地在心底搖晃了一下。多僥倖哪，自己是怎麼走過那滿腦子超現實的犯罪念頭，而並未眞正地犯下罪行。那麼平靜地活在正常的世界裡……。

那兩個少年，在終於案發被逮（報上像犯罪百科地解釋指紋檔比對，少年犯罪防治法）前的這八年，心裡一定這麼想：也許這一生，就這樣像什麼事也不曾發生地待在這個「正常」的世界裡了吧？也許那隨著時間慢慢淡去的地下室的場景，不過是一個兩人避開比對而愈想愈像當初吹牛唬爛編出來的夢境？

因爲再沒有其他人在場了。所以事情像從未發生過一樣，女人像氣體一樣在人間蒸發，而男孩們持續地長大。

我記得我高四重考那年，很長一段時間，我會在每個禮拜天搭一種破舊的台北客運，坐到平溪，然後轉搭一種昔時礦區運煤鐵道上的小火車，在十分站下車，沿著鐵軌、徒步走三、四公里路到那段鐵路的終點侯峒站，再轉搭東部幹線的對號快車回到台北。

那段路，前面會經過一段遊客絡繹的風景遊樂區，但過了大華站之後，即是遇不見半個人的空曠山野。中間會穿過三、四個以步行來說不算短的隧道。我不知道爲何那時自己從未想過倘若正走在隧道中心時，可能遇上火車進去，那鐵軌和隧道山壁間根本容塞不下一個人。我也想不起來爲何那時像著魔一樣每個禮拜要去走一趟那廢棄礦區的鐵道。鑽進那幽深潮濕整個人被黑暗呑沒的山洞裡。如今回想，那整個重考的一年，我和補習班前後左右座位四周的人，總共講了不超過二十句話……。

我記得，那一次，我同樣沿著那段鐵軌走進其中一個隧道裡，大約在隧道中段時，藉著對面洞口處的光源描出一個女孩的剪影，她正自那端沿著鐵道向我走來。突然之間洞壁裡我們兩人的鞋跟踩在鐵軌或枕木上的回聲變得如此巨大。那時我心底一定曾有片刻那樣的念頭：「如果我……在這樣荒山的隧道裡，一定沒有人知道吧？」那個念頭一定同樣在女孩的內心恐懼地形成。我如今亦完全想不起那女孩約莫是附近的女中學生或是像我一樣愛冒險的大學女生？封閉的黑暗把體熱般的暴力念頭或恐懼的敵意無止境地擴大。

但我們終究是愈走愈近，且和對方錯身而過什麼事都沒發生。我連她的臉長得如何都不敢去看。

那樣的時刻一晃即逝，也許我便自那時平安地走進「正常人」的生活。女孩也是。但也因此，二十年後的今天，我在pub爛醉後，能向友人吹噓的，亦不過是當年考試作弊或偷看同學姊姊洗澡這類年輕時的蠢事，而非「我曾在一個妖幻如夢的午后，在一個無人的地下室勒殺了一個女老師。」

命運交織的火車

有一次在pub裡，聽兩位出身背景完全不同的前輩，幾杯酒下肚，遂感傷又激情地交換著各自的鐵道經驗。那股熱絡勁，不下於我和我的同輩像比對身世密碼那樣大談無敵鐵金剛周星馳或是易百拉。「那時我們會把鐵釘放在鐵軌上，讓火車的鐵輪子輾過，壓得扁扁的，左右比例對稱，漂亮得不得了。變成一柄小扁鑽……」「對啊，我記得那時他們還傳說，放鐵釘在鐵軌壓扁，會變成吸鐵……」

堆石頭在鋼軌接縫處。偷卸下栓釘賣給舊五金收購阿伯。猜火車。耳朵貼俯在鐵道上聽音辨位推斷下一班會經過的火車剛自幾公里外的上一站出發……。

那樣殘存在記憶裡的什麼——一條平行於天際線的無限延展的邊界，背景常是西部平原低矮的小山巒，或是巨幅支立在空曠田野中的廣告看板。火車轟隆駛過，短暫地將那悠緩靜止的長鏡頭截斷，強迫那些青白頭皮卡其制服的少年貼近地感受那機械巨獸的快速移動。而非後來在好萊塢電影，NBA片頭剪接的灌籃蒙太奇或是動輒將電纜線路穿透深入眼睛視網膜的網路廣告那樣「按快轉鍵」所造成的視覺快速——那變成了他們說故事的起點。

以鐵道爲抒情劇場的說故事人，他們那種故事還沒開講，光只聽見月台擴音器播出火車將要駛動、啓動時車體連接的晃搖或是拿著打洞式剪票鉗查票的老列車長……便潸然淚下的調性，實在很難令小輩的聽故事人感同身受。一如我困惑不解地聽小我一輩的年輕人，感動得要命地說起夜間無人的便利超商，那潔淨冷光照明下的一列列購物架，架上那些串連著城市孤寂男女生命全部行頭的鮮奶三明治熱狗保險套晚報狗罐頭刮鬍刀衛生棉泡麵或捐錢箱……

……。

當然後來 **7-Eleven** 也賣起了奮起湖或福隆的火車飯包。

我猜想鐵道所開展的小說，是我們這個貧乏無故事的封鎖島國、唯一一個可以動員「一千零一夜」那樣故事接著故事穿越漫漫長夜的大敘事的機會。我們的「流浪漢傳奇」只可能匿藏在某一個年代的火車迢迢之旅。台灣的公路（現在他們打算在鄉級公路收過路費了）很難讓人想像會生出像溫德斯《巴黎．德州》那樣的公路傷痕文學。台北的 **pub** 曾讓我幻想是故事的救贖但後來確定那只是故事的流刑地。台北版的「命運交織的酒館」，裡頭交換的只是名牌拜金女、藥劑師、股市套牢戶或 **call in** 名嘴他們乾燥花般，用押韻方式說話的性妄想吹噓。

有一次我在 **pub**（對不起，我究竟還是在酒館裡竊聽拼湊別人身世的一代）和我的朋友大象聊起這個「鐵路的衰蔽造成口傳文學滅亡」的理論時——我舉證了台鐵的赤字曲線恰與國內文學出版社或傳統書店的獲利下滑曲線像兩條平行的鐵軌，我並指出像火車飯包、「永保安康」紀念車票這些懷舊噱頭的推出，恰與書店平台上圖文書大行其道約屬同一時期。（人們不想再花那麼漫長的時間去搭火車／或是讀一本可能是爛故事的長篇。但又希望自己哪天不幸被車撞死時，外套口袋撒出的什物，除了好樂迪KTV的塑膠打火機，損龜的彩券紅包袋或裡面滿滿的通知你中了電訊特獎奧迪汽車一部之類簡訊的手機……，最好還滑出一張薄薄小小長方硬卡紙，以證實自己是「火車人」。）——大象君語重心長地問我：「你知道為什麼後來的台灣鐵道之旅再也沒有好故事可聽了嗎？」

我想了想，迷惑地回答：「難道是因為沒有臥鋪嗎？」

我記得多年前，我陪著妻與她的一票學姊去大陸東北旅遊，我如今已錯紊弄亂了興之所至從海拉爾往滿州里，或是滿州里往阿里河那些地圖上拗口古豔的地名，留存下來的印象，只剩動輒十四、五小時的火車移動。那像夢境般搖晃的硬臥車廂睡鋪，床鋪著綠色的軍毯覆蓋白色薄被單，像是第三世界某一場戰役正在移動中的空幻醫院。我們在漫長似乎沒有終點的旅次中途，睡了又醒，醒了又睡。偶爾尿急翻下撐夾在半空的中鋪，一節車廂一節車廂拍打著總是有人霸著的廁所鋁門，像夢遊般穿過那廊道邊就著按下壓鈕推起的玻璃窗格吸菸的老漢；走廊的鋼柱扶手；穿著解放軍裝的女列車服務員；推著推車賣冰糕、雜誌、瓜子、臘腸的蒼白臉男子，還有隨處自臥鋪角落露出的碎花布包裹……。

醒著的時候大家便開始打屁，那是我這一生在單元時間裡被強迫在一全是女人的封閉空間裡，聽過最多最飽滿摻雜了黃色笑話、鬼故事、家族史、黏答答被遺棄的傷心往事的一段奇遇。其中一學妹說了一個畫面，令我至今難忘：她說她的宿舍室友一日醒來，房間原先位置一切書桌床鋪櫃架擺設皆空撤而去，只見一面空蕩蕩之牆。靠著一張紅木古琴桌，類似一張供桌。一旁站著一古代士兵男子，戴著滿清兵勇之笠帽。面容銀灰，雙目死直無光……。

大象君說你說得非常動人。但我仍以為流浪漢傳奇的消失，乃肇因於鐵道上的列車，取消了餐車的掛載。

他說，坐在兩兩並置的座椅上，吃著火車飯包，你只能沉默地窺看鄰座美婦手中七翻八摺的報紙：「少年隊警員強迫陰陽人流鶯在警局廁所為之口交」，「德州某鎮公民投票一隻會喝啤酒的山羊為鎮長」，或是「趙四因懷疑唐德剛替少帥與貝太太拉皮條，憤拒唐為張學良作口述歷史」……這就是我們這個世代的長途旅行中的故事來源。

餐車。他說，你記得近三十年前吧，台鐵有一種列車叫觀光號？大約和光華號同時期，但出現極短暫一段時光即消失了。我記得是銀色白鐵包殼車廂，非常漂亮。那種火車便有掛載餐車。我小時候曾有一次被我父親帶去那餐車上用餐的記憶。那個餐車哪，就像是把一間那個年代台北人對「西餐廳」的想像放進一節快速移動的火車廂裡：木頭餐桌椅（而不是和車體一起鑄成的固定桌椅），鋪著紅白棋格桌巾，車窗還有蝴蝶裙裾的蕾絲窗帘，播放著圓舞曲之類的音樂。穿著西裝打啾啾領結的侍者（台鐵員工打扮的？）很勉強地在搖晃中隻手托著圓盤上高腳杯裡的紅酒……。

我不知是否該如實記下大象關於「三十年前在火車餐車上的一段奇遇」？因為那個描述裡時間是不合邏輯的，但大象以台鐵的信譽賭咒他所言句句屬實。他說，他記得他父親打開Menu，吐了吐舌頭：「眞貴。」於是點了一杯咖啡並替他點了一瓶可樂。他們父子便故作優雅，一邊聽音樂一邊欣賞窗外農村美景一邊不時扶住顚盪中險要滑下餐桌的鹽罐胡椒罐……。

他說，恍如昨日，印象如此鮮明，他記得他們的鄰桌，坐著一個中年婦人，旁若無人——像現在台北街頭常一抬頭二樓玻璃櫥窗一些穿著韻律服的太太踩著跑步機那樣的神氣——地吃著。記憶裡她只點排骨飯（也許是火車飯包的西餐廳版），每吃完一碗她便客氣但口齒不清地說：「請再來一份。」這時他們父子才發現原本這一節車廂的服務員都沉浸在一種克制的騷動和驚懼之中：那個婦人那時已吃了十九碗的排骨飯，且速度絲毫沒有放慢。

「你知道我和我爸遇到了誰？」「誰？」「赤阪。」「她是誰？」「赤阪尊子，別說你不知道她是誰。《電視冠軍》裡永恆的大胃女王。」我當時就應指出大象這回憶時間上的不合理，怎麼可能在三十年前台灣的火車餐車上遇見赤阪？但實在是他描述的那一幕太動人了……。

他說，那個婦人，吃到第二十一碗時，突然沒有預兆地停了下來。一開始他注意她拿出手帕在拭眼角的淚，後來她便索性任眼淚嘩啦嘩啦落下。「吃不下了，」那個赤阪還不知自己已被鄰桌少年認出，自顧自發洩著情緒：「眞的年紀大了。速度、體力都跟不上那些年輕人了。」長期的暴食，肝功能衰竭近乎壞棄。使她的臉看上去比實際年齡糙老鬆弛。

一個女作家死之後

從前曾在一場演講或文學課程上，聽過某位前輩這樣說過：歷來最偉大之小說家（或劇作家），終其一生，能創造出六、七種人物原型，即屬極艱難罕異，不算白走一遭（我記得他不令人意外地中西各舉曹雪芹與莎翁作爲例外，是以爲天才中的天才）。這樣的黃金律限制（或詛咒）在當時以昆德拉或馬奎斯《百年孤寂》作爲入門書的二十郎當文學青年聽來，因爲邊界稀微遙遠而顯得事不關己，「幾個」或是「原型」似乎不是我們挽袖摩掌爲其顚倒迷離的小說價値：邦迪亞家族的兩組相反遺傳性格的男人與兩組相反性格的女人像晶電線路板銜接竄走家族譜系四、五十個不同名字子孫的悽慘的、光怪陸離的、豪奢的、或便祕或淫蕩之遭遇……那最終總會積澱成一種故事炫技後面的某種時間感知的哀傷——每掐破一粒色澤豔麗的故事孢囊（一個人名），那不止是掐破之瞬的輕微訝異或刺激觸感，成爲殘骸的莢殼和流淌而出的髒兮兮的什麼必然搖晃了並修改了順時撫摸這些故事的心靈。當一百粒孢囊被順次捏破，那些被吸去了身世的人名們，自然形成了一片飽漲與荒蕪並置的故事廢墟之海，昆德拉的托馬斯不是有他的「色情記憶集郵冊嗎」？卡爾維諾不是用十二張大阿爾卡發牌和五十六張小阿爾卡發牌在酒館裡搓洗牌形，形成人物們命運交織的排列組合嗎？

近來我慢慢地，不願接受卻在心底如蛛網灰塵逐漸累積出一個想法：原來我，作爲一個以減法作爲時間計數的什麼，即使像一艘將艙壓封閉在深海下面安靜航行的潛艇；即使我這剩下的航程再等長於我這一路來不知珍惜的歲月，我僥倖不被內心恐懼的肺癌、心臟病猝死、車禍或某一趟旅次的飛行空難這些悠緩不見光廓的深水炸彈擊中……；即使一路平安活到七、八十歲之交安享天年，作爲一個想像中小說家（一個說故事人）一生該從腦袋中像油鍋撈炸麵團甜甜圈撈出的人物，我的這一生可說是太貧乏有限了。

我的小說前輩有次提醒我：小心哦，不知從什麼時候開始，你不會用「我」以外的人稱去說故事了。我自以爲亂虛構超魔幻的故事們被趕進了「私小說」的玻璃展箱裡（有點像動物園的「夜行性動物館」黑漆漆的走廊沿壁，一個玻璃櫥窗接連一個玻璃櫥窗的貓頭鷹、浣熊、刺蝟、獺猴、石虎……）。事實上也是如此。有點像小時候讀《西遊記》，孫悟空遇上了金角大王銀角大王極厲害的寶貝紫金葫蘆。妖精拔掉了栓子拿葫蘆對你招一招，念你的名，你只要應了一聲，便被吸進那葫蘆裡。孫悟空兩度被吸進，想盡辦法脫逃出來後，將名字顛倒改了兩次：行者孫和者行孫。

但是沒有用。大葫蘆當空罩頂，即使它喚錯了你的名，即使你再如何奸巧機詐換裝變形塗名改姓。你應了它，馬上仍被吸進去。

年輕時我以為自己將有著無限可能的一生。我以為我會認識許多女人，並且一一和她們上床。她們每一個都有一串琳瑯耀眼的身世。並且她們會像一只收集破爛的玩具盒，從裡面倒出一堆變態的父親、人格分裂的母親、自殺的姊姊、白色恐怖被抓去馬場町槍斃的小舅，或是高中的同性戀女友、當醫生而暗中謀殺她的前夫……這許多歷歷如真的人物。

我小時候甚至相信自己在某個神祕領域「頗有來頭」（這當然是中了像《西遊記》、《封神演義》或《小叮噹》這一類兒童讀物的毒），上學等公車苦候不至，我會站在同樣焦躁憤怒的人群中，內心孤自對著虛空中的伽藍韋陀六丁六甲（我認為他們應是奉命躲在上方偷偷保護我）施咒下命令，快在三分鐘內讓公車出現，否則……。

一九九一年（還是九〇年？）三毛自殺。那時我賃租在陽明山上一處瀕臨溪谷的學生宿舍。那些違建水泥宿舍沿著整片溪谷旁陡降的坡地而建，每間不到兩坪大，密密麻麻，活像卡通電影裡的螞蟻巢穴。我估算過，那一整片廉價的學生宿舍區，至少塞擠住了五、六十個像我這樣的窮單身男生，或是可憐兮兮的同居男女。我們每天攀爬那時而沿著山壁、時而穿過別人宿舍的屋簷走廊的梯階，然後從一條小徑像鬼魂般出現在陽明山的公路，和那些泡溫泉的老人一起等公車。

我記得那一片蟻巢的主人是一個鷹勾鼻活像宮崎駿《神隱少女》裡那婆婆（再削瘦一圈）的慳吝老婦。那樣像貧民窟一樣擠住了如此多的人口，竟然總共只有兩間衛浴（所以我那時房間裡床底下還藏了只尿壺，以備清晨起來內急時有不自愛的學姊占著浴室泡上一小時的晨浴）。且只有一支電話。

那支電話裝在「阿婆總部」——即沿著階梯較上方，以房東老太太的日式老屋再區隔出來的十來間宿舍，那裡有雖然骯髒油垢的小廚房，還有老太太放著藤椅、茶几、電視的陰暗客廳。能夠占住那兒的，通常是在這幽閉溪谷已賃居六、七年以上的，研究所的學長姊——非常詭異地，他們在那兒裝了一只擴音喇叭，如果來電是找下方溪谷邊住戶的，有時是阿婆，有時是那些住電話旁邊的學長姊，會用擴音器，像舊時火車站的火車進站廣播，扁扁的鼻音向著整片溪谷廣播：「某—某—某—電—話。」

那個某某某便得套上長褲，摔開房門，上氣不接下氣跑上近百級的石階，衝進阿婆總部，在那些木板隔間（人人皆貼牆偷聽？）的陰暗走廊裡，向電話那端等了許久而發火的小馬子或長途電話的家人，細聲道歉、解釋。在那個手機尚未氾濫，甚至公用電話卡方興未艾所以一元銅板仍是生活中極頻繁使用之工具的年代，我卻通常不讓家人朋友打那支電話。

我記得三毛自殺的那個晚上，我正在宿舍裡做什麼，突然模糊模糊，不可置信地聽見屋外山谷迴盪著我的名字。是慳吝阿婆的聲音，「ㄌㄡˋ—ㄧˇ—ㄐㄧㄣ—ㄉㄧㄢ—ㄨㄟ，ㄌㄡˋ—ㄧˇ—ㄐㄧㄣ—ㄉㄧㄢ—ㄨㄟ。」是我的電話？羞恥與莫名的虛榮糅和湧塞。

我衝了上去，謝了阿婆，電話是W從台中打來的，他說「駱，你看新聞了沒？三毛死了，是用絲襪上吊自殺的。」那時我的腦袋一片空白，阿婆仍在一旁晃來晃去，我壓低聲音：「噢。」W說：「你不要太難過。」

待我氣喘吁吁坐定在書桌前點根菸想好好理理這件事（關我什麼事？），屋外又像幻聽一樣迴盪著阿婆的播音，「ㄉㄡˋ—ㄧˇ—ㄐㄧㄣ—ㄌㄧㄢ—ㄨㄟ—」，這次她還加了句「緊來」。我跑上去的時候，發現自己穿錯不同雙球鞋，且對方掛了電話，於是我尷尬至極地耗在那兒等電話再響，有一句沒一句的應著阿婆的搭話。後來電話響了，是我媽，她也是告訴我三毛自殺的消息。雖然我知道她從沒看過一本三毛的書，但她卻對「三毛可能從荷西淹死在海底那時就只是勉強活著」這一類瑣碎八卦有非常精闢的見解。她說她非常難過。而且她很擔心我（關我什麼事？），要我別再寫那些亂七八糟的東西了……。

那一個晚上，我發誓我至少上上下下跑那高陡石階十來趟，只爲了接不同的人渣朋友或驚嘆或感傷地打電話來通知「三毛死了」。阿婆的廣播在溪谷山坳間反覆喊喚我的名字：「ㄉㄡˋ—ㄧˇ—ㄐㄧㄣ—ㄌㄡˋ—ㄧˇ—ㄐㄧㄣ，擱係汝耶ㄉㄧㄢㄨㄟ。」後來她的聲音明顯不耐並憤怒，沒有人知道，是因爲一位我不認識（她更不可能認識我）的女作家的自死，造成我在那山溪蔭谷的學生宿舍區，一夜之間聲名大噪。

同學會

國中時淡淡地，自己不知其感情形貌偷偷喜歡了三年的一個女孩，許多年後在電話裡告訴我：後來她嫁給了三重一個家族證券公司的小開，生了一個孩子（媽的，我竟然如此歡快地在電話中和她大聊換尿布半夜沖牛奶的育兒經）。最恐怖的是，她說：「你知道嗎？我分娩的時候，痛得要死被送進台大，躺在產檯上，一個戴口罩的醫生過來，要我把兩胯張開，伸手進去研究了一會，告訴我：「某某，你破水了。」我想，這接生的怎麼喊我的名字？一抬頭，竟然是詹偉弘。」

詹偉弘是那時我們班的第一名天才，也是我們那一年高中聯考永和國中的榜首。記憶中他似乎因爲頦骨咬合不全而總是合不攏嘴，像我這種班上最後一名的學生似乎刻意將他的形象記成一流著口水的傻帽。天知道他是那種除了作文，成績單各科近乎滿分的外星人。我記得有一次學校模擬考我英文考了三十分，我們那個小個頭的殘暴導師，要我蹲跪在他的座位旁「請教人家是怎麼讀書的」。那時我蹲在他的身旁，覺得自己像一隻溫馴無辜的拉布拉多犬，我問了一句：「喂，你是怎麼讀書的哈？」那個天才似乎為這樣貼近仰望的怪異身體關係弄得窘侷不已（如今回想，他那時也不過是個十四、五歲的少年），他像賭氣似地不理我，張著嘴煩躁地翻著參考書的書頁。我便在那怪異的靜默中在他身旁蹲了一整堂課。

想當然耳這個人名一定是一路建中再升上台大醫科。只是沒想到後來他的生涯竟是在產檯間遊走，替那些哼哼亂叫張開腿胯的大肚子孕婦們拉出她們那濕答答小蠑螈般的嬰孩……。

週日近午，無來由一陣暴雨，雨歇後雷聲仍在天際悶響不絕，我和妻帶著兩個幼子，一家人坐困愁城，電視螢幕一個節目一個節目輪著卡通頻道那熟若故人的超現實人物（麵包超人、建築師巴布、澎澎與丁滿、丁丁迪西拉拉和小波、綠猴子和紫猴子）。我呵欠連連，所有這個階段父親所會的把戲皆已玩遍。窄小的客廳最後只剩下疲憊的父母乾巴巴機械反應的斥喝：叫大的不要亂撕童書不要把小板凳搬上餐桌再爬上去危險不要拿原子筆亂畫牆壁，不要拿馬克杯K我的頭很痛耶；一邊阻止小的像蟑螂滿地爬行最後總爬到鞋架邊抓起鞋子往嘴裡塞，或是爬到廚餘垃圾桶邊一個恍神便見他笑瞇瞇滿嘴泡沫塞著柳丁皮或把屎紙尿布……。

「這就是我之後的人生了。」內心不禁這樣哀嘆著。

突然之間，像波赫士那篇小說〈不為人知的奇蹟〉，上帝允諾了某個神祕的祈求，時間突然在一片銀光披灑下靜止，或是線性歷史變成孤彎、螺旋甚至倒插樹枝的形狀……。

我們的電鈴響了，狗發狂地吠叫，我起身應門。門外站著兩個頎長的少年，短褲球鞋，全身被雨淋得濕透。

原來是我的國中同學徐君和陳君。

他們兩人尷尬笑著進門，有一瞬間，我似乎站在少年的同伴和身後這一言難盡如此辛醉如此脆弱呵護的妻與幼子的邊界，兩邊的光線溫度如此不同，他們互相陌生地微笑對峙……。

「想不到駱這傢伙最後娶到這樣漂亮的老婆，還生了兩個孩子……」徐君喟嘆著。這時我才確定自己剛剛是恍了神，他們早不是當年那兩個在門外喊我名字出去打彈子或到國中校園籃球場三對三報隊鬥牛的少年玩伴了。陳君的平頭上已摻了白色髮莖，徐君亦摘下他那一千度厚鏡片腦勺綁著鏡帶的眼鏡（戴隱形眼鏡？還是去作雷射手術？）。徐君向我解釋：他和陳君亦是多年未見，原先開車無目的往石碇這一帶走，經過我們這山莊，突然想起當年駱的母親不是有幢小屋買在這荒郊野外嗎？當初幾個男生不是坐老遠公車來此過夜，吸菸喝啤酒看水漬《Playboy》用手提收錄音機放空中補給和奧莉維亞紐頓強，第二天一早溯溪溪釣並練泳……。

我向妻介紹著徐君和陳君。像平庸的丈夫炫耀著他璀璨輝煌的昔時舊識。「是我所認識的最聰明的人哪。」不像後來你見到的我那堆人渣朋友。像黑鐵時期的退化人種欷歔又激動地描述著他曾目睹的黃金時代。徐君，簡直就像《金閣寺》裡那個口吃少年的啓蒙朋友八字腳柏木的化身。我總是懵懂又畏敬地看著他在進行一些隱祕的「自我鍛練」的儀式，被他拉著漫遊一些如今想來對十五歲少年來說確如夢幻的場所：我們曾在星期天的午後，跑去教會禮拜，我並羞恥得要命頂著前面一排一排大人詫異回望的目光，坐在一旁聽他用晦澀繁複的詞語，和穿著袍服的牧師尋釁辯論，最後那詞窮的牧師（如今回想那只是一弱勢老實的虔信者，而非站在強勢地位的權力者）爲我們禱告：「主啊，寬恕這兩位小弟兄的驕傲，感謝祢的榮耀，給了他們過人的智慧。」在永和那宛如指腸迷宮的巷弄裡遊晃，總會遇見年齡長我們兩、三歲的「長瓢子」（留長髮的沮退少年）從角落閃出勒索，徐君不止一次地（練習）以雙目盯著對方的眼睛，在這樣動物本能的意志對決後，令對方訕然離開。（如今回想那巷弄裡作爲練習鏢靶的不良少年，不過也是這個社會的弱勢？）他且故意帶我走過華西街寶斗里窄巷兩側吆喝著：「少年仔，來坐喔！」的賣肉少女的調笑，兩人興奮又臉紅地像除魅了什麼青春迷霧最難解的一道數學題目（但是想到自己曾穿著中學生的制服短褲和白色長統襪，撐出氣勢地走在那條陰鬱紅燈的不幸街巷，我就難過不已）。徐君還曾帶我毆打一個總愛在計時黑板用粉筆作手腳多算我們球資的小撞球店胖老闆娘（許多年後我讀了杜斯妥也夫斯基的《罪與罰》，總不寒而慄地想起我們在那陰暗無人的店鋪裡追打那拿著撞球回丟我們的阿巴桑的剪影……）。徐君在那年齡，便強迫自己聽貝多芬和柴可夫斯基，並介紹我聽較甜的《梁祝》和《黃河大合唱》。他每天剪報副刊（那個年代的……），並像所有想測試自己智商極限的天才少年，跑去光華商場買了一本大學《微積分》課本……。

至於陳君，在國中時和我並無甚交集，事實上，就我印象所及，在當時我們那個按模擬考名次排換座位的教室裡，陳君似乎總坐在外星人詹偉弘後一個位置（徐君則有時第四、五，有時掉到第十來個座位。我則是永遠的教室最後一排靠後門的位置）。也就是說，我們當年那個小個子導師如果作爲納粹集中營的審察官，陳君是緊排在詹偉弘後面永遠不會被送進毒氣室的第二號人物（我則是第一個該被送進去焚化的）。徐君和陳君的友誼形式是建立在下圍棋、精準安靜地打史諾克，還有橋牌，這些優雅、高智力且像老頭那樣控制情感盱衡全局的複雜遊戲……。

我記得那年聯考放榜，徐君和陳君理所當然進了建中。我則恰恰好差公立高中最低錄取總分一百分。事實上我是那個全校第一升學班唯一一個落榜的（我記得去學校領成績單時我們那位嚴峻的導師，用一種像對私生子難得慈祥溫柔的語氣說：這下子，眞的要改叫「落榜君」了。）那個下午我和徐君、陳君，還有同夥一個叫張裕冠的傢伙一起去學校後面巷子一家小撞球店打史諾克。那個張裕冠好像僅差○．五分，只進了附中。整個過程他都哭喪著臉。大夥便有一句沒一句地勸他看開些。我記得那天下午不知怎麼搞的，我瞄球的眼睛變得無比清晰，本來球技最差的我突然神準起來，怎麼打怎麼進。我記得當我打到後來開始一球一球認眞作球時，連徐君和陳君都靜默下來。那年夏天我便理了光頭進了國四重考班。

我問徐君現在在哪高就？他說在台積電，我說媽的上次湊熱鬧學人家買了一支台積電，也搞不清楚怎麼回事沒兩下就只剩一半的價？我說不錯哦聽說光配股就可以買一幢房子是不？徐君謙虛地笑。但徐君旋即憂鬱地說倒是感情一直沒著落，到現在還王老五玩自己……。

一旁的陳君則不改閒淡笑瞇瞇地說，他現在是小學老師。在新店極偏僻山裡的一個小學任教。這次我已不那麼驚訝了，我記得十年前我們最後一次見面是在徐君台大博士班的研究室。那時我們三人站在那幢建築前面的草坪丟棒球。徐君說他正跟著指導教授接中科院一個關於IDF的計畫。我則說我已決定以寫小說爲一生之志業。陳君則說他應徵了一個工作，是到日本去替那些木造房舍榻榻米下的基腳，噴灑殺白蟻的農藥。那時我非常震動，以爲他在開玩笑。但他把他當兵時的心境轉變娓娓說給我們聽。像那些極度自律的天才少年，有一天突然像幻聽一樣聽見了內心某個「神祕的聲音」，他一頭栽進了一個神祕主義的世界。我記得他提了很多個純淨崇高的人名，但請恕我對那領域的無知僅記得有一個叫奧修的大鬍子老外。他說他正自修印度文，待準備充分要前往印度參加他們的靈修團體。後來他拉我和徐君去公館附近一家MTV，租了一支片子叫《O孃的故事》，我以爲那是一部集性雜交SM大成不折不扣的A片，但陳君非常激動地告訴我們他在那片子中領會了人最大極限的自由……。

也許回憶常將一些珍貴美好的東西放大了。後來我亦曾遇見一些極天才聰明的傢伙，但總告訴自己，他們那像獨角獸噴散出來的璀燦白光定然不及我國中時認識的那兩個傢伙。如今他們站在我的面前，卻令人難過地穿著仍像兩個國中生。我把那個女生幾年前在電話中關於詹偉弘替她接生的笑話說給他們聽，他們皆詫異近乎純眞地愣笑起來。

錯過

老C告訴我一則關於D君的逸聞：她說D君在那部奠定了他在國內新世代首席演技派小生地位的電影裡，有一場戲後來成為傳奇。D君在那部電中只是男配角，但後來他那溢出平板角色的魔性演技徹底掩蓋過原先電影公司計畫捧紅的偶像小生之光華。D君扮演的那個雄霸惡少，以民初那種尚未分化細膩的龍陽風同性愛模式，苦戀著戲園裡長相俊俏的武生（那位偶像小生所飾），不想那武生愛的是另一個已有婚約的脂粉味男人。那場戲是這樣的：惡少氣急敗壞地趕赴一間三溫暖（說實話我沒看過那部電影，但之後一直沒機會向老C證實這個疑問：民初劇裡怎麼有三溫暖啊？也許是澡堂？），但俊俏武生已和脂粉味男人連袂離去。惡少的手下和澡堂老闆都非常害怕：老大要砸場子了。但剛強的惡少只是頹然跌坐在一張官帽椅上，原先該摔得一地粉碎的蓋碗茶被他扣放几桌上。

老C說，就在這時，D君「進入角色」的魔術時刻出現了，完全不在導演和劇本的設計中，一滴男人淚，不做作誇張地從他左眼角淌出，沿著惡少怒容猙獰的雄性輪廓流下。

這對拍片現場的導演可是如獲至寶。演員無比澄明神祕主義般地進入他扮演角色的內心。「那像嗑藥後竟寫出曠世奇作的超現實詩一樣可貴哪。」誰想到當時的攝影師，在D君坐下，放下蓋碗茶的那一瞬，無從預料D君之後的神來之淚，就照本宣科地把機器卡掉了。包括導演、D君自己、以及現場所有的工作人員皆扼腕不已。他們後來又重來了許多次加上D君流淚的那一場戲，但再也沒有第一次那純然意外的複雜飽滿，讓人迷惑的味道了。最好的，最迷人的那一部分，總無法如願被特寫的鏡頭框格住。

我認識的一位害羞傢伙，他總是在他暗中喜歡的女孩家的信箱裡偷偷摸摸塞進一卷錄影帶。那些錄影帶電影裡的某一個段落像基因序列一樣密藏著他的愛情圖景雖然那樣表情達意的方式隱晦又荒唐，某些部分近乎自瀆。譬如說他曾把宮崎駿的《魔女宅急便》投進高中同班一位蒼白美麗女孩家的信箱，因爲那女孩那年沒考上大學。他想把那段魔女失去法力再也駕馭不了掃帚飛行的黯淡片段，作爲一乘虛而入的詩意隱喻。他把王家衛的《花樣年華》塞進同幢公寓一個已是別人妻子的瘦削美婦家的信箱。他且把一卷盜拷的《我的野蠻女友》丟進一位疑似有虐人狂傾向最後且將他一腳踢開的華麗惡女家的鳥巢信箱，「我知道她一定長期被一位戀人的死亡籠罩，無法自那哀愁泥沼自拔。」

老實說，在這個詩意衰竭殆盡，調情時刻已將說故事的輝煌光焰捻熄的不幸年代，我對這位朋友帶有某種審美品味的鬼祟行徑深表同情。我幾乎不需見到那些女孩，只要知道他投寄了哪些片子，就可以猜出她們讓他眼瞎目盲的絕美風華是屬於哪種情調，哪位大師的風格，該置放在怎樣戲劇性飽滿的剎那時光裡才有意義……。問題是媽的那些女人從頭到尾都不知道那些經典名片是哪個混帳亂塞進她們家信箱，也許是那些「金獎經典名片一套 4999 還送大陸尋奇」的盜版業者的贈閱帶？且還有一些沒良心的小鬼會把人家信箱裡牛皮紙大包郵件挖走；另一個可能是現在人家裡大部分配備了DVD光碟機，鮮少有人再看那種容易起白毛的VHS錄影帶了。

這樣的詭計是那些喜歡把靈魂弄弄搞搞，像拿著小銀鑷在一只玻璃瓶腹中拼裝一艘西班牙帆船模型者流，對抗時間風暴的方式。他們總是這樣想：那些不知自己如許美麗的女孩們，也許僥倖其中或有一個，許多年後的一個空白時光，無所事事地拿起這卷記不起是爲何擱置在自家物堆的奇怪錄影帶，她把它放進機器裡播放。那時那些女孩已變得平凡。事實上她們已不足以匹擬那電影中的附會片段。除了女孩自己，沒有人會將她們和那劇中的任何情節作一絲聯想。那時她或會心中輕輕一盪：很久以前，我曾以那麼豪奢的方式，和那個由片場、搭景、攝影機、燈光凍結住的夢境如此靠近……。

那樣地錯過。總被粗心的卡麥拉喊卡而截去了最值得珍藏的部分。

我小學時在我身上發生過一件不可思議之怪事。這件事我曾試著跟幾個可以信任的朋友說過，但他們皆哈哈大笑認爲我胡說。後來我就不再對任何人提起了。事情是這樣的：我在一次痛苦趴在課桌上睡不著覺的午休時間，莫名其妙地讓時間停止了。讓我省略那些廢話吧（多年前我將此事告訴一個叫蔡頭的人渣，不料他激動異常地回應：他也曾在那從小學、初中到高中漫漫不眠的午休時光，趴在課桌對地上吐口水，構思那愈見精良的春夢。他幻想是外星人動的手，把地球上所有的男人都殲滅了，所有的女人卻毫髮無傷，而他卻因某個環節的疏忽倖存下來，他成了這個地球上唯一的男人。於是全球的女人召開了一個延續人類種族的大會，剛開始他可以像阿拉伯國王選嬪妃那樣任意臨幸那些夢寐以求的美人兒：包括當時尚未車禍殞逝的黛安娜王妃、茱莉亞羅勃茲，當時球技還不那麼爛的庫妮可娃和當時初出第一本寫眞集的宮澤理惠……。但是後來她們爲了效率，把他當作一隻雄蜂那樣地壓榨，他每天排滿班和來自世界各國的權貴女性們無止無休地上床……），容我準確地再解釋一次：我將時間暫停之事，是眞眞實實曾發生在小學時的一個午休時間，而不是一個「午休時曾做過的春夢」。

時間暫停時世界是什麼樣一個光景？讓我這樣說好了：那就像突然置身在一個電影片場。不，它絕不是如那些電影或廣告導演想的如此簡單，那並不是一個驟然變成蠟像館或一二三木頭人的世界，所有人的動作仍在進行，但全部失去了時間的感知。簡單地說，那不是一個被冰凍結住最後姿勢，硬邦邦的明亮場景。那反而像陷入洋菜膠凍裡，一些立體切割面的光度皆變黯淡。所有的人都浸泡在爬蟲類般沒有時間的濛混夢境裡。

當我從那間教室排列整齊的課桌椅、那些趴伏熟睡的小朋友之間抬起頭來，意識到我是唯一無視時間凍結可以任意漫遊之人時，禁不住哀鳴出聲，畢竟那彷彿神寵的靜止之瞬降臨時，我還只是個小學生哪！我那時傾一生的知識和對欲望的理解，實在不足以支配那橫陳在我面前閃耀著光輝的無邊自由。（說實話，如果此事發生在今天，我想我迫不及待在那撬開的時間縫隙裡所要完成的，可能不下於蔡頭那些齷齪的夢想。）我不會開車，所以最遠也只能跑出校園，在寂靜無聲的街道上亂逛。我無法替三十年後的窮困自己跑去銀行，進入電腦系統把那乾巴巴的存摺數字後加幾個零。我那時最大膽的念頭不過就是「也許可以把老師抽屜裡的考卷分數改一改」。也許我曾用力抬起班上那個最美麗女孩的臉，臉紅氣喘地親了親她精緻到不可思議的五官，但我能做的全部也只是那樣了。（這眞讓人想哭！）後來我總算想出了一個稍稍對得起這暫停時光的邪惡點子，我衝進那間小學的地下室福利社，翻箱倒櫃，找出一整鐵盤那種平日捨不得買一個，那種兩塊餐包夾著厚厚一層草莓果醬並灑上白色糖霜屑的麵包（那時我們的麵包店櫥窗，尚未出現如今那些精雕細琢的起司蛋糕水果慕思黑森林之類的玩意）。我便在那個奇幻的靜止時刻裡，怕錯過那難得的機會，孤零零地在陰暗地下室裡狼吞虎嚥吞下了近二十個那種黑呼呼、甜膩膩的果醬麵包。

偷考卷

在我青春期的年歲裡，有幾回曾突發奇想，做出一些至今亦百思不解「那樣做到底有何意義？」之怪事。那些事情如此無厘頭且近乎愚蠢，但我卻常將之懸念於心，成日價顛倒構想。形成一種坐在課室裡卻與身旁同齡少年疏離孤立的白日夢狀態。

譬如說我第一次在化學課上（週期表的第一列元素）學到：鋰和鈉這兩種輕金屬一遇水便會發生劇烈燃燒，那時，「謀殺我們那位殘暴的小個子導師」便成爲我心中揮之不去的念頭。我幻想著：也許我可以去什麼化學器材行買一整包像花肥那樣多的鈉，趁個無人空檔，把它們一截截全塡塞進我們導師休息室洗手槽的排水孔裡。等到他下課後將那一整保溫杯的茶水倒進水槽，再打開水龍頭，那時轟然一下乖乖，鐵定把我那老師的頭給炸飛。

當然我亦曾在那灰澹隧道般的神遊時光裡，幻想過當時還是國中生的自己，跑去妓院，在密閉潮濕的榻榻米小間，聽一位可憐的妓女訴說自己悲慘的身世（我幻想著她正打算輕解羅衫時，我阻止了她，告訴她我願意付錢但不必做「那檔子事」。只要她跟我聊聊自己的故事。這樣的爛情節多年後我在《麥田捕手》裡看到那老荷頓竟眞的這樣做了，眞是詫笑不已）。我且幻想那年齡大上我十歲的妓女後來決心隨我逃出火窟，於是我在虛擬的腦中殫精竭慮地構想：如何將她安置在我家閣樓上那個違建房間，且不被我父母發現（我父親每天早晨會上去陽台晾衣服）。以當時少得可憐的零用錢去供應她的飲食。我甚至想到如何處理她的大小便問題……。

這樣的「與眞實世界」完全脫節、無關的，卻又在每一處細節絞盡腦汁的癡夢妄想，讓我像小時玩的捲紙軸藏寶圖：我一路向著那眼前慢慢展開的「眞實世界」顯露好奇，打撈那足以支撐起一與之更肖似的細節拼圖，卻總不斷誤入歧途，深陷錯誤知識的泥沼。

即使如今年近人日之「哀樂中年」，那隱藏在睫毛眼瞼眨閃陰影處的妄幻時刻，仍會在自己無意識處潛進「眞實活著的這一個生活」裡。這一年來，父親中風癱臥於床，母親在心理打擊和不堪照料病人體力負荷下變得恍惚衰老。好幾度我那九十八歲的阿嬤在節氣遞換時刻，被我那流浪漢哥哥送進醫院急診插管，每一次我們都以爲要替她辦後事了。我的兩個孩子，一個三歲、一個一歲，像接力賽似地感染各型流感、玫瑰疹，或怪異發燒進出小兒科。近來妻又得了輕微憂鬱症。有一段時日我整日在城市裡倉皇竄走，竟只是在不同間醫院，不同科別趕場探望或替不同親人掛號。像是對我那些歡快殘虐小說之懲罰，世界變成了一則「不斷連接的醫院場景」？即使是這樣，有幾次和妻無言對臥而眠，昏睏欲睡之際，妻會噗哧笑出，將我搖醒，說：

「你在想什麼?為什麼自顧自閉著眼睛嘻嘻傻笑呢?簡直像一張吸毒者的臉。」

有時我亦會這樣憂心忡忡,在我正值盛年,創作力如金黃花蕊迫不及待輕輕顫晃的時刻,這樣一次又一次「眞實世界」的重擊,會不會讓我變得多疑而硬心腸?會不會將我的想像力摧毀殆盡,像那些傳說中的天才前輩,從此倒栽進一個內向自閉,不再開放感性觸鬚的壞毀世界?

我記得我國三那年,有一次興起了「偷考卷」的念頭。(那時我置身於全校第一升學班,我的課桌椅四周,盡是那些戴著深度近視眼鏡、心無旁騖的讀書怪物。而我便在那程度差距過大而時時被導師斥喝上台作為牲祭的殘虐場景,進入長達一年的恍神狀態。)之所以動念想偷考卷,在當時有一迫切降臨之危機:即在那之前所有的大小考試,我們都是待在本班教室的固定座位。我雖然是班上永恆的最後一名,但連那樣的試卷成績都是灌水——總是坐我前面的倒數第二名男生和坐我身旁的倒數第一名女生把他們的試卷垂下或湊近借我抄。那次學校突然宣布要舉行一次,無論出題、試卷格式及考場氛圍俱與聯考相仿的「模擬考」。即各班拆散,移換至不同教室,同班同學間採前後間隔的「梅花座」。那樣的規則宣布對一個十五歲的恍神少年來說,簡直比被扔到魯賓遜孤島還恐怖。

於是,「偷考卷」的計畫,開始在我兩眼茫然瞪著講課老師的恍神時光裡,逐點逐滴地成形。如今回想:那是一個與現實世界剝離,完全無意義的一個構想。但我完全被那念頭著迷了:細節卡榫著細節,拐了個彎偏離了正常光影裡的人群,卻可以在完美的機械性犯罪設計下繞回那原來的世界。我甚至深思熟慮地想到：偷到了標準答案後，要故意把哪幾科答錯多少題，讓最後的分數，維持平常的水準——落差不那麼突兀的最後一名。

我想像（這整個計畫全建立在我自得其樂的想像之中）著試卷一定被鎖在學校行政大樓二樓的教務處裡。我只要在月黑風高的晚上，從學校後門的空曠處翻進圍牆，闇黑中越過籃球場、跑道和司令台，再像忍者那樣避開巡邏校園的老榮民工友（那些畫面也全是我的想像），在一幢一幢的教室大樓間躲閃穿梭，摸上教務處，想辦法弄破窗玻璃，撬開窗鎖，那張在夜色中發著微光的模擬考試卷答案就可以塞進口袋了。

我去五金行買了一柄玻璃刀（我忘了我是用什麼藉口向我娘騙了一筆錢），那完全不像電影裡演的那樣：一個吸盤吸住窗玻璃用條線繫著一粒鋒利的鑽石，像圓規那樣俐落地畫一個圈，用力一提吸盤，啪就是一個勻整的圓洞。事實上那是一柄像修車扳手一樣的鐵器，前頭是一鳥喙般的錐鋒。一支大約三、五百元之譜。雖不像原先模糊想像「一粒鑽石」那樣地昂貴，但對於一個那年代的國中生來說，已算是一大筆數目的投資。

我選在一個距模擬考前約一禮拜的晚上（估量考卷應已印好），對我娘說我要去一位功課極好的同學家開夜車準備考試（我娘自然是喜出望外），且特地穿上一件黑色夾克和球鞋，戴了一頂灰毛線帽，書包裡裝著那柄玻璃刀，一支手電筒，還有一條毛巾（我另想出一「用濕毛巾貼著玻璃擊碎」不會發出巨響的方法），就那樣鬼鬼祟祟地出發了。

那時距夜深尚早，我照著原定計畫，先跑去學校後門不遠處一間叫「美麗華」的小戲院

——那是一間標榜六十元看兩片、播放一些至少七、八輪爛片的髒污戲院——我記得那晚放映的是許冠傑的《泡妞》，外加一部迪士尼的《白雪公主》卡通，事實上那電影院根本沒有清場。我進去的時候空蕩蕩的座位只有前排一撮廹廹少年聚坐著抽菸。我甚至懷疑他們在吸強力膠。一開始我戒備著他們會過來勒索，後來不知怎麼沉沉睡去。迷糊中那巨大的光幕演了許冠傑和光頭麥嘉雞雞歪歪在胡鬧，接著是卡通，後來又換回許冠傑。我醒來的時候整間戲院只剩我一人。

走出戲院我發現我自幼生長的小鎮在夜裡是如此破敗蕭條（那已不是我的想像，而是一幅眞實世界的場景）。冷風吹著垃圾報紙滿地飛。原先賣鹽酥雞和水果切盤的攤車只剩下用鐵鍊鎖住歪倒的空架。兩三隻野狗嗚嗚低吼著跑到對街的車底。那時我不禁悲從中來，所有的人都在溫暖的被窩裡，只有我這一身滑稽的打扮爲的是冒死來偷考卷。爲什麼我總沒有辦法循一個正常管道進入我置身的那個世界呢？

後來我踩著一輛停放在學校後面的小發財車的後座棚架翻過那道圍牆。在我眼前橫展著比白日記憶裡要大上許多的夜間操場。我躲在圍牆邊的草叢裡，徹底被那空曠深魅的黑暗給懾嚇住了。我根本不敢穿過那片稠質的黑暗，更別提走近那一幢幢黑裡微光描出稜切線的教室建築。那時我想我總該試試那柄玻璃刀管不管用呢？於是我猴著身潛行至操場側翼的家政教室。我在那窗上劃了一道，我發誓那發出的嘰呱尖銳聲響簡直比警鈴還大聲。且除了在玻璃面上劃下刮痕，根本無法如想像切一個圓洞。（事後我跑去質疑那五金行老闆賣我假貨，他理直氣壯在我面前露了一手：原來那刀是在一面平板玻璃上，從頭到尾直直劃條線，再用力一掰，玻璃眞的齊整分成兩半。）

且操場通往教室穿廊的門洞拉下了一道鐵門。我根本無法靠近教務處。只好撤退。我便在那輛小發財車的棚貨架裡一邊挨著蚊子咬一邊縮睡著，直到天亮，才歪歪跌跌地回家。

直升機

樂透開辦之初，在報上亦讀過一些有良知的批判文章，大抵不脫責難彩券的集資模式，彩金額所形成的「夢幻家庭」，以及社會集體賭博的可能族群皆分布於底層弱勢的區塊，所以無異「窮人稅」……云云。說來慚愧，我倒是從第一期至今，除了有幾期莫名爆量簽注站小店面外大排長龍而黯然放棄，幾乎每一期都鬼鬼祟祟夾在那些埋頭（像塡聯考電腦志願卡）勾選號碼的人群裡，看著我挑選的號碼們，像星空上那些無名星雲的編號，熨平散布在一張薄薄微熱的潔白小紙上，然後心滿意足地離開。

每個禮拜有兩個晚上，我在妻總算押著兩個虐人狂小孩上床就寢後，耳際還殘留著空襲炸彈般兒童頻道〈晚安歌〉之幻聽，一個人坐在核爆廢墟般的客廳裡。有時我會給自己倒杯兩指幅高的廉價威士忌，點根菸，靜靜地品嘗那難得的獨處時光。然後，按捺住激動，再點根菸，那時我會故意把煙霧含在舌端半吞不吐。我把小白紙拿出來，享受那段「也許下一刻整個世界就翻轉過來了」的，朦朧未明，微微酸楚的快樂時光。然後才把電視打開。

至今無有例外。眞正的對獎時間從不超過十秒。「狗屎！」把彩券揉成團往地上一扔。又再跌回那個無有奇蹟的現實世界裡。

有一次和一個人渣老友惺惺相惜聊起買彩券這件事。他激動萬分地說了一句：「如今要改變現狀，只有買彩券一途了。」那樣的語境，錯恍讓我像回到百年前藏匿在燈影搖晃地窖裡的共黨分子：「如今要讓土地和社會財富重新分配，只有走上流血革命一途了。」

我總在心裡對那些不知名的，每一次開獎之後便像海底火山爆發浮出新島嶼的那些億萬富翁說，你們的天降財富裡，有兩百五十塊是我的血汗錢哪！雖然每期簽五支跑來說這些也太那個了，但一個月重複八次也可抵一個菸槍該月份的香菸資了。

重點不在那裡。重點在於，一個從天而降的華麗夢幻，在與那個殘破凋蔽的寫實處境銜接時，它原該具有的巨大場景不見了。

D君曾告訴我一個故事：他小時候讀的小學，就在台東的一個輕航空隊基地的旁邊。每天，不論朝會、降旗、下課、午休、體育課……，不論何時一抬頭，校園的上方都會穿梭不停地飛過一架一架的直升機。那些金屬巨禽以極低空的高度起降掠過他們的頭頂，乃至於所有的小學生皆可以清楚看見駕駛員臉上的墨鏡，或他們橘色飛行夾克上的臂章。直升機螺旋翼掀起的焚風與黃沙，變成他記憶裡和上課鐘聲、單槓和司令台一樣，以爲是每一個小學都應該具備的校園景致。

有一天，D君和另外的幾個小朋友，突然奇想一時膽起，像不同水域的蜉蝣生物突然向原先互不侵犯的大魚挑釁，他們站在頂樓陽台，對著一架如此貼近飛過的直升機招手（像攔計程車一樣），說（D君學著那群孩子的童稚模樣）：「來，來，來。」

D君說，不曉得自己有沒有修改記憶，他似乎清楚記得有一瞬他如此清晰直面和駕駛員的臉愣愣對望。他聽見引擎換檔的聲音，然後那架銀色的金屬大鳥，那個原應該在天空上固定路線來去的直升機，竟然直直地降落下來啦。

小朋友當然一哄而散。那架直升機降落在操場正中央，（我忘了問D君：那原先在操場上打躲避球、足壘球或是跳橡皮筋的小朋友們，他們到哪兒去了？）下來了兩個戴頭盔、墨鏡穿橘色夾克的叔叔。（D君這時躲在教室大樓一根水泥柱後作爲掩體，觀察著那隻從天而降的像神物一樣的飛行器）其中一個追著逮著一個落單逃跑的小朋友，然後他們比手畫腳地往訓導處或教務處那一帶走去。

D君說印象裡後來聽他父親說（他父親是台東另一所國中的老師），當年有一架直升機，在回基地的途中，或因機械故障或油箱漏油，確曾發生過緊急迫降在他們那所小學裡這樣一件事。但他父親記得的版本（聽小學老師描述），那架飛機是半栽半跌地摔下來，機身摔撞地面時駕駛員嘗試再度提升飛起，但因尾翼平衡舵在撞擊中受損，使得那架直升機像耳半規管被切除的鴿子，歪歪斜斜原地打轉地摔落。是那樣的驚險畫面，而非D君記憶中他和一群孩子，童話般地將它從飛行的天空中，好整以暇地揮手召喚下來。

奇蹟應該是像舞台機關讓白鬍子穿長袍的神祇，在詩歌隊的大合唱下，從雲端緩緩地降下來。

不過一、兩年前，我搭計程車時，還遇過某些司機，他們會感傷又神往地告訴你，他們在淪落到街頭開計程車之前的光榮行業。我遇過一個文氣的中年人，他告訴我他之前在台北、高雄各擁有一間占地百坪的水族店。他是從日本引進大型海水缸和海底水族環境仿造技術：他先從如何取得乾淨海水講起；如何養水；如何用水銀燈、鹵素燈或鈉燈創造海底不同的光帶；PH值、KH值、比重確定；滴流式過濾器、蛋白質分離器、藻類過濾……，在我聽得昏睏欲睡時，他又無比旖旎愛寵地講起曾在他手中伺候過的魚族：他說最受玩家歡迎的是刺蝶魚科，有些小型的可以養在小缸（就是礁岩生態缸），他說你總聽過神仙魚吧？（老實說我沒聽過。）藍面神仙、藍閃電、噴火神仙、阿拉伯神仙、還有會咕咕叫的皇后神仙。他說幾年前景氣好，一尾紅海騎士至少要五六千元。他說刺蝶魚科或是會躲進海葵睡覺的雀鯛科小丑魚我全養過，蝶魚中較勇的黑白關刀就別提了，連傳說中難養活的霞蝶、黃斜紋蝶他都成功顧養過……。

我實在無法一一記下他在計程車駕駛座像變魔法吐出那些漫天飛花的魚族名字，（後來他開始聊軟體動物綱，什麼綠鈕扣珊瑚、萬花筒珊瑚、公主海葵、飛羽管蟲、扇形海樹……）但彷彿覺得整座灰敗的城市，在我們這輛車所經之處，全燃放著無聲的煙火。

這是那時候的計程車司機。

我亦曾坐過一輛夜間計程車，那個司機是個留落腮鬍的禿頭，他長相猙獰，聲音卻帶著童腔。他告訴我他是個舞台劇演員。拍過一些電影，但通常是那些老大身後把記者照相機奪過來拉出底片的保鑣。他說他白天在攻讀戲劇碩士，晚上則出來開計程車打工。他還向我描述了幾個他曾載過喝得爛醉茫茫然不知往哪去的陪酒女人，她們拿出一兩張大鈔要他在台北街道各處亂繞然後在後座呼呼大睡。我記得這位司機告訴我他叫「阿斗」。「你一定要記得這個名字，我將來一定會大紅的。」後來我確曾在電視上看到他，一次是一家銀行的信用卡廣告，同樣是那個禿頭、落腮鬍的胖子，他演一個在便利超商刷卡卻中了百萬獎金而昏倒的顧客；另一支廣告他演一個（同一家信用卡）刷中特獎的賭神。另外一次我在趙自強的兒童節目裡看見他，但是他似乎仍是演可怕的壞人叔叔……。

後來我搭計程車，就再沒遇過這類怪異奇幻的司機了。他們的聲調、照後鏡看去的眼神，全被一種灰調子給占據，甚至握著方向盤的姿勢都垮掉了。他們不再強迫推銷你台灣該獨立吧，也不再神采奕奕地臭屁他的新車是才出廠兩個月最新款的 CAMRY 車上的音響可以再買一台新車囉……，他們開始溫和謙卑、瑣碎但精準地背一些數據給你聽：八月份失業率 5.33% 波及百萬個家庭的生計；貧富差距高低所得差擴大至 6.39 倍遠比日本、韓國恐怖許多了；貧窮風暴、六成五民眾有迫切危機；美西封港對台灣出口貨運造成之衝擊更是雪上加霜……。然後他們乾巴巴地指給你看馬路上四處隱伏的罰單陷阱：測速照相機、闖紅燈照相機、躲在人行天橋上拿著伸縮鏡頭相機的警員、人行道旁長長的紅線、路口的機車待紅燈區……，每個月扣掉了罰單錢和貴得要死的油費，能拿回家的生活費剩不了多少囉……。

那個即使在更貧窮年代也不曾黯滅的華麗想像力，不知從何時起悄悄地離我們而去。我

原以爲眞實世界的滿目瘡痍不足以侵蝕推倒人們對「奇蹟來臨」時刻的壯闊景觀哪……。

悼念一個朋友

我第一次與小說家照面是在陽明山那間賃租的舊屋。那幢房子坐落在紗帽山坳約腰側部位的登山步道旁，算是貼山壁而築的違章老建物，進出都要爬一段教人腿痠氣喘的石階。那一帶相當幽靜隱蔽，群聚的七、八戶老房子屋主都是老人（我們稱他們「老陽明山」），建築的格局極相似，都在屋外鑿挖一地窖裡面砌一水泥深池，拉粗水管引中山樓附近的溫泉作爲泡湯浴室。且都隔間分租給學生。屋前皆相同品味植種了櫻樹、白茶花、含笑、杜鵑、李樹……，遮蔽不足，還會在梯階外側植一排南洋杉。

那時妻（其時猶算是女友）與一群女孩分租那幢房子。那屋有一極寬敞開闊之客廳，門戶是一排落地玻璃鋁門，天氣好時陽光傾灑而進，橘色的大塊地磚幾乎可倒影踩在上面的腳踝。客廳接著一區塊被女孩們充作飯廳，放了一張長木桌，上方低懸一盞彩繪玻璃罩燈。那一區塊靠著山壁，即使盛夏正午，點燈仍覺得昏暗。在這客廳與飯廳打通的公共空間兩側，有四間套房分租給四戶女生。這四戶女生之間的人際關係基本上與山下城市裡那些分租公寓的女孩們無有差別，她們淡漠有禮，各自有親密男友與進出之朋友，互不串門子，彼此錯開伙使用餐桌之時間，清楚攤分水費、電費、瓦斯費。偶爾有大批友人（或男友的友人）來聚會，也是窩擠在自己的臥房內，房門口排滿各式球鞋。如果這批訪客輪流下去浴室泡湯，她們也會一臉抱歉敲門詢問其他室友泡過澡了沒？我注意到一個有趣現象，即是隨時日遷移，住在裡邊兩間的女孩，較敢把她們的男友帶出房間，占用飯廳那張長桌（那個昏闇之區塊）；而靠外兩間的女孩（包括妻）則會使用客廳（那個敞亮透光的區塊），招呼她們男人的朋友坐在房東留下的藤沙發，泡茶聊天。

後來搬來一個女孩，叫梵玲。她的年紀較這些女學生略長，帶了一個四歲的小女兒，叫安安。這個梵玲搬來後，多少改變了那屋子的氣氛。她是個畫家，光線好的時候，她會拉開玻璃門，搬出畫架作畫，其他人進出時看到那些未完成的畫，總會充內行地應酬兩句，品評一下。而她會睜著那雙善意的美麗眼睛，開心地和你哈啦。慢慢地那個寬敞而空蕩蕩的客廳，被鋪在地板上油彩斑斕的報紙和上面瓶瓶罐罐或一些像擠扁的鉛皮牙膏管的油畫顏料給隔出了一條曲折走道。靠牆則堆放著她完成或作廢的各種大小號式的畫作。我們開始像穿過她的畫室，再鑽進裡屋去找自己的馬子。而她在烹飪了一桌美食後（她的廚藝確實不賴），也會逐一敲門邀大家共享。雖然大部分時候是被那些女孩或她們的男友疏離又靦腆地拒絕。當然廚房的角落也堆放了她各式新奇怪異的料理材料和調味瓶。

那個小女孩安安，基於一種小獸的直覺，養成了愛往妻的房間鑽的習慣。她母親作畫的時候，或她母親出外找藝術家朋友或一些修行團體聚會的時候，小女孩總會賴在年輕的妻的房裡，好奇地玩弄那些大女生收藏的布偶、小擺飾，抽屜裡的彩色迴紋針、髮飾、卡通貼紙、香水信箋，東問西問，甚至有時妻會和她玩起畫口紅、梳頭，或把小瓶香水灑在手腕上這一類你說不出是幼稚或早熟的仕女遊戲。

有時梵玲會帶回一些她的藝術家朋友，這些人大抵是散居在陽明山上的各色人等——我難免暗自嘆服這位單親母親女畫家的社交才華，我不知道她是分別在哪些場合結識這許多不同類型的人物——有為生計所苦的木雕師傅、有住在大使館或陽明山豪宅的貴婦、有我那年紀便已慕名常在副刊讀到文章的女小說家或女詩人，還有一些寡言但談起靜坐靈魂離體之神祕經驗便兩眼發光的奧修信徒……，他們總會像契訶夫小說裡那些邊遠鄉下的軍官家或女教師家的沙龍人物，時光悠緩神情虛無地端杯茶坐在光線盈滿的客廳，或是陰黯飯廳的長桌喝紅酒吃乳酪。我從妻的房間鑽出經過他們時，梵玲會將我喊住，替我們互相介紹：「喂，這是某某某噢。」「他就是小說家某某某。」通常被介紹的雙方都會愣然又尷尬。我們未必聽過彼此的名字，卻在那華麗誇張的描述裡，各自成了那一行當中神之又神的傳奇人物。不知該說些什麼，於是：「你們聊你們聊。」「是，是，您忙。」

和小說家的第一次照面便是在那幢房子裡。那天我或又臭著臉從妻的房間推門走出（心裡嘀咕喂你這位藝術家母親老把我馬子當免費保姆，現在小孩好不容易哄睡了，妳倒是在外頭呼朋引伴高談闊論的），女畫家從飯廳那兒喊我：

「喂，駱以軍，你看看這是誰？」

那時我站在那個強光的區塊，身邊亂七八糟堆放著一些未完成的畫作。我略低了低頭（這之間被一挑空的酒櫃擋著），那是我第一次見到小說家，一旁坐著另一個嬌小的女孩。「這是哲生，今年剛得了時報文學首獎，這是小ㄋㄧㄝ，他老婆。」

彩繪罩燈的昏黃光暈下，一張老狐仙的臉在煙霧繚繞中苦笑著，那個笑臉中有一種抱歉的意味，雖然我不知他在抱歉什麼。那時我或因年輕害羞，或因一種長期頹廢山中（我有三、四年棄筆沒寫出一篇像樣的作品）的自棄情感，我竟沒有趨前走近昏暗中坐著的他們，那樣遠遠站著說：噢，我知道，那篇小說我非常喜歡，特別是後來那段，小兒子在基隆港送走父親，獨自一人跑去運動器材行買了一對昂貴的手套，卻在車站苦候他的同伴不至，孤單單地幫一個陌生婦人顧她的小女孩……，那一段寫得眞是太好了。我這樣說的時候聲音又急促又尖細，像一個嫉妒的少年。

小說家有沒有離座走來向我致意，我全不記得了。後來一次再遇見他，是在鳳山陸軍官校的新兵訓練中心，那時我刻意吃胖只需待一個月便可退訓。我記得那是我待在那強光曝曬的炎暑軍營的最後一個營區休假日，我和另一個胖子穿著將軍尺碼的大號軍服坐在樓梯間吸菸，突然有人自後拍我。那至少花了十秒鐘才從一身菜鳥草綠服戴著軍便帽和身邊成千上萬同樣造型的輪廓中辨識出他來。他坐下和我們促膝抽菸，當他知道我即將打包回家時顯得激憤不已，他不斷虧我且自嘆命苦，那其中帶有一種「日子這麼難過，但眞被你這小子找到一條脫逃的路」的親愛情緒。他且半開玩笑向我勒索存菸，我便把身上那包捏扁剩不下幾根的白長壽悉數交給他。

那之後，隔了幾年，我發現我和小說家會週期性地在一些文學獎的評審場合碰頭——我們在一些小獎當決審，在一些大獎當初審——總揮之不去那種打工仔既同病相憐又自相嘲弄的候鳥氣氛。奇怪是每次會議結束後我們總是各自匆匆離去，沒有一次找個咖啡屋坐下聊個近況或創作心得啦之類的。有時我獨自走去停車處的途中，心裡還會沮喪又掛惦剛剛一些對不同喜惡作品之爭辯有沒有得罪對方，在一公開表演氣氛直面相見各自相左的美學信念，那不知該認眞或只是扮戲的疑惑始終高燒亢奮久久無法散去……。

另一次是出版社年終的尾牙餐宴，那晚聚餐結束後，大作家、暢銷作家、美女作家們三兩成群各自招車散去續攤，我發現餐廳門口站在冷風中只剩我和小說家兩人。我們乾巴巴地沿夜街走了好一段路，然後找了一間蜜蜂咖啡進去坐。自嘲的笑話，唉聲嘆氣，話題仍是環繞著「操他媽的混得眞差」或「那個某某某混得挺好」，又羨慕又感慨。就是那時我注意到他從外套口袋拿出一袋菸草、一小疊菸紙，開始在小咖啡桌上捲菸。他捲得專注而仔細，像表演一場魔術之前奏那樣地愼重，但他捲好後，只是將那根菸叼在嘴上，點火，呑雲吐霧。

那樣地，像我和我那個流浪漢哥哥在父親的喪禮空檔沉默無言地抽菸，我們他媽的從來搞不懂那個一輩子匆匆忙忙一臉怒意的父親究竟在窮忙活些什麼？就像我們從來也弄不清這些年來對方在搞什麼？我們像重考班的學生在陰暗的樓梯間打卡時相遇總會聳肩微笑，做個鬼臉。雖然那只是上道，我們比那些捷運上相對而坐的陌生人還更互不認識。

我記得最後一次和小說家哈啦，是在一個我們也許都弄錯而走進的文藝 party 上，我和他和老C三人躲在牆角窮扯屁，那晚他怪怪的，像履行自己行善之承諾而背誦一篇禱詞，不斷對我說著他有多羨慕我等等。那令我浮躁起來，我對他說：「喂，老哥，我才羨慕你吶。」這些天我重讀他最初的那本小說，發現自己心底浮現的，仍是和那晚一模一樣的那句話。

次日

葬禮的次日，我坐在巷子裡一間小咖啡屋外的露天咖啡座打盹。說是「露天咖啡座」，其實不過就是玻璃櫥窗外多推出來用木頭欄杆圍出的，僅放一張白漆圓鐵桌的小區塊。無人的咖啡屋裡禁菸，我坐在那兒其實不挺舒愜：圍欄外邊挨擠傍放著一排機車，下方的水溝蓋飄出一種混合了洗衣泡沫和廚餘穢物的臭味，亂了節序的午後陽光，曬得我頭昏腦脹。但怎麼說總是在「坐咖啡屋」。我付了咖啡錢，依傍在那間時不時傳出咖啡機磨豆聲響的咖啡屋外，有一張桌子在那段時光歸我占用，我隨時可以走進店內，穿過那些現代主義風格的桌位和吧檯，使用那布爾喬亞氣味的乾淨廁所。

且老闆似乎是個煮咖啡的行家，我點了一杯曼巴咖啡，也許恰好賓果選到了他有調煮心得的一項。喝完後他以一種對自己手藝或咖啡豆的歎賞，又慷慨送了我一杯。其實我對咖啡，是個五穀不分的品味白癡，他倒了第二杯後，站在我的面前，神秘地問我：「怎麼樣？有沒有一點不一樣。」我裝出用舌頭嘖嘖在口腔內旋轉回味那咖啡的細微層次，眼珠上翻，小心翼翼地說：「唔，好像比較苦一點哈？」不知答得令他滿意否，他沒說什麼又轉身進去了。

我坐在那兒，試著想寫一些什麼好玩的，但不一會就撐著手肘打起盹來。我非常疲倦。腦袋裡像忘了關機的影印機，斷斷續續重複著葬禮的種種：公祭時我和哥哥站在靈堂一側像發條人偶那樣地跪下答謝、繞棺、咬孝子釘，火葬場撿骨時看見師傅將那些恍白的長短骨塊壓碎塞滿罈子、靈骨塔……，一切都過去了，但整個身體各部位的關節肌肉，都像被酸醋浸過一樣，乏軟空鬆。

我試著想一些好玩的故事。我突然想起：在我結婚之前（那是好多年前了）的某一個星期天，我和妻回永和老家和母親討論大約是婚禮桌次或喜帖樣式這一類瑣事，然後我們開車到中山北路民權路口一家叫「蝴蝶樹」的婚紗店挑選婚禮那天妻要換穿的三套禮服。假日的台北街頭空空蕩蕩，但我的車一路從新生南路台大校園旁，穿過和平東路、信義路、仁愛路，乃至上了新生高架橋……，沿途皆從四面八方竄出幾輛響著蜂鳴器的消防車和救護車，有的從面前的街道疾駛過，有的自後超過我們……，似乎從城市不同區域各角落被召喚，奔赴某一個集合地。

那時我不以爲意（不過空蕩的假日大街上，一些消防車和救護車像玩具那樣在你四周跑來跑去，確實有點怪怪的），我們依約到那家婚紗店，我陪著年輕的妻在那一整片數百件的各式新娘白紗陣裡待了一整下午（有曳地長紗的、有蓬蓬裙的、有仿和服剪裁的、有鏤空蝴蝶織的、有像個傻瓜屁股那兒繫一個大緞帶蝴蝶的、有露背的、有低胸的、有緞面仿旗袍極簡線條的……），直到眼前暈眩出現白紗蜃影紛飛。

當晚回家看了新聞，才知道在我們坐在那環牆一整衣櫃一整衣櫃的新娘白紗之間，聽那個接待小姐窸窸窣窣介紹每一件禮服特色、材質，年輕的妻進進出出更衣小間換上又脫下那些柔軟華麗的魔幻衣裳，「好不好看？」「好。」「這件呢？」「太好了。」……的同時，就在我們不遠處林森北路巷裡的一幢大樓，大火燒死了數十個附近上班賃租的特種營業女郎。我記不清關於那場大火災的相關細節（似乎事後媒體第一次有聲音說，台北市消防局應該配備可澆灌超高大樓火警的大型雲梯車），也不記得那幢大樓的名稱；可是那個，像誤闖一場災難片拍攝時空的，在各街道轉角和不同方向駛來的救護車交會錯身的場面，卻如此清晰……。

不知爲何會想起這件事？

我又想起念研究所時，班上一個叫張秀玲的女生，有一次恰好只剩我和她在研究室，她不知怎地開了話匣，告訴我她在她家排行老十，那時我們皆年不及三十，她的母親已近九十了（比我的阿嬤還老）。她的大姊已七十好幾。也就是說她其實是和我母親同輩之人。她的家族記憶，成長過程由兄姊口中描述的那個世界，民間習俗、家中成員之生老病死……，皆和我母親那一輩人之記憶重疊。這個張秀玲其實是個嬌小甜美的女孩，但從此我皆喊她「秀玲阿姨」。

她說她母親這一輩子根本就是一個「生產機器」，她母親在五十幾歲時竟還懷上她，據說那時醫生才從她母親的肚子裡取出一枚，像廢電池般年代久遠早已無效能的古早避孕器「樂普」。我記得我在那個研究室裡，瞳仁無法聚光地聽著她說一些，諸如她小哥車禍，而之前哪個哥哥又中邪瘋去，她姊姊們（一些六、七十歲的老婦）請道士去問，原來是她父親生父那邊的黃氏祖先和養父這邊的張氏祖先在陰間打官司，當初分爐供祀香火的承諾沒履行，所以不安寧……，這一類，我母親那一輩氣氛的奇怪故事。

爲何在父親葬禮的隔日，無厘頭地想起這些？

邊打著盹，木柵欄外一個阿伯來牽機車，他的後座貨架堆了極高一層一層藍色塑膠盛物盒，他踩踏了許久皆無法將引擎發動。後來他遂點一根菸歇緩一下。那樣的停頓有些尷尬：我們靠得如此之近，幾乎像並坐在一起抽菸。只不過他正要去送貨，而我裝模作樣面前擺著一杯（可能是行家燒出的極品）咖啡，還有一攤沾滿口水的空白稿紙。

他突然用台語問我：「你那一杯咖啡多少？」

我說：「一百塊。」（其實是一百二。）

他悠然說：「幹！一百塊去冰箱抓四罐啤露灌下去多爽，空面！」

我陪著笑說是啊。他問我爲何交了一百塊不進去吹冷氣在這邊罰坐？我說因爲我呷菸哪裡面禁菸。

他又臭幹一聲空面，將機車發動，說他年輕時帶小姐（他說翃啦）去西寧南路一家賣咖啡的，一杯一百二，他一口咕嚕便喝光，小姐說他沒情調，他說這麼少哪夠我一口啊，我說原來您年輕時也是個老黑狗兄噢。

他搖搖手，光塵中催油，揚長而去。

父親夢見總統遇刺

總統挨槍擊的那一晚我的父親正躺在榮總急診室加護病房，他的嘴張大成一個孔洞，各種顏色粗細不一的管線塞擠著通進腔體內不同的臟器，另一端則纏繞地接在一台紅燈閃著各種數據和波紋的儀器上，那個場景完全像電影裡演的一樣。我的哥哥剛簽下放棄電擊急救同意書。事實上一直到我們分別接到母親電話趕回家裡，撥一一九找救護車急送爲止，沒有人知道他的狀況壞毀到這樣的程度。稍晚加護病房醫生給我哥做出的簡易病情描述是這樣的：心肺衰竭、肺炎（所以替他作了氣管切開術急救）、嚴重營養失調、全身水腫，進一步的檢驗出來發現他的肝部有惡性腫瘤，已擴散進腹腔和骨頭裡，屬末期⋯⋯。父親嚴重中風迄今已近三年，朋友問起我「你爸現在怎樣？」時，我總將之描述成一慢速幾乎靜止的古代化石魚。似乎他的意識早已自這世界離場，只剩下一具慢慢鏽壞的身體在折磨著我母親。那像《百年孤寂》裡馬康多那場四年十一個月零兩天的漫長雨季，作爲大家長的易家蘭在其間緩慢地死去。她的死亡方式是愈縮愈小，且愈分不出眞實和她記憶中的時間，她和死去的祖先們閒聊那些她出生之前發生的人和事。在這「緩慢死亡」進行同時，邦家的後輩卻快速老去，有幾個人物像等不及地先死了。且馬康多這個小鎮在無止境漫天大雨下，屋基塌毀，牛羊病癘，慢慢浮出廢墟的樣貌。

總統中槍的新聞我是和我哥一起站在急診室的病患家屬間，仰頭張嘴看著牆上一台電視切播各種畫面。不斷地有各式各樣緊急重症或病危的患者用擔架床推進這個亂糟糟的空間。之前父親鄰床一個老人在醫師電擊急救無效後，被蓋上褐色金黃穗的帕被由哭哭啼啼的家屬和三個葬儀社人員推走。我想父親或不知道身旁正有人死去，那些科幻意象的精密儀器在他體外另拉出了一個迴路系統，他已進入爬蟲類無時間意識混沌夢魘的狀態吧？

這幾天，總統中槍的這件事，在我的腦中，像一三D電腦動畫定格播放的雕塑劇場，大街上的場景，醫院裡的場景，它變得靜穆又神祕，可以三百六十度旋轉。那召喚著我讀過的無數個小說，有一種難以言喻的情感撲襲且挑釁著我的職業自尊：「如果這是虛構，那該調度怎樣繁複多層次的實踐素材？」那是什麼？與眞理、正義無關的，對權力者可能在密室中謀畫、編劇、沙盤推演的好萊塢電影畫面？或我的想像力可否爲那改變歷史的禁忌房間投射足以描繪出殉難（或陰謀）時刻之光源？

後來的幾天，電視陸續播出警方公布的證物，以證明這件槍擊案是眞非僞：彈道比對，彈頭DNA鑑定，彈殼尋獲，後來還公布了總統副總統中彈後躺在手術檯上兩眼茫然的近距血腥照，以及槍擊現場包括群眾騎樓及隨扈車隊的街道重建（因爲那匿蹤的殺手完成了一近乎好萊塢巧奪天工的、不可思議的射擊——擦邊球（天佑台灣）——改變歷史，這三合一的神蹟）……。不知爲何，這許多透過重描或遺留痕跡以拼貼一「眞的發生過了」的敘事方式，讓我陷入更大的憂鬱和狐疑。它的語境氣氛實在太像，太像我這一代透過好萊塢電影在一虛擬時光隧道裡所熟悉的「夢工廠技術」了：包括《X檔案》、《鵜鶘檔案》、《網路上身》、《致命遊戲》、《MIB星際戰警》……，種種透過失憶、更改系統資料、影像合成、龐大且專業之高科技黑機構、重構現場、關鍵證人消失——那已非小說（透過邏輯悖論或雄辯修辭、僞考據、僞知識、僞推理以實踐之「神奇的寫實」）而是電影（透過鏡頭語言、場景重建、剪接蒙太奇之暗示）的虛構術。

如果它是眞的（等警方逮到那個凶手，可能只是一個無足輕重的賭盤組頭；而不是我像《美麗境界》裡的數學家奈許，以爲自己在成千上萬雜亂無序的八卦雜誌中找到巨大陰謀之數序密碼，以爲自己在和一個其實並不存在的龐大間諜網絡打交道），那或許只是印證了一些偉大小說家的陳腐感慨：一則平庸無奇的社會新聞往往比一個天才小說家奇技淫巧、費盡心思的設計更要巧奪天工。但我腦海揮之不去這樣的畫面：這壓縮快速、充滿戲劇性的幾天所發生的事——包括謊言與眞相的爭奪；總統夫人與通緝犯記憶中不同光影、擺設的客廳；包括陰闇的醫院急診室，一群人圍著中彈的總統；包括電視上那些不敢置信痛哭流涕或欣喜若狂的群眾的臉——全像嬝嬝狼煙、或輕盈飄灑的磷火，鑽進我父親那插滿各種管線的頭顱裡。那像是我父親孤寂一人躺在冰冷且只有滴滴儀器聲的加護病房裡夢見了這一切，原先我們以爲那枯槁的腦殼裡，能掌握實體世界存有感的大腦灰質已逐形萎縮乾涸。但或許那樣的淨空使得他胖大的頭顱變成像一座空曠有回音的火車站大廳，他以爲四下空無一人，但困惑地看著地板上紊亂重疊快速移動的人形影子。在那個大廳角落的牆上，孤零零懸掛著一台電視，裡頭播放著諸如總統遭槍殺的各種角度黑白照片。於是他相信自己夢見了正發生的一切。

恰好讀到一篇波赫士談「時間轉回」的文章，他提到有三種主要形式：第一種是柏拉圖在《蒂邁歐篇》中提到七大行星以其各自相互平衡的速度，最終轉回它們的起點。柏拉圖死後的雅典星相學認爲：人的命運由天空中行星的位置決定。他們認爲：如果行星的運行是週期性的，那麼宇宙的歷史也是週期性的，循環往復的。每個「柏拉圖年」（他們定爲12954年）結束時，同樣的人物將會重新出現、經歷一樣的命運。「阿喀琉斯將會重返特洛伊城，各種禮儀及宗教將會重現，人類歷史將要重複。現在的每樣東西無一不是過去曾經有過的……」

第二種時間轉回形式波赫士說「歸功於尼采」（即昆德拉在《生命中不能承受之輕》開宗明義引述之「永劫回歸」幻念），這一形式的論者認爲不僅時間，而且還有那沒有止境的空間，都充滿了相似的世界及相同重複的世界。波赫士且摘譯了休謨《自然宗教對話錄》中的一段話：「……我們不要像伊比鳩魯那樣去設想無限的物質。我們應當設想物質是有限的。有限數量的微粒是不可能具有無限的變化的。在一個永恆的過程中，其一切次序及可能的位置可以重複無數次。這個世界以及它所包含的一切，包括最最微小的事物，它們被創造出來，又被毀沒。它們又將再次被創造出來，再次被毀，如此無限地循環下去。……」

第三種形式，波赫士熱情洋溢地稱之爲「唯一富有想像力的方式」：他提到梵天的日日夜夜；提到那個不移動的時鐘的週期，這個鐘就是每隔一千年被一隻鳥的翅膀輕輕地磨損一次的金字塔；提到希臘詩人筆下從黃金變成黑鐵的人們……他提出許多紛紛芸芸的詩人和哲學家，並抄錄了一段馬爾科・奧雷里奧的話：「即使你的壽命長達三千年，或三千年的十倍，但你要記住：任何人失去的只不過是現在擁有的生活；擁有的只是會失去的生命。生命長一些或短一些完全是一樣的。現在屬於所有的人，死亡就是失去現在，它只是瞬間即逝的分秒之間的事。誰也不會失去過去或將來，因爲他所沒有的，別人無法剝奪它。切記：一切事物都在它自己相同的軌跡中運行和重複運行。對於觀者而言，看它一百年、兩百年或永遠永遠地觀看下去，其實質是一樣的。」波赫士替這段奇怪的話做了一個他所擔憂的誤解猜想：「現在就是整個生命的形式」——否定任何創新，人類的一切經驗（包括暗殺或模仿電影中的僞造暗殺，包括所有形式的種族排他主義及法西斯）都是相似的假想，世界正走向純粹的貧乏化——波赫士開玩笑地說，如果我們和愛倫・坡，斯堪地納維亞的海盜，或猶大，都悄悄地有一個完全一樣的命運，那麼宇宙史就成了一個人的歷史。

波赫士說：「這種假想在最極端的形式上很容易駁倒的：一種味道不同於另一種味道，十分鐘肉體感覺的疼痛不等於做十分鐘的代數題。但在長的時間範圍內，這一假設是可能的，是可以接受的。感覺、激情、思想、人世的變遷等等，它們的數量是有限的，在死亡來臨之前，這一切都將結束。」

宇宙史成了一個人的歷史。這些天我總在准許戴口罩穿著手術防菌衣進入加護病房的短暫半小時裡，站在父親的病床旁大聲呼喊，一些好久以前他反覆回憶的生命裡的榮耀事蹟，或我揣測他可能聽見仍會垂涎的美食好酒（用支蘭烤的羊後腿、羊肉泡饃、蔥燒鯽魚、大閘蟹膏、醃篤鮮，佐以陳高、或酒鬼、或五糧液、或草原白乾），套句我母親的話：「讓他在快樂些的心情中離開。」我在心底低聲說：我不知道自己這一生能否經歷您經歷過的那麼多事。其實我猜他什麼也聽不見，他或正夢見許多個同時存在的星體，那些星體有它們各自的歷史，洪水、颱風、瘟疫，或大屠殺，也有許多不同的總統在不同時空的情節與結局中挨槍子兒。不知爲何我相信他夢見的，遠較我正經歷且半疑半信的這一切，要豐饒、凶險且壯闊許多。

偷雲梯車的女人

「別去偷哪。」

那時我這樣勸她。

「爲什麼不呢？」她病懨懨地問我。

「因爲……慢慢變習慣後，你會不能自拔地，讓自己就一直活在那個不見光的世界裡。」

我總是這樣。我總是站在一個，對方並不以爲然或輕蔑看待的位置，氣短心虛地勸阻著別人。像是有一條邊界，我站在光的這一頭，而她站在暗影的那一頭。「反正你是他們那一國的。」她會說出這樣負氣的話來。

因爲……有太長的一段時光，我一直活在偷來的世界裡啊。從最小的時候開始，我偷我父親西裝褲口袋的零錢，偷超市的零食，偷漫畫出租店的漫畫；小學時我就懂得到蒸飯間偷吃班上有錢同學的便當；中學時一個喉結很大的傢伙教會了我怎樣偷人家騎樓裡的腳踏車；高中時我把訓導主任辦公桌上的壓克力職銜名牌偷回家放自己桌上……即使到了現在，如你所見，我已是一衣裝稱頭的體面人了，我仍不斷在偷：我偷辦公室裡無關輕重的釘書機、彩色迴紋針、立體三角茶包或影印紙；我也偷 Starbucks 的杯墊、pub 裡烙印百威啤酒英文字的開罐器或是麻布茶房的七味粉調味瓶這些小東西；出差時我偷飛機上的小銀湯匙小刀叉，或是豪華飯店裡的白色晨褸、調酒杯或鞋拔；當然我也偷過像 Friday 餐廳廁所裡的瑪麗蓮夢露壓裙照掛框，捷運站廁所的烘手機或是醫院裡的電動量血壓器這類較大技術性稍麻煩的物事，不過那種東西偶一偷之即失去吸引力，它們和我另外偷來的消防栓龍頭和土地公雕像一起堆放在我的房間裡，像只為了虛榮而收集的大型動物標本一樣，完全無法喚起順手牽羊之瞬那種臉孔刷紅呼吸急促彷彿進入一周遭人等全浸在游泳池底的慢速時刻的極致幸福……。

我後來有一個領會：當你衣裝楚楚，當你以不成比例的高額度消費在那些高級的場合裡，你愈能在眾目睽睽之下如入無人之境地拿走那些精緻的小東西。譬如當那些穿著制服的侍者畢恭畢敬地將簽帳單發票及信用卡呈遞上來時，我不發一言地連同那眞皮製的黑色長匣套塞進懷裡，起身離開。那完全和那些交叉雙臂拿著蒼蠅拍守在店門口，盯著你外套下有沒有鼓鼓漫畫的出租店老闆，是完全不同的難度差異呵。

「為什麼不呢？」她的眼裡帶著促狹的笑意。我覺得她以為她看透了我。

這樣的我卻在勸她別……。只有極少數的人知道我的角色是在何時移形換位，像深海螢光魚隨著情緒變換著它橙色冷光或藍色冷光的腰腹尾鰭（仔細想來，這世界又似乎並未存有此一魚種，可能是錯幻誤植了某些手機廣告之印象）。那像是，當我在D君的電腦前以滑鼠覽閱著他的紫微命盤時，這個臉廓深削常在影劇版以冷酷創作者氣氛出現的美男子，卻非常不合宜地在身後饞急追問：「怎麼樣？那這十年的大流年有沒有一些桃花星在潛伏發光？有沒有軋到馬子的機會？」那時微微覺得一種旋轉失位的暈眩。我曾以「第三者」的不倫身分捱度了兩三年的青春。我躲在窄小而霉濕發臭的賃租宿舍裡，像個「地下室人」那樣抄寫著一些奇幻扭曲、記錄著乖異人心和殘虐景觀的小說段落。那似乎是我理解世界的方式。我不知道在那曠日費時（鬼鬼祟祟、帶著罪惡感的、畏光的）磨耗過程，有什麼我裡面本來即十分單薄稀微的「社會化的聯繫」，徹底消失不見。

如他們所說：「最嚴酷貞烈的宗教必出於最淫亂的民族。」或一些耳語，「最潔身自愛的革命領袖常常是gay喔。」

因爲曾目睹過惡德最璀燦炫目的形式，所以無法再從零星規模的小犯罪裡覓得戰顫欲狂的快感？因之無法像昆德拉筆下的薩賓娜，「以背叛下一個情人作爲對背叛之前那個情人的贖罪」？

但她終究沒聽我的勸（她還是去偷了）。當我從電視新聞看到，他們播放著監視攝影機拍下（畫質很差的）她偷走那輛消防雲梯車的全程——她氣定神閒地晃到澄亮火紅漆的車輪邊，極艱難費力地攀上那對她顯得太高的蹬腳板，然後鑽進駕駛座。半分鐘後把那輛大傢伙開離鏡頭——我忍不住在電視機前痛哭失聲。

除了我。沒有人知道她偷走一輛消防雲梯車要幹什麼？

大火焚毀的地鐵車廂

此刻我妻子的屍體仍被覆蓋在我們的伊芙・德倫牌羊毛被下。我離開的時候沒關掉空調，所以此刻她的身軀或仍白皙腴軟，面容栩栩如生，彷彿她最後哀傷又無辜地問我：「我究竟做錯了什麼？」那永遠凍結的神情。不想此刻我竟全身焦黑地僵坐在這，和這一車廂老的、小的、男的、女的，全變成黑人的「最後的同行者」。

眞像是報應，不，我想說那更像是一則隱喻。我殺了自己的妻子（那個不貞的女人），卻在數小時後陪葬在這一群甚至我不識姓名的平庸市民之間。當然我知道你要說什麼，不，伊阿哥，我愛她，我愛我的妻子，那種愛是你這樣的人所不能理解。當然一切都按照著你的設計。當我一口口飲下你遞上的毒酒，當我放任你那巧簧之舌，演奏繁複又嚴謹的挑撥巴洛克，當我在勃起狀況下用羊毛被將她活活悶死，我啓動的不是一幅巨大的嫉妒與怨恨之景，而是複雜而形貌難辨的愛意。我確是愛你的，（這令你震驚了吧？）伊阿哥父親，邪惡的事物也藏著美好的精華。我必須按著你的暗示去完成所謂的「嫉妒」（雖然我不理解那究竟是什麼？也許我體內著實缺少分泌這種情感的酶），但我仍要說，這一次的悲劇是源自於愛：我的妻子愛我，小西（他現在應該已被你找去的人在酒吧後巷捅死了吧？）愛我的妻子，你愛我……，爲了將這樣凹凸殘缺的碎片，拼圖成一幅完整自足的國度——那個畫面即是「第二個父親，隱喻象徵的父親」，像那些在女性刊物上分析我這種男人的文章：「……他將不計任何代價來實踐這位『父親』對他的期望……」

就像他們在「A Midsummer night's dream」裡（對不起，那是復興南路的一家歷經無數次查抄及無數次重新註冊更名的搖頭吧，其中一次的店名）玩的把戲：

我聽見他們對著那些趴倒在吧檯上的尤物耳邊輕聲唱著（他們擠花汁滴在她們的眼瞼上，他們把白粉撒進她們的甜白酒裡）：等你一醒／睜開眼來／一看見什麼就把什麼愛／爲了他／嘆氣又憔悴／不管是雪狸、狗熊、山貓、一身硬毛的野豬，還是山豹／只要你醒來一眼看到，它就是你的心肝寶貝。等醜東西走近，你再醒來。」

那是我們那個年代的故事了。pub裡的強姦丸，第二天醒來時女孩們宿醉酸臭的嘴。「弄錯了？幹！」做了缺德事的傢伙幾年後被人看見跟在當年迷昏的那個馬子後面（她變得臃腫又碎嘴），雙人座娃娃車塞著一對兒女，車骨上掛滿大包小包百貨公司周年慶物事。或是女孩間唧唧咕咕不恥那個誰又和舊情人上床了？怎麼回事？反迷昏。陰道除臭劑。威而柔。總是弄不清楚誰是誰的情人？誰歸屬誰？有時在不同的店家裡遇見父親的鬼魂在那遊蕩，滿嘴臭水溝泥沼氣味悲苦地告訴你，殺死他的正是那個賤人和她的姘頭。他們且聯手搶占了他在公司CEO的位置。隔兩年你在另一間pub遇見父親鬼魂，發現他看上去年輕了十歲（打肉毒桿菌？），你發現他這次陰鬱仇視的對象正就是你。怎麼回事？擋了人的馬子。「不，父親，您弄錯了，那是過去式了。我總無法在幾年前就預知：你在幾年後，會對我就要分手的女人感興趣吧？」（這或許就是她們所說的「抹黑女人以加入烏托邦式俱樂部」？）

事實上，我總是在pub裡遇上這類鬼鬼祟祟湊近搭訕的巫女，他們專擅的項目不一，舉凡塔羅牌、紫微、測字、西洋星圖……，有一次我開玩笑地問其中一個女人：「告訴我這一期樂透的六個數字吧？」沒想到她直直看著我的眼睛，說：「你聽了床畔女人的歪話，殺了那個正直的好人。你將竊取他全部的財產，並成為你那個國度的國王。」我保持微笑但內心實在震驚不已。除了蒙娜——我的妻子（願她安息）——沒有人知道這些年我密集出版飽受爭議的一本一本小說，皆是竊取自我那位天才洋溢的朋友鄧肯之手。當然沒有證據可以指控我殺了他。女人又說：「你放心，除了在你自己接下來的小說裡，沒有人可以洩露這個祕密，也沒有人能在小說之外殺死你。除非，一：你得小心一個戴綠帽子的男人。二：凡是從女人胎裡出生的，都不能傷害你。三，除非山上的森林，都移到了你在這城市的房間窗外，攻擊你……」

外邊的人聲愈來愈遠了。伊阿哥。黑色濃煙吸入我的肺泡。我想起我這不幸且罪惡的一生。我悔不該聽信蒙娜的挑撥而殺了我摯愛的鄧肯，再聽了你的挑撥而殺了她。（她們是同一個女人嗎？為何可以在上一個故事如此邪惡卻在另一個故事如此純情？）當然我想你會在警察局作證我「殺死妻子再放火燒地下鐵」。這多像是你喜歡的戲中戲。「像咱們這麼低微的小人物，居然在這幾塊破板搭成的戲台上，搬演驚天動地的事蹟。難道說，這一個『鬥雞場』容得下整座世界？」那時我突然想起，那個面容恍惚拿著打火機和汽油桶的男人，不正就戴著一頂鴨嘴綠毛線帽嗎？還是她指的是「戴綠帽」的我？（我更確定的是，我從來就不是從我媽的胯下生出來的，「我」是從鄧肯筆下或鍵盤下敲打出來的。）後來我恍有所悟：當大火焚燒著這整座沒有灑水裝置的地鐵車站，我從爆裂的玻璃窗外，看見貼近而融化中的壓克力廣告板後面，整座城市未砍盡埋藏地底的樹根，像一座森林將我重重包圍。

噩夢

我在黃昏時刻把那個老大哥擊斃。夢裡兩個身體間的肌肉拉扯，衣物的撲刺聲響，以及對方哀鳴時噴出的濕熱鼻息，皆如此逼真有觸感。我痛擊他的前額和後腦，然後把「屍體」丟棄在永和老家院子中央的幾盆植物間。

「他會不會已經死了？」天愈來愈黑了。我和母親站在那幢老房子的客廳裡，看著外面一片闇黑的院落。我感到老去的母親從髮際、肩背，乃至手腳流散而出的憂悒。「會不會死了？」「要不要出去看看？」該去探探他的鼻息？或把他像受難耶穌那樣扛進溫暖的室內？

我的內心如潮汐反覆追想著這個老大哥對我及同伴所做的壞事。一開始我是那麼愛他呵。但他慢慢以（這些年來）一種半開玩笑、恩威並施，或是離間疏離的方式，讓我和同伴們彼此憎恨，互相傷害，不知不覺地，我們全成了受他操縱的精神殘疾病人。

年輕時，母親總會接到學校教官打到家裡的電話。「你兒子打人了。」（不可能！）「你兒子書包裡被搜出一把刀子。」（不可能！）或是「媽，我開車撞到人了。」或是「媽，我對不起你，我活不下去了。」母親後來回憶說，她每在傍晚時分，接到這種電話，下面的內容還未聽明白，內心早就「魂飛魄散」（她用了這麼個影像強烈的形容詞）了。

我總是想向她解釋，是這個世界先傷害我的啊。我向她解釋：是他先攻擊我的啊。一開始我以爲是開玩笑，還故作天眞地笑著。但之後我發現爲何我聽見自己骨頭崩碎的聲音。

那最後的畫面是我轉身，慢慢地，朝著他的下巴（如此腴軟）毆擊，然後像中邪般的慢動作：用柔道將他比想像中輕許多的身體，來回摔擊，像漁夫剛自海中網撈起巨大形體的鮪魚，在濕漉漉積滿鹽霜的甲板上，來回摔打，讓它腦中的隔室軟骨和腦漿全摔個稀爛，糊在一起。

夜幕低垂，我把老房子客廳裡的四管日光燈悉數點亮，這樣更完全看不見外面院落黑暗裡的任何動靜。母親用父親在世時那個大保溫杯替我泡了一大杯濃茶（客廳的矮櫃裡還收著一罐一罐，父親當初在一家高級茶行，怕人家瞧不起而大批收購，如今已潮霉過期的昂貴茶葉），母子倆，像什麼事也沒發生，那樣安愜優閒地聊天。

燈光下我的臉或像戴著銀漆面具一樣，熠熠生輝卻恍惚如不在現場。母親，像沒注意到我隔一段時間便朝窗外夜景無焦距張望的忐忑，自顧自叨絮著她膝蓋的老化變形，還有肩膀的舊傷（那都是年輕時一袋一袋下班後從外頭扛回家的家用什物所壓垮的，我記得小時候，她總像魔法師一樣從外頭走進來，從那卸下肩的袋子裡，變出各式各樣稀奇古怪的東西：有時是一袋米，有時是醬油沙拉油或米酒這一類瓶罐，有時是高麗菜紅蘿蔔或馬鈴薯南瓜，有時則傾倒出一網袋的柳丁或一整粒的大西瓜，有時是一整副熬湯的豬大骨）。母親在我們離開這幢老屋的時光裡，不知從哪裡的管道學會了各式各樣的民俗療法：針灸、拔罐、艾薰、刮痧、走經絡、長生學調整……。所以常在這樣我們母子在這明亮又闇黑的老屋客廳裡促膝夜談時，她總像個盲眼的深海水母，在我身上摸摸搞搞，治療我的肝經肺絡或七號穴道……。

（如果我們母子合力去那闇黑的院子裡，把那具遭重擊而逐漸失去生命的身體抬進來，母親有辦法用她那些民俗療法將之起死回生嗎？）

「我闖禍了。」我記得從年輕的時候開始，我便總是，在這相仿的光影裡，在一場她無止境的牢騷、回憶或感傷的告白時刻，無比耐心地聆聽，然後微笑地，打斷她，告訴她我之所以會這樣像兒時偎靠在她腳邊，是因爲我被那屋外的黑暗驚嚇且包圍，我被盯上了，或者說，我做了無法挽回的壞事，我已無法修復那被弄壞的、原有的樣貌……。

但母親總有辦法用一天眞的方法描述它。像我高中時有一次闖下大禍後和友伴蹺家逃往南部，母親隻身前往學校教官室，在教官們歷歷指出種種罪狀時，固執地反駁：「他從小就膽子小。」

面面相覷。愕然語塞。夫人，我只有一句話好說：您太寵您這個孩子了，有一天要後悔的……。一個掛上校階的主任教官語重心長地說。「我只希望，」暗影中母親對我說：「那只是一個事件。事情過了你便快快走過它。不要把它變成一致命的、永遠無法改變的影響。甚至變成你日後性格裡的某一部分。」

也許我最終仍是以一錯誤的方式理解母親的話：天亮時我便離開那個童年的小鎮。但是當我搭上的計程車猶在那幢老屋外的狹仄巷弄裡艱困鑽行時，我竟然從車窗看見，我的老大哥——那個原應被我擊斃而棄屍在植物盆栽間的人——竟然（竟然沒有死！）像個宿醉之人，兩手扶著疼痛至極的頭部，臉色慘白，和那些薄暮晨光裡的無關路人一道站在巷弄裡，眼神空茫但隨著頸脖緩慢擺動，似乎在巡弋找尋什麼……。

「他在找我！」這麼領會的當下，我完全不顧計程車司機從照後鏡投來的猜疑眼光，在後座騷動著，上下攀爬，一面藏躲遮蔽不要被車窗外的人看見，一面又忍不住把臉貼在玻璃上觀察確定那人群裡站著的，眞是昨夜被我痛擊毀壞的軀體。那麼貼近的恐懼感，多像好萊塢電影裡（《魔鬼終結者》？）那些無論你用大鎯頭電鋸霰彈槍壓碎機……一切殘虐恐怖的工具施以傷害，卻仍能搖搖擺擺站起繼續追殺你的機器人複製人橡皮人……。

問題是這輛該死的計程車又在巷子拐彎處被一輛不肯相讓的小發財車堵死了。兩個司機搖下車窗，一邊揿著喇叭一邊咒罵著。後面馬上又跟上三、四輛車，這下好了，前後動彈不得，我像是馬戲團運送貨櫃車裡關著的獅子，呆坐在車廂裡由著來回路人好奇地覽視。「我在這下好了。」塞給司機一張鈔票，推開車門，回身站直，就在巷子裡那家乾洗店門前塑膠簷棚下，幾乎是面對著面，終於還是和我那老大哥，遭遇了。

（我該說句什麼呢？「你眞是打不死的鐵漢子哪！」或是「我一直想把您抬進屋裡急救。」或是假惺惺「還疼不疼？」或是威懾提醒他，「這不是電影，您已經死了，已經被我親手打死了，不要不接受事實。」）

但在我的眼前，像慢速鏡頭可以在微光中看見曇花將那複瓣層疊打開，他把搗著頭臉的雙手放下，疲憊又憂悒地看著我：「操！你這個小子，我不過多喝了兩杯，可能迷糊中捶了你兩拳，你就當眞走人啦。把我一個扔在那堆破瓦盆間，冷風吹了一夜，還溺濕了褲子。現在看我全身骨頭都要散了一樣……」

INK PUBLISHING 文學叢書 068

我們

作　　者　駱以軍
總 編 輯　初安民
責任編輯　高慧瑩
美術編輯　許秋山
校　　對　余淑宜　駱以軍　高慧瑩

發 行 人　張書銘
出　　版　INK 印刻文學生活雜誌出版股份有限公司
新北市中和區建一路 249 號 8 樓
電話：02-22281626
傳真：02-22281598
e-mail：ink.book@msa.hinet.net
網　　址　舒讀網 http：//www.sudu.cc

法律顧問　巨鼎博達法律事務所
施竣中律師
總 經 銷　成陽出版股份有限公司
電　　話　03-3589000（代表號）
傳　　真　03-3556521
郵政劃撥　19785090　印刻文學生活雜誌出版股份有限公司
印　　刷　海王印刷事業股份有限公司

港澳總經銷　泛華發行代理有限公司
地　　址　香港新界將軍澳工業邨駿昌街 7 號 2 樓
電　　話　852-27982220
傳　　真　852-27965471
網　　址　www.gccd.com.hk

出版日期　2004年 10 月　初版
2018年 11 月 1 日　初版八刷
ISBN　978-986-7420-23-7

定價　280元

國家圖書館出版品預行編目資料

我們／駱以軍著.--初版，
－－新北市中和區：INK印刻文學,
2004〔民93〕 面； 公分.--（文學叢書；068）
ISBN 978-986-7420-23-7（平裝）

857.63　　93018299